〔奥〕斯·茨威格 著
张意 译

*Rausch
der
Verwandlung*

Stefan Zweig

人民文学出版社
PEOPLE'S LITERATURE PUBLISHING HOUSE

玄梦迷离

Stefan Zweig
Rausch der Verwandlung

图书在版编目(CIP)数据

幻梦迷离/(奥)斯·茨威格著;张意译. —北京:人民文学出版社,2022
ISBN 978-7-02-016418-9

Ⅰ.①幻… Ⅱ.①斯…②张… Ⅲ.①长篇小说—奥地利—现代 Ⅳ.①I521.45

中国版本图书馆 CIP 数据核字(2022)第 035422 号

责任编辑	欧阳韬
装帧设计	刘　远
责任印制	宋佳月

出版发行	人民文学出版社
社　　址	北京市朝内大街166号
邮政编码	100705
印　　刷	三河市鑫金马印装有限公司
经　　销	全国新华书店等
字　　数	195千字
开　　本	880毫米×1230毫米　1/32
印　　张	8.5　插页3
印　　数	1—3000
版　　次	2022年4月北京第1版
印　　次	2022年4月第1次印刷
书　　号	978-7-02-016418-9
定　　价	50.90元

如有印装质量问题,请与本社图书销售中心调换。电话:010-65233595

译 者 序

一九八一年人们在茨威格的遗稿中发现了一部没有题目的长篇小说打字稿,茨威格研究专家克努特·贝克(Knut Beck,又译克鲁特·贝克)对此进行了整理并选取小说中"变化的陶醉"(Rausch der Verwandlung)一词命名。该书于一九八二年由德国S.费歇尔出版社出版,首部中译本名为《富贵梦》,一九八七年由人民文学出版社出版,译者赵蓉恒。本人重译这部作品,以《幻梦迷离》之名呈现给读者。此部作品与茨威格另一部生后发表的作品《克拉丽莎》被人民文学出版社收入《茨威格小说全集》第四卷,于二〇一九年出版。

《幻梦迷离》的写作时间应在一九三一年至一九三四年之间,曾因创作《玛丽·安托瓦内特传》而搁置。此后茨威格的写作一直在小说和传记之间进行。一九三五年茨威格创作了苏格兰女王玛利亚·斯图亚特的传记。一九三六年八月二日他在写给汉斯·卡罗萨(Hans Carossa)的信中提到"要尝试一部长篇小说"。一九三七年茨威格完成了航海家麦哲伦的传记,一九三八年在英国完成了他生前唯一发表的长篇小说《心灵的焦灼》。茨威格的前妻弗里德里克讲到此书的写作时曾说"斯台芬在远方怀念起奥地利了,这真是罕见。"众所周知,茨威格一九三四年二月移居英国,是因之前他萨尔茨堡的家遭到搜查,据说是寻找藏匿的武器。对于茨威格这位享誉欧洲的和平主义者,这是极大的侮辱,他的身心深受打击,从此远走他乡。在英国写下这样一部发生在奥地利的小说的确可以视作他对家乡的思念。

这些年间茨威格的生活也发生了重大变化。一九三四年他结识绿蒂·阿尔特曼(Lotte Altmann),一开始绿蒂是他的秘书,后来两人之间产生感情。除一九三五年一月的美国之行和一九三六年的南美之行外,茨威格基本上都在伦敦和绿蒂在一起,而他的妻子弗里德里克则待在萨尔茨堡。一九三七年底茨威格的婚姻破裂,他回到萨尔茨堡卖掉那里的住所后回到伦敦,而弗里德里克则搬到维也纳,后经法国、葡萄牙前往美国。一九三八年奥地利与德国合并,同年茨威格的母亲去世,哥哥移居纽约,茨威格身边没有了任何亲人,自己也成为无国籍人士,同年年底申请英国国籍,申请在第二年三月才获批准。一九三九年夏,茨威格搬到巴斯,绿蒂继续担任他的私人秘书,这时茨威格和弗里德里克办理完离婚手续。九月茨威格和绿蒂在巴斯登记结婚。一九四〇年茨威格携绿蒂踏上前往美洲的旅途,从此在流亡之路上一去不返。

《幻梦迷离》的女主人公克里斯蒂娜一成不变的生活经历了一次"变化",这个变化其实只是"短暂的""幻梦般的",等到这个短暂、幻梦般的变化戛然而止之后,女主人公的真实生活没有发生丝毫改变,依然是那种无望、穷困、单调,再怎么努力也无法摆脱,这就是女主人公的宿命,这让她愤恨、窒息和绝望。为此她一再在心里抱怨,但最后她不再抱怨而是义无反顾地要用真正的行动去改变这个宿命。

小说中的斐迪南绝对是茨威格笔下一个全新的人物形象!一个完全的叛逆者!战争带给他无数肉体和心灵的痛苦,他憎恨毁掉他前程的战争,对战后奥地利行政部门的官僚主义恨之入骨!

他也为此在昔日战友和克里斯蒂娜那里大声咒骂。而这样的咒骂只会让他更加愤怒和绝望,最后他终于意识到只有奋起反抗才能摆脱被这个可憎恶的国家机器欺凌的命运。

小说通过斐迪南之口对奥地利战后现状的控诉异常犀利,切中时弊。而克里斯蒂娜和斐迪南最后打算实施的行为是对国家司法制度的公然挑战,但是两个人都未因此产生任何的良心不安。因为按照斐迪南的解释,这个国家亏欠他们的实在太多太多,他们只是讨回他们应得的部分。这样公然挑衅国家和法律的行为企图以及小说中太多强烈的社会批判言辞其实很不符合茨威格和平主义者的处事态度,这也许是他未发表这部作品的一个原因。他只能在文字上宣泄一下自己对社会的不满,但没有勇气真正和这个社会正面冲突。他更多把自己人文主义和和平主义的思想寄托于自己的文学创作之中。

其实茨威格的人生的确经历了一系列的变化,可惜这些变化都不是"令人陶醉"的变化,而是令人心碎的变化。他原有的生活被纳粹的魔掌无情地粉碎了,他不得不离开家园前往异国他乡,他进行了很多尝试,但最终还是因为绝望于自己熟悉的生活不会再来而放弃了生命,给我们留下无尽的遗憾。而有关克里斯蒂娜的故事被作家封存起来,也反映了茨威格的矛盾和绝望,作家把她的命运作为悬念留给我们,我们有理由相信克里斯蒂娜是胜利者,她的命运也许会比茨威格的积极很多。

今年时值茨威格逝世八十周年,人民文学出版社首次发行此译文的单行本,以此作为对深受中国读者喜爱的奥地利作家茨威格的纪念。

张　意

二〇二二年一月十日于蓝旗营

奥地利所有的乡村邮电所都相差无几：看看其中的一所就可知全部。这些邮电所都建造于弗朗茨·约瑟夫①时期，使用同一资源，里面的设备同样寥寥无几或者简单划一，在任何地方都让人感到憋屈，国库的捉襟见肘显而易见。就连坐落在冰川之中的最偏僻的蒂罗尔山区的邮电所，也都顽固地保持着那股老朽的奥地利行政机构的味道，一闻便知，这就是那冷丝丝的烟草味道和布满灰尘的卷宗霉味。所有邮电所的布局如出一辙：一道安装着玻璃板的木墙把房间按照严格规定的比例划分为两个区域，一个是对外开放场所，一个是办公区。在对外开放场所没有任何可以就座的地方以及任何其他舒适的设施，可见国家根本不关心它的国民是否会在这里逗留时间较长。公共区域唯一的家具一般就是颤颤巍巍靠墙放着的歪七扭八的斜面写字台，上面铺着的那块破旧不堪的油布已经被无法数清的斑斑墨迹弄得黑乎乎的，在人们的记忆中那个嵌在桌子里的墨水瓶里看到的只是一团风干的墨糊糊，根本无法蘸着写字。就算桌上那个笔槽里凑巧有一支自来水笔，那它的笔尖肯定已经折断，根本写不了字。节俭的国库对于美观如同对于舒适一样的不上心：自从共和国把弗朗茨·约瑟夫的画

---

① 弗朗茨·约瑟夫（1830—1916），奥地利-匈牙利帝国皇帝，1848年即位。

像从墙上摘下来之后,拿来作为房间艺术装饰的充其量就是些海报,那些色彩特别扎眼的海报被贴在脏兮兮的石灰墙上,有的还在邀请人们去参观早已关张的展览,有些宣传购买彩票,在有些被人遗忘的邮电所里甚至还张贴着鼓励人们购买战争债券的海报。国家在公共场所的慷慨大方,充其量就显现在这些廉价的墙上装饰或许还有那个根本无人注意的"禁止吸烟"的告示上面。

相反,办公区域那边则让人格外肃然起敬。在这里,国家以最紧凑的方式象征性地展示了它不容忽视的权力和地域宽广。在那个被保护的角落放置着一个铁质钱柜,从窗户上安装的铁栏杆可以推测它那里时不时还真的收藏着数额可观的钱财。在工作台上闪闪发光的是一架莫尔斯发报机,上面的黄铜擦得锃亮,这可是个豪华玩意儿。旁边那部放在黑色镍制架上的电话机就显得朴素一些。这两个物件就引起人们一定的兴趣,深受尊敬,因为它们只要接上铜丝就把这个偏远小村和辽阔无垠的帝国联系在一起。其他邮政往来的家什就只好挤在一起了,包裹秤和装信的袋子,书籍,文件夹,本子,档案柜和那些圆形的发出叮当声响的邮资钱箱,秤和秤砣,黑色、蓝色、红色和紫色的铅笔,曲别针和夹子,绳子,火漆,海绵和吸墨器,胶水,刀子,剪刀和折纸器,所有这些邮政工作丰富多彩的小手工物件都玄乎地乱七八糟地堆在书桌那巴掌大的空间里。在许多抽屉和盒子里堆着各式各样的纸张和表格,满满当当的,简直难以想象。这些东西就这么近似挥霍地铺放着,但事实上这是假象,因为暗地里政府无情地清点着它那些廉价的办公用品中的每件东西,从用秃了的铅笔到撕碎的票券,从破成一缕一缕的吸墨纸到洗成小块的肥皂以及白铁洗手盆,从给办公空间照明的电灯泡到关门的铁质钥匙,国库都要求它的职员为每个用过的或者消耗掉的物件说明使用情况。铁炉旁边贴着一份详细的物品清单,这是用打字机打出的,加盖了公章并带有无法辨认的签字。这份清单以算数的无情把相关邮政局哪怕最微不足道和毫无价值的企业物品的存在都标注出来。只要是这个清单上没有的物品就不能出现在办公空间,反过来,任何登记在册的东西必须都各就各位而且触手可及。国家机关就要求秩序和合法。

严格意义上讲,这份打字机打出的物品清单上也该登记上一个人,此人每天早上八点要拉起玻璃板,使用起那些原本毫无生命力的办公用品,打开邮政袋,给信件加盖邮戳,支付汇款,开具收据,给包裹过秤,用蓝色、红色和紫色的笔在纸上写出奇怪的秘密符号(密码),拿起电话的听筒,开动莫尔斯发报机的卷轴。但是出于某种考虑,这个被公众大多称之为邮政助理或者邮政主管的人并没有被登记在清单上。他被登记在另一本公务册上,而这本册子放在邮政管理局另一个部门的另一个抽屉里,同样是一份名单,能够审核和监控。

在这个被国家鹰徽神圣化的办公大厅里从来不会发生明显的变化。关于劳作和消亡的永恒法则,碰到国库的界限砸得粉碎,邮局周围的那些树木枝繁叶茂,然后又变成枯枝败叶,孩子长大成人,老人寿终正寝,房屋坍塌又以另一种形式重建起来,国家机关就是用这种永恒的一成不变有意识地宣示着它的超凡权力。它范围内的任何一件物品如果用旧或消失,变样或衰败,领导部门就会定制并送来完全一样型号的另一件物品,以此给这变化多端的平凡世界一个国家优越性的典型例子。内容会消逝,但形式永远不变。墙上挂着一份挂历。每天都被撕下一页,一周七天,一个月三十天。等到十二月三十一日挂历变得很薄,也已到头,于是人们要求一份新的,同样的版式,同样的大小,同样的印刷:又是新的一年，但还是同样的挂历。桌上有个带着一行行列表的账本，左边的那页要是写满了，数字就填在右边那页上，就这样从一张纸到另一张纸。等到最后一张纸写满了，账本就记完了，那就再开始用另一个账本，同样的式样同样的版式，与以前的毫无区别。哪样东西要是不见了，第二天又会在那里出现，同等的样式，就像那个机构，每个同样的木板台面上都一成不变地放着同样的东西，永远是同样形式的纸张和铅笔、别针和表格，再怎么换也是一样的。在这个国库空间里没有东西消失，没有东西补充进来，没有凋零和盛开，这里是同样的生活或者更准确地说是延续不变的死亡。在那丰富多彩的物品系列中唯一不同的是物品老化和更新的节奏，而不是它们的命运。一支铅笔可以用一个星期，然后它就用完了，被一支新的同样的铅笔所替代。一本邮政账册可以用一个月，一个灯泡用三个月，一个挂历用一年。一把草编椅子的寿命是三年，然后会更换一把新的，而坐在这把椅子上消耗了整个一生的那个人的工龄是三十或者三十五年，然后一个新人就会坐上这把椅子。归根到底毫无区别。

在离克莱姆斯不远，坐火车大约两小时可到维也纳的地方，有个无足轻重的村子叫小赖夫林，一九二六年时，那里邮局的那个叫"公务员"的可替换的物件属于一位女性，因为这个邮局级别较低，所以官方称她为邮政女助理。通过玻璃板只能略微看到一个年轻女子的侧影，不怎么引人注意，但是挺可爱，嘴唇稍嫌单薄，面颊略显苍白，眼睛阴影下面有点发灰；在她晚上必须要打开那盏刺眼的电灯时，稍稍仔细一看，可以看到她的额头和太阳穴已经布上了一些细细的凹痕和皱纹。不管怎样，和窗台上的锦葵以及她今天放在白铁洗手盆里的宽大接骨木丛相比，这个姑娘绝对是小赖夫林邮局的物件中最鲜亮的，看上去至少还能工作二十五年。这只手指苍白的年轻女孩的手,肯定还得把同样的老旧玻璃板推上拉下好几千次。她还得把几十万也许上百万封信用同样简洁的动作扔到盖章台上,再几十万次或者上百万次地以同样短促的噼啪声用已经变黑的黄铜图章在邮票上盖戳。也许这个受到训练的关节甚至会越来越好、越来越机械地发挥作用,越来越无意识地、越来越从清醒的身体释放出来。几十万封信会不断地变成其他的信,但总还是信,邮票也会变成其他的邮票,但总还是邮票。日复一日,每天都是从上午八点到十二点,从下午两点到六点,在一年年的成长和凋落中,工作总是一成不变、一成不变、一成不变。

这个长着一头灰黄色头发的邮局女助理也许在这个静悄悄的夏天的上午时光,自己也正思考着这样的未来情景,也许她只是漫不经心地独自做着白日梦。反正她的双手从桌子上无所事事地滑落到大腿上,在那里她双手合拢,看上去纤细、疲倦和苍白。这是六月的一个中午,蓝天下烈日炎炎,而在小赖夫林的邮局里无事可做,早班邮件已经处理完毕,那个嚼着烟叶的驼背邮差辛特富尔纳已把信件分好,晚上之前不会有包裹和工厂的产品试验品送过来了,而乡下人现在既没有时间也没有兴致写信。农民们戴着一米宽的草帽在外面远处的葡萄园里平整土地,孩子们没课,光着脚在溪水里嬉闹,正午骄阳似火热气蒸腾,门口那条起伏不平的石子路上空无一人。现在正合适待在家里做场好梦。在放下来的百叶窗阴影中,那些纸张和表格都在它们的抽屉和架子上睡觉,机器的金属懒洋洋无精打采地透过金色的朦胧闪着光。寂静就像一层厚厚的金色灰尘覆盖在各种物件上面,只有在关闭的窗户之间,一些蚊子发出小提琴般微细的声音,一只褐色的大黄蜂发出大提琴般的鸣声共同演奏一曲小人国的夏季音乐,唯一在这个带有凉意的房间里不断活动的就是那个窗户之间的木框壁钟,每秒钟它都用非常微小的咯咯声吞噬掉一滴时间,但是这个轻薄的单调的声响与其说让人清醒不如说让人昏昏欲睡。邮政女助理就这样以一种清醒的惬意的瘫痪姿势坐在她自己那微不足道的昏睡的世界里。人们可以从准备好的针和剪刀看出她其实是想做点针线活的,但是她手里的刺绣活揉搓成一团掉落在地上,她既没有愿望也没有力气把它捡起来。她软软地靠坐在椅子里,几乎停止了呼吸,闭上眼睛任由那奇妙罕见的懒散的感觉带着自己飘荡。

突然"哒哒"一声,她吓了一跳。然后声音再次响起,更生硬、更响亮、更不耐烦。莫尔斯发报机撒欢似的突突跳动起来,钟表盘哒哒直响:一份电报——这在小赖夫林可是稀客——需要隆重地迎接。邮局女主人猛然从昏昏欲睡的懒人感觉中挣脱出来,跳到那里,打开带状纸条。她还没怎么认清循环字带上最先出现的那几个字,血液就涌上了她的脑门。因为她在这里上班以来,这是第一次在电报纸上看到了自己的名字。她一遍二遍三遍地读着已经敲打完毕的电报函,但还是没有看明白内容。怎么回事?什么事?谁从彭特莱西纳①给她发电报?"奥地利,小赖夫林的克里斯蒂娜·霍夫莱纳,衷心欢迎,随时期待你,随便哪一天,来前电告到达时间。最诚挚的克莱尔-安东尼。"谁是这个期待她的安东尼,是男还是女?是不是一个同事开的一个愚蠢的玩笑?但马上她就突然想起,母亲几个星期前跟她提起过姨妈今年夏天要来欧洲,对了,姨妈就叫克拉拉。那么安东尼,肯定是她丈夫的姓,母亲一直叫他安东。是的,现在她记得更清楚了,几天前就是她自己给母亲捎去一份来自契尔堡②的信,母亲对此一直保密,没有透露信里的

---

① 彭特莱西纳,瑞士旅游胜地。
② 契尔堡,法国港口。

只言片语。这份电报可是发给她的。难道是要自己去彭特莱西纳见姨妈吗?以前可从未谈起过这事啊。她一再盯着那尚未贴起来的纸条,她在这里亲自接收的第一份电报,一再无助而好奇地浏览着这张奇怪的纸,有些迷惘,简直不敢相信。不,不能再等到中午了。她马上就要去问母亲,这一切是什么意思。她一把拿起钥匙,锁上邮局的门,朝着住所跑过去。因为激动她忘记把电报机的摇杆拿下来。哒哒,哒哒,哒哒,就这样在空无一人的房间里那把黄铜小锤一直不断继续无语地敲打着空白纸条带,为了这般不受重视而恼怒。

电光的神速一再被不可思议地证明,因为它比我们的思想更敏捷。电报上这短短的几个字就像一道白色无声的闪电,降落在奥地利邮局那沉闷的雾霭里,直到几分钟前,这些字还在和这里隔着三个国家,在冰川蓝色凉爽的阴影里,在龙胆般清澈的恩加丁①天空下写出来的,发报人填写的表格上墨迹未干,这些字的意义和呼唤已经击进一颗惊慌失措的心灵。

那里发生了以下的事情:安东尼·梵·波伦,荷兰人,但多年来已经定居美国南部的几个州,是位棉花商人。就是这个安东尼·梵·波伦,一个脾气很好、反应迟钝、归根到底至多就是一个微不足道的男人,刚在皇宫饭店的由玻璃打造,阳光充沛的露台上吃完早饭。现在送上的是早餐的尼古丁高潮,一支大块头的黑褐色哈瓦那雪茄,特地由原产地装在密封的铁皮罐里直接运到这里。

为了用跟人学来的惬意享受一个有经验的吸烟者那最畅快的

---

① 恩加丁,瑞士著名的疗养地。坐落在阿尔卑斯山间的高地山谷之中,绵延八十公里,分为上恩加丁和下恩加丁。

第一口烟,这位有点肥胖的先生把他的腿高高翘起,放在对面的藤安乐椅上,展开巨帆般正方形的报纸《纽约先驱报》,与它一起徜徉在股票行情和掮客报价那浩瀚无垠的铅字海洋之中。他的夫人克莱尔坐在他对面,过去人们就简单地叫她克拉拉,正在百无聊赖地切着早上吃的葡萄柚子。多年的经验告诉她,要想在她丈夫那里借着一个对话,冲破这道晨报厚墙完全是徒劳的。然后发生了一件她挺欢迎的事情,那个头戴褐色帽子,面若苹果,模样滑稽的饭店侍童突然拿着清晨邮件向她急速走来:托盘上只有一封信,但信的内容好像费了她不少脑筋,因为她竟然不顾多年的经验试着打断她丈夫的晨读:"安东尼,停一下。"她请求道。报纸纹丝不动。"我没有打扰你的意思,安东尼,就听我说一下,事情有点急。玛丽——"她不由自主地说起英语,"——玛丽刚给我回信。她说,她来不了,她其实特别想来,但是她的心脏不好,很不好,医生认为她受不了海拔两千米的高度。医生说绝对不行。但如果我们不反对的话,她很想让克里斯蒂娜来,你知道的,最小的那个丫头、金发的。战前你收到过她的一张照片。她虽然在一个邮局里工作,但还从来没有正经休假过,她要是递交申请,肯定马上得到批准。信上这么说,如果她能在这么多年之后,来'看望你,亲爱的克拉拉,和敬爱的安东尼,她当然会非常幸福',等等等等。"

报纸一动不动,克莱尔着急了。"你的意思如何?咱们该让她来吗?……对这个可怜的孩子来说,呼吸点新鲜空气肯定不是坏事,怎么着也该是这样的。既然我到这儿来了,也真该认识一下我姐姐的孩子,否则就和家里一点关系也没有了。我让她来,你不会反对吧?"

报纸窸窣响了一下。先是从报纸边缘升起一个吐出的哈瓦那雪茄的烟圈,圆圆的,蓝蓝的,然后才跟着一声慢吞吞的无所谓的声音:"Not at all. Why should I?"①这个对话就通过这么简短的回答告终,一个人的命运也因此开始。这个亲戚关系又要追溯到几十年前,因为这个听起来几乎像是贵族的名字,这个"梵"字其实就是一个非常普通的荷兰字,就算夫妻间说着英语,但那个克莱尔·梵·波伦其实就是玛丽·霍夫莱纳的妹妹,也就无可争议的是小赖夫林的那个邮局女助理的姨妈。她在二十五年前离开奥地利,也是和一件不太光彩的故事有关,对此她——我们的记忆总是由着我们的喜好——现在已经记不太清楚了,而她的姐姐也从没有给她的女儿们好好地讲起过。当时这个丑闻可是轰动一时,要不是那些聪明、机智的男人们用一个好的借口压住了人们的好奇,会更加恶劣的。那时这位克莱尔·梵·波伦夫人只是坐落于白菜市场一家高档时装店的克拉拉小姐,一个普通的试衣女郎。她当时可是眼睛晶莹闪烁,身体柔软轻盈,一位陪着夫人前来试衣的上了年纪的经营木材的实业家竟无可救药地迷上了她。带着急不可待要赶上末班车的激情,这位富有的保养得相当不错的商务顾问,在几天内就爱上了克拉拉小姐丰满的身材、她的幽默风趣和金色的头发。就在他那个圈子里,商务顾问也算异乎寻常的慷慨大方,加快了他对这个试衣女郎的追求。不久,这位才十九岁的试衣女郎就能穿着最美丽的衣服和皮大衣坐着出租马车到处兜风,这些衣物她以前只能在那些大多特别挑剔,要求很高的顾客面前对着镜子试穿,而现在它们是她的私人财产,这着实使她那些老实巴交的家人十分恼怒。她变得越时髦,她那已经不再年轻的施主就越喜欢她,这位被自己意想不到的爱情完全冲昏了头脑的商务顾问

---

① 英语:不会的。我干吗反对啊?

越喜欢她，就越愿意挥金如土地打扮她。不到几个星期克拉拉就把他征服得服服帖帖，私下里商务顾问已经让一个律师准备了离婚材料，克拉拉很快就能成为维也纳最富有的女人之一了——这时那位妻子——有人写匿名信警告她——做了一件大蠢事。三十年风平浪静的婚姻之后，一下子要像一匹瘸腿马似的被人撵走，她完全有理由妒火中烧恼羞成怒，她买了一把左轮手枪袭击了那对正好在一个刚刚装修完毕的金屋里厮混的老少配。这个女子怒不可遏，不由分说就直接朝那个小三开了两枪，一枪打偏，一枪打中了她的手臂。伤势其实并不重，但随即招惹的事情却让人颇为难堪：闻声赶来的邻居、透过打破的窗户传出的呼叫声、被砸开的大门、晕倒的人和各种口角场面，医生、警察、犯罪现场笔录和这之后看来不可避免的法庭审讯，因为是丑闻的缘故，这场审讯是所有当事人全都害怕的事情。对有钱人来说幸运的是，不光在维也纳，就是各个地方都有诡计多端的律师，擅长为他们掩盖这些令人不快的丑闻。其中一位是久经沙场的大师，名叫卡尔普鲁斯的司法顾问，立即着手处理这件棘手的案子。他把克拉拉客气地请到他的办公室。她卖弄风情地裹着纱布，高雅至极地现身，好奇地通读了一遍合同，按此合同她有义务在出庭作证之前前往美国，在那里除了一笔一次性的补偿之外，她在五年内的每个月的第一天还能从一个律师那里领取一定数额的金钱，前提是她乖乖的不闹事。克拉拉在这件丑闻之后已经完全没有兴趣再在维也纳当她的试衣小姐，而且也已经被她自己的家庭赶了出来，毫不气恼地读完四页纸的合同，迅速计算了一下钱数，觉得高得令人吃惊，当场又即兴要求追加一千古尔顿。这个要求立即得到同意，于是她脸上快速堆起一丝微笑，在合同上签了字，然后漂洋过海，从未后悔过自己的决定。在船上就有各式各样的人向她提出结婚的可能性，不久之后出现了决定性的求婚:在纽约的一家旅店里,她认识了她的梵·波伦,他当时只是一个荷兰出口商行的小小代理人,但他迅速决定用克拉拉带来的小小资本前往南方经营自己的买卖,而对这个资本的罗曼蒂克起源一无所知。三年后他们有了两个孩子,五年后有了一所房子,十年后有了可观的财产。在欧洲因为战争人们获得的财产严重缩水,而在任何其他大陆,在当时财产都大大增加。现在那两个已经长大成人而且非常有经商头脑的儿子,已经在父亲的商行里帮忙,所以这两个上了岁数的爸妈就可以在多年后,无忧无虑地去欧洲进行一次比较奢华的旅行。好奇怪:当契尔堡那平坦的海岸从雾霭中缓缓露出时,克莱尔一瞬间找到了家乡的感觉。她内心其实早已是美国人,但仅仅凭着这片土地就是欧洲这个事实,她就对自己的青年时代产生了一阵怀念。夜里她梦到她和姐姐挨着睡的有栏杆的儿童小床,好多好多记忆纷至沓来,她一下子对于自己这么多年从来没有给落魄丧偶的姐姐写过一个字而感到万分羞愧。她等不及了:就在码头栈桥上,她就发出了那封信让姐姐来看望,还附了一张百元美钞。

现在只要梵·波伦夫人招招手,这个邀请就转给女儿了,那个穿号衣的男孩马上就像支褐色的弩箭飞奔过来,简短吩咐一下,他就拿起一个电报表格,帽子紧紧扣在耳边,手里拿着填写好的纸张,快步奔向邮政局。几分钟之后,从啪嗒啪嗒直响的莫尔斯发报机上发出的字符就越过天花板进入铜丝线,只用唯一的一束无线电闪就让信息穿越千里电线,快过咣当咣当乱响的火车,也比灰尘飞扬的汽车迅速。一眨眼的工夫超越边境,一眨眼的工夫穿过千山万壑的弗阿贝尔格、风光明媚的列支敦士顿和山谷纵横的蒂罗尔,然后这几个魔幻般变换的字眼就从冰川高处进入了多瑙河的峡谷中间,进入林茨的一个变压器里。在那里休息片刻后,用比人们说出"迅速"二字更迅速地通过小赖夫林屋顶的电闸进入惊醒过来的接收机,再从那里进入一颗惊诧不已、迷惘困惑、充满好奇的炽热心灵。

斜穿大街拐过街角,爬上一道阴暗的吱吱作响的木头楼梯,就是克里斯蒂娜的家。这只是一间阁楼小屋,窗户很小,坐落在一个狭小的农舍里。一道宽大的向外延伸的山墙,冬天用来挡雪,但是在白天却遮挡住了顶层的每一丝光线;有时只有在傍晚,一缕单薄的已经非常微弱的光线能够照射到窗台上的天竺葵上。阁楼间总是散发着沼泽地发霉的味道,闻起来像朽坏的屋脊和发霉的床单;这陈旧的味道就像长在木头上的蘑菇;也许在一般时期这个房间就是用来充当仓库的。但是战后严重房荒,人们只要能在屋里放下两张床、一张桌子和一个柜子就已经很知足和感恩了。就连那把祖上留下的皮垫扶手椅也太占地方,很便宜地卖给了旧货商,可后来发现这样做非常失策,因为现在一旦霍夫莱纳老太太浮肿积水的脚动弹不得时,她唯一能休息的地方也就只剩下床了。

这双肿胀厉害的病态的腿在法兰绒绷带下显出危险的蓝色静脉,这是这位极度疲倦过早衰老的女人在一家战地医院的一个没有设地下室的地下小屋里干了两年活做下的毛病,分配给她的工作是管理员(你总得挣钱养家糊口吧?)。从那以后她走路就艰难地一路喘气,每次当她用力或者激动的时候,这个大块头的女人都会突然捂住心脏。她清楚她不会长寿。幸运的是,帝制被推翻后,她的枢密官小叔子在动荡之际还及时为克里斯蒂娜捞到了一份邮局助理的工作,尽管薪水少得可怜,又是在这么一个偏僻的小地方。但是不管怎样,有了一定的稳定生活,头上有了片瓦,有了一定喘息的空间,只够勉强活着,让她先适应一下以后更狭窄的棺材。

在这个四方空间里总是散发着酸气、湿气和病气,从旁边特别小的厨房通过关不紧的门透进来一股浑浊的味道和加热饭菜的蒸汽,就像一块燃烧之后净在冒烟的面纱。克里斯蒂娜刚一进屋不由自主做的第一件事情就是拉开关着的窗户。床上年迈的女人被这猛地一拉引起的当啷一声吵醒了,呻吟起来。她做不了别的,每动一下就呻吟一下,就像一个坏了的柜子,你只要走近它,还没有碰到它呢,它就吱吱作响了:这是一个患风湿病的身体在疼痛前预先感觉到的恐惧。老妇人先呻吟了一会儿,然后才在这必不可少的呻吟之后虚弱地问道:"怎么了?"瞌睡之后,昏昏沉沉的意识也知道,现在还不是正午呢,还不到饭点。一定发生了什么不一般的事情。这时女儿把电报递给她。

老妇人饱经风霜的手费劲地在摸床头柜上的眼镜,每动一下身体都痛,她花了不少时间才在一大堆药品里找到了那副钢框眼镜,把它戴上。老妇人刚读完信,就像一阵电击穿过沉重的身体,大块头的身体大口喘起气来,费力地呼吸着,跌跌撞撞地用尽自己全身不可抗拒的力气扑向克里斯蒂娜。她热烈地抱紧受到惊吓的女儿,浑身发抖,大笑起来,喘着气,想说话,但是说不出来,最后双手捂着胸口筋疲力尽地瘫坐到椅子上,深深地呼吸着,喘着气停顿了一分钟,然后从抽搐的牙齿掉光的嘴巴里颤抖不已,结结巴巴地喷出一阵混乱不堪的话语,只能听懂一半,一半被她吞掉,这些话总是一再被莫名其妙得意扬扬的大笑所吞没。她越想让别人听懂自己,结巴得就越厉害,就越拼命地做手势,眼泪已经顺着面颊流淌进干瘪的抽搐的嘴里。她冲着女儿语无伦次滔滔不绝地说话,而女儿已经被这个可笑的疯狂景象完全弄糊涂了。谢天谢地,现在一切都搞定了,她可以放心地死了,她这个毫无用处疾病缠身的老太婆。就是为了这个,她上个月才去朝圣,就在六月,就是为了这个,她请求她的妹妹克拉拉能在她死之前再从美国过来一次,关照一下她这个可怜的孩子。现在她已心满意足。在那儿——就在那儿放着——妹妹不光写了信,不,还花那么多钱发电报让克里斯蒂娜去她的饭店,而且两周前她还寄来一百美元,她一直就有一颗金子般的心,这个克拉拉,她一直特别好特别善良。用这一百美元,克里斯蒂娜不光能去那个高级的疗养地拜访姨妈,还能把自己打扮得跟一位侯爵小姐一样。是啊,在那儿她会大开眼界,在那儿她将会看到那些有钱的高贵人士是如何享受生活的。生平第一次她将亲自,谢谢老天爷,跟其他人一样过上好日子,所有的圣人可以证明,对此她受之无愧。至今为止她都过的什么日子啊——除了工作、上班、劳累,还得伺候又生病又无用成天唉声叹气的老太婆,这老太婆其实早就该入土了,她能做的最聪明的事情就是赶快入土为安。小克里斯特①整个的青年时代都因为她和那可诅咒的战争给搞得一团糟,一想到她把女儿一生最好的年华都给耽误了,老婆子的心都碎了。现在女儿可以去追寻自己的幸福了。但她得对姨夫和姨妈彬彬有礼和谦虚谨慎,在克拉拉姨妈面前别害怕,她有颗金子般的心,她人特别好,肯定会帮她逃离这个令人窒息的偏僻小镇,逃离这个乡下鬼地方,就算老妈自己要躺到地下去了。如果姨妈最后要带她走,她千万不要有所顾虑,她就应该离开这个腐败堕落的国家,远离这里的这些坏人,不必想着照顾老妈。她总能在养老院找个落脚的地方的,而且说到底,她还能活多久啊……唉,现在她可以放心地闭眼了,现在一切都好了。

这个浮肿的老太太被布条和衬裙厚厚地包裹起来,一再晃晃

---

① 克里斯特是克里斯蒂娜的爱称。

悠悠站起来,迈着她那大象般的腿脚步沉重地来回走动,弄得地板嘎吱嘎吱地响。她一再把一条红色的大手绢堵在眼睛前面,因为泪水和欢喜交融在一起。她越来越使劲地打着手势,一直得从她的闹哄哄的兴奋中停顿一下,以便再一次坐起身、呻吟一会儿、擤下鼻涕,为了下一轮滔滔不绝地说话而喘口气。她总是又想起什么,说个不停,说一会儿又嚷一会儿、欢呼一会儿又呻吟一会儿,为了她安排成功的惊喜而抽泣不止。突然,就在她筋疲力尽的瞬间,这位母亲发现,尽管她冲着女儿欣喜若狂,可克里斯蒂娜却面色苍白,恍恍惚惚,颇为难堪地站在那里,眼里满是惊异更有迷惘,全然不知该如何作答。这让老妇人很不高兴。她又一次使尽全身的力气从椅子上站起来走到女儿面前,热情地抱住不知所措的女儿使劲亲吻,把她拉到自己面前来回摇晃:"啊,你怎么什么也不说啊?这事和他人无关,只和你有关,你怎么了?我的傻孩子?这么幸运的事,你却像根木头似的站在那里,什么也不说,什么也不讲!你倒是高兴一下啊!是啊,你干吗不高兴呢?"

邮局规定,严禁所有邮局职员,在上班期间较长时间离开工作场所,就是最重要的私人事务也不能置于国家法律之上:公务在先,个人在后,文字在前,思想在后。所以只中断了一会儿工作,没几分钟,这位小赖夫林的邮局女助理就又责任心极强地坐在了玻璃板后面。这期间没人找过她。那些松松散散地放在孤单的桌子上的纸张跟先前一样睡眼惺忪,关闭的电报机刚才还在这间灰暗的房间里使她热血沸腾,此刻悄然无语地闪着黄光。谢天谢地,没有人来过,没有耽误任何事情。这个邮局女助理现在可以安安心心地好好思考一下那个令人迷惘的消息,由于这个惊喜带来的纷乱她还没有搞明白,这个从电报线闯进屋子的消息,到底是令人难堪还是受人欢迎。思绪逐渐清晰起来。她要出门了,有生以来第一次离开母亲,要出门十四天或者更多的时间到陌生人那里去,不是,是去姨妈那里,去一家高级饭店,见她母亲的妹妹。她该休假,真正的正当的休假,在这么多年后被允许好好休息一次,看看这个世界,看看新鲜事物,看看不同的东西。她一而再再而三地思忖着。这其实真是个好消息,母亲是对的,真的,她这么高兴是对的。好好想想的话,对她来说这是这么多年来,传到家里最好的消息。第一次可以不用上班,自由自在,去看新的面孔,去看世界的另一部分,这难道不是从天上掉下的馅饼吗?突然耳边响起母亲诧异、惊慌几乎恼怒的问题:"是啊,你干吗不高兴呢?"

她是对的,母亲真是对的:我为什么不高兴?为什么我的内心一点也不激动?为什么我没被打动,没有一再受到震撼?她一再仔细倾听是否内心会给出一个回答来答复这个从天而降的美好惊喜,可是没有:她感觉的只是迷惘和疑惑的惊慌感。太奇怪了,她想道,我为什么不高兴呢?每次我从邮政袋里把明信片拿出来整理,会端详它们,挪威灰蒙蒙的峡湾、巴黎的林荫大道、索伦特的海湾、纽约的石头堆成的金字塔,我不是每次都叹口气然后把它们放在一边吗?什么时候轮到我?什么时候我也能有一次?在那些漫长空虚的上午我做的梦无非就是要从这个毫无意义的破工作中解脱出来,从这个与时间可怕的赛跑中挣脱出来。就这么一次好好休息一下,大把大把地完完全全地拥有时间,不总是零零散散的扯得粉粉碎的,碎得能把一个人的手指都切割成几段似的。就这么一次不要被这日常的作息程序左右,被那个扼杀睡眠的催命鬼闹钟催着起床、穿衣、生火、取奶、拿面包、点火、盖图章、写单据、打电话,然后又回家马上熨衣服、去灶台、洗衣、做饭、缝缝补补、照顾病人,最后累得半死倒头就睡。这样的梦我已经做了上千次,在这同一张桌子上,在这儿,在这个围着栅栏的笼子里,我已经几十万次地梦到过这事,现在这一切突然发生在我身上了,要我去旅行,要马上获得自由,然而——母亲是对的——为什么我竟然不高兴呢?为什么我还没准备好呢?

她两眼发直肩膀无力地坐着,眼睛紧盯着那陌生冰冷的墙,等待着,等待着,这一迟到的喜悦是不是真的就要到来。这么千呼万唤,她不由自主地屏住呼吸,就像一个孕妇倾听着自己的身体,倾听着,冲着自己深深弯下腰。但是没有一丝动静,一切都那么安静、空荡,就像一个没有鸟儿鸣叫的森林。她,一个二十八岁的女人,越来越努力地试着回忆,高兴到底是怎么回事。她大吃一惊地意识到,她已经不再知道是什么样子了,就像是儿童时期学过的外语,已经遗忘,只记得曾经会过。她思考着最后一次高兴是什么时候,她使劲想,两道细小的皱纹明显地爬上了她低下的额头。渐渐地她想起来了:就像从一个模糊的镜子里出来一个图像,一个金发小女孩,小腿细细的,书包调皮地在花布短裙上方摆来摆去。十几个孩子围着她:他们在维也纳郊区一个花园里玩击球游戏。时刻都有一阵纵情欢乐和火箭般的欢笑与羽毛球一起飞得高高的,现在她想起来了,那笑声当时是多么轻盈多么松弛地停留在嗓子眼里,总是那么近,在皮肤下痒痒的,在血液里搅拌着发酵着,只要稍稍晃动一下它就滚出嘴唇,它如此松弛地待在脖子里,几乎太松弛了。在学校你必须把手紧紧抓住长椅子边紧咬嘴唇,这样才能在法语课上听到任何一个滑稽字或看到任何一件蠢事时不至于笑出声来。因为任何微不足道的小事在当时都能把这泡沫四溅浪花迸涌的小女孩的笑声给勾引出来。一个老师打个结巴,镜子前的一个鬼脸、一只滑稽地蜷曲着尾巴的母猫、一个在马路上看你一眼的军官,所有微不足道的事情,每个毫无意义的小玩笑都会使她发笑,她身上装满了欢笑的火药,以至于碰到一点火星都会爆发出欢笑。这轻松淘气的欢笑总在那里而且做好准备,就是在睡梦中它也在那孩子般的嘴上显现出它欢快的舞姿。

然后突然一切都黑了熄灭了,就像一根被压灭的灯芯。一九一四年八月一日。下午她在游泳池;在衣帽间脱衬衫的时候她看到了自己赤裸的身体,宛如看到一道闪亮的闪电,这十六岁的胴体紧绷绷的、丰满、白皙、生机盎然、柔软健康。她兴高采烈地打着水花,游着泳,让身体凉下来,和女伴们在发出吱吱响的厚木板上追逐着——她至今还能听到其他六个半大不小的女孩的笑声和呼哧呼哧的喘气声。然后就得小跑着回家了,快,快,迈着敏捷的脚步,当然还是晚了,她本该帮着妈妈收拾行李的:两天后她要去康普山谷享受夏日的清凉。她一步三节台阶地跑上楼梯喘着大气冲进家门。但是好奇怪,她刚进门爸爸妈妈就中断了正说着的话,两个人都急匆匆避开她看着别处。刚才她听到爸爸不同寻常地大声说着话,而现在则带着令人怀疑的热情开始看起报来,而妈妈肯定刚哭过,她手里揉搓着手绢快步朝着窗户走去。发生什么了?他们吵架了?没有,从不,这是不可能的,因为爸爸突然转身把手放在妈妈抽搐的肩上,而妈妈则看着爸爸,从未这么温柔过。妈妈没有收回目光,只是在无声的抚摸中抽搐更加激烈了。发生什么了?他们两个人中没有一个人理睬她,也没有一个人看她一眼。十二年后直到今天她还记着她当时的恐惧。他们生她的气了?她做错了什么?惊恐地——一个孩子心里总是充满恐惧和过失感——她蹑手蹑脚走进厨房,那里厨娘波采娜跟她说,邻居家军官的仆人戛查知道实情,他说,现在开火了,就得给这些混蛋塞尔维亚人点颜色看看。奥托作为后备役少尉得上前线,还有他们的姐夫,两个人都得去,难怪父亲和母亲这么心烦意乱。果然,第二天,她的哥哥奥托突然出现在家里,身着青灰色步兵狙击手的制服,背带斜挂在肩上,佩刀柄上缀着金色缨带。平时他作为文科中学的代理教师大多数情况下都穿着一件刷得不怎么干净的黑礼服,那个很有尊严的黑色几乎使他显得有些可笑,他就是个面色苍白、瘦高个儿的小伙子,短发秸秆般乱糟糟的,脸颊上长着软软的淡黄色的绒毛。然而现在有股坚决的表情挂在他的唇边,因为穿的军服上衣腰身很紧所以直挺挺地站着,在妹妹眼里显得很是新奇,与往常很不相同。她带着黄毛丫头愚蠢的孩子般的骄傲抬眼望着哥哥,拍着双手说:"老天啊,你真是帅呆了。"然后平时很温柔的妈妈推了她一把,她都得用胳膊肘支撑在柜子那边不至于倒下:"害不害羞啊,你这个没心没肺的小东西?"这个爆发出来的愤怒只是宣泄积在心里的痛苦,现在抽搐的嘴里发出大声的抽泣,撕心裂肺的叫喊,这个绝望的女人全身使足劲紧紧抱住那个年轻人,儿子使劲移开脑袋,试着保持男子汉的姿势,嘴里唠叨着国家和义务之类的话语。父亲转过身,他看不得这个场面,于是这个年轻人,脸色煞白,咬紧牙齿,几乎使用暴力般挣脱母亲猛烈的搂抱。突然间,他迅速匆忙地亲吻了一下母亲的面颊,和非常不自然地保持着紧绷绷姿势的父亲握了握手,对她,克里斯蒂娜,说声急促的"再见",就从她身边一掠而过。然后他就带着他的佩刀当啷当啷地下楼去了。下午姐夫前来告别,他的职业是市政府公务员,又是辎重队的中士。这就简单多了,他知道自己是安全的,他很放松,看上去就像一切都挺好玩似的,他开着轻松的玩笑安慰了几句就走了。但这两个人的后面留下了两个阴影,一个是哥哥的老婆,怀孕四个月了,一个是姐姐带着她幼小的孩子。每天晚上这两个人都和他们坐在桌旁,每次都是这样,就仿佛灯油变得更加昏暗一些。克里斯蒂娜要是毫无恶意地说几句快活的话,所有的人立即都用严厉的目光瞪着她,就连钻进被子后她还羞愧不已,怪自己不好,这么不稳重,还这么孩子气。不由自主地她就变得沉默寡言了。笑声在房间里消失了,四壁之间的睡眠也变得不复香甜。只有在夜里她偶然醒来时,能听到隔壁轻轻的不间断的声响,仿佛幽灵般的水滴落下的声音,那是母亲,她(无法入睡)跪在长明灯下的圣母玛利亚像前为哥哥几小时几小时地祈祷。

接下来是一九一五年:克里斯蒂娜十七岁。父母老了十岁。就好像有什么碱液在父亲身体里销蚀着,他一下子就抽缩了,满脸蜡黄,驼着背痛苦地从一个房间挪到另一个房间。大家都知道他在为家里的生意担心。六十年来,还是从祖父那时开始,整个帝国就没有一个人能像博尼法齐乌斯·霍夫莱纳和他儿子那样知道如何处理羚羊角和填塞猎物。他甚至给埃斯特哈齐①公爵,施瓦尔称贝尔格②公爵,甚至给其他大公爵的府邸里都做过猎物的标本,带着四个帮手,从早到晚干个不停,特别卖力,干净正派。但是在这个残酷的时代,人们只是朝着人射击,几个星期都没有人来按门铃请他干活,但是儿媳妇坐月子,外孙生病都要花钱。这个变得沉默寡言的男人肩膀向下佝偻得越来越厉害。有一天它们就完全折弯了。那天来了一封来自伊松佐③的信,本来该是儿子奥托的笔迹,但这次是他的上尉写来的,他们立即就知道了:冲锋在前,为国捐躯,永志不忘,等等。家里越来越安静了;妈妈也停止祈祷了,圣母玛利亚像上面的灯也熄灭了,因为她忘记给长明灯加油了。

---

① 挨斯特哈奇,奥匈帝国中的匈牙利贵族。
② 施瓦尔称贝尔格,奥匈帝国中的奥地利显贵。
③ 伊松佐河,位于斯洛文尼亚和意大利之间,流入亚得里亚海。第一次世界大战爆发后,意大利军队在此进攻奥匈帝国军队,发生多次激战,伤亡惨重。

一九一六年,克里斯蒂娜十八岁。一个新词在家人嘴边不停出现:太贵了。母亲、父亲、姐姐和嫂嫂躲避他们的忧愁,都齐声诅咒纸币贬值。从早到晚他们都在计算每天贫困的生活。肉太贵,黄油太贵,鞋太贵:克里斯蒂娜自己都不敢呼吸了,因为担心空气也太贵。必需的日用品已极度短缺,它们爬进了投机倒把者的老鼠洞里和隐蔽的阁楼上待价而沽。大家得跟踪追寻:面包得乞讨得来,少量的蔬菜得从小贩那儿骗来,鸡蛋得从乡下弄来,煤炭得用小推车从火车站运回来,这是数以千计挨饿受冻的女人每天竞相追逐的猎物,可是每天获得的猎物越来越少。父亲的胃不好,他需要容易消化的特别食物。自从他把博尼法齐乌斯·霍夫莱纳的招牌从店门口摘下来,把铺子卖了之后,他就不再和任何人说话。当他认为周围没人的时候,有时候会用手使劲挤压肚子呻吟几声。其实真该去叫医生来。但是:太贵了,父亲说,宁可蜷缩起身体悄悄忍受他的痛苦。

然后是一九一七年——克里斯蒂娜十九岁;新年过后两天他们埋葬了父亲,储蓄银行存折上的钱刚好够把衣服拿出去染成黑色。日子越来越昂贵,他们已经把两间屋子出租给一对从布洛蒂逃难到这里来的夫妇,但是就算你从大清早到深夜再拼命干活,不够还是不够。最后在部里当枢密官的叔叔给他们在柯尔新堡的医院谋到了差事,母亲做管理员,克里斯蒂娜自己做文书。可惜上班的地方特别远,天蒙蒙亮就得坐上寒冷刺骨没有暖气的火车车厢,直到晚上才回家,然后就是收拾房间,缝缝补补,擦擦洗洗,直到什么也不想,什么也不要,像只翻倒的面粉口袋,栽进一个并不友好的睡眠,最好再也醒不过来。

接着是一九一八年——克里斯蒂娜二十岁。还在打仗,还没有过上自由自在没有烦恼的日子,还是没有时间照照镜子,到街上溜达溜达。母亲开始抱怨在潮湿的没有设地下室的医院房间里工作,她的腿浮肿了。但她几乎已经没有力气同情母亲。她和残疾人待在同一房里的时间太长了。因为每天都要在打字机上登记七八十个可怕的残疾病历,她身上不知什么东西已经变得非常迟钝。有时一个炸掉了左腿的小个子中尉会拄着拐杖来她房间里找她,他来自巴拿特,金黄色的头发就像他家乡的麦子,尚未定型的孩子般的脸上已经有了抬头纹。出于乡愁他用老施瓦本方言给她讲述他村里的故事,讲他的狗和他的马,好一个可怜的失落的金发孩子。有一次他们晚上在花园的长椅上接吻了,也就是两三个吻,平淡无奇,与其说是出于爱不如说是出于同情,然后他说战争一结束就想和她结婚。听着他说的话,她有气无力地微微一笑;她根本想都不敢想战争还会有结束的一天。

然后是一九一九年——克里斯蒂娜二十一岁。战争真的结束了,但贫困并没有结束。它只是蜷缩在法令规定的炮火下面,只是狡猾地钻进了刚刚印刷出来的钞票和战争债券的纸质防弹掩蔽部里。现在穷困爬了出来,眼窝深陷,大张着嘴,无耻地吞食着来自战争阴沟的最后的残留物。整整一个冬天大额钞票从天而降,几十万几百万的,每个雪片、每张千元钞票都在发烫的手里融化。人们睡觉的时候金钱消融了,就在人们换上破了的木头后跟的鞋,想第二次跑到售货摊去的时候,钱就破碎了;人们总是在路上奔走,但总是到得太晚。生活成了数学,加呀,乘呀,一个由数字和数目组成的疯狂的旋转的圈子,这个搅棒把最后的一点家当都搅进那黑色的贪得无厌的虚无之中:母亲脖子上的金别针、手指上的结婚戒指、桌子上的锦缎桌布全都卷了进去。但是不管你往里面扔进多少东西,都是徒劳,都填不满这个巨大的地狱般的黑洞,不管你夜里编织羊毛衫到多晚,把所有的房间都租了出去,母女两人自己睡在厨房里,都无济于事。但是睡觉还是你唯一能够赐予自己的,唯一不花钱的东西,深夜里那过度疲劳、消瘦、苍白,但依然没有被人触摸过的身子倒在床垫上,六七个小时不去理睬这个灾难深重的世界。

然后是一九二〇和一九二一年。二十二岁、二十三岁,豆蔻年华,青春绽放,不就是这么说的吗?但是没人跟她说这个,她自己也不知道。从早到晚就是一个念头:如何用总是变得越来越少的钱过日子。日子是好了一些。枢密官叔叔又出手相助,他亲自到邮政局领导部门的杜洛克牌友那里去讨到了一个邮局助理的职位,虽然远在小赖夫林,一个葡萄农居住的贫穷小地方,但毕竟是个候补公务员的工作,是个稳定的职位,提供一定的安全。这点菲薄的工资只够一个人的生活,但是因为姐夫在家里没有地方了,所以她必须把妈妈接到自己这里。一分钱掰成两半花:每天还总是始于节省终于算计。每一根火柴,每一粒咖啡豆,面团里的每一个碎屑都得数清楚。但不管怎么说还在呼吸,还是活着。

然后是一九二二年、一九二三年、一九二四年——克里斯蒂娜二十四岁、二十五岁、二十六岁。还年轻吗?还是已经老了?太阳穴上轻轻涂上了几道皱纹,有时她的腿特别疲劳,早春时节她的头总是痛得特别厉害。但是一切都在往前走,一切都在好起来。手上的钱又值钱了,她被长期雇佣了,是邮局助理,姐夫每个月月初也给母亲寄来两三张钞票。现在该试着悄悄地再次重返青春;母亲也催着她该出门散散心。最终母亲得胜了,她在附近的地方报名参加一个舞蹈班。学习有节奏的舞步并不容易,疲乏已经深入到她的血液里,有时她觉得她的关节似乎已经不知怎地冻僵了,就连音乐也不能给它解冻。她艰难地练习着指定的舞步,但是音乐打动不了她,也无法吸引她。她第一次感觉到:太晚了,青春已被战争弄得痛苦不堪面目全非。她身体内部肯定断了一根弹簧,而那些男人们也好像不知怎地都感觉到了,所以没有人当真追求她,尽管在那些长着苹果似的圆圆的脸和苹果一样红红的腮帮子的乡村姑娘当中,她那温柔的金发的轮廓显得很有贵族气派。这些十七八岁的战后姑娘们可不会安静地或者耐心地等待什么人看上她们。她们要求享乐,觉得这就是她们的权利,她们要求得如此狂热,就好像她们不只想过一回她们自己的青春,还想把几十万死去的人和被掩埋的人的青春都过一遍。看着这些新人,这些年轻人如何自信、贪婪地带着如此内行和放肆的眼睛和如此挑逗的臀部做出不雅的动作,看着这些女孩在小伙子们最大胆的搂抱中如何心知肚明地狂笑,看着她们毫不害臊地一个个在回家的路上跟着男人拐进森林里去,这位二十六岁的女子都瞠目结舌了。这让她恶心。在这群贪婪的粗野的战后年轻人中她感觉自己老得掉牙、疲惫不堪、一无是处、已被超越,毫无与她们竞争的愿望和能力。归根到底:只要不再打仗,只要不再费力气!只是安静地呼吸,安静地做着白日梦,做好自己的工作,就给窗台上的花浇浇水,无所求无所希冀。只求不再挑起任何事情,不再追求新的刺激的事情:这个二十六岁的姑娘在她那十几年的青春被战争掠走后,再也没有任何勇气,再也没有任何力气来兴高采烈,寻求欢乐了。

克里斯蒂娜从她的思考中缓过神来呻吟了一下。光是想想她青年时代所经历的那些可怕的事情就让她疲惫不堪。母亲策划的这一切都毫无意义!现在离开这里去一个她不认识的姨妈那里,到那些她并不了解的人们当中去,图的是什么呢?我的主啊,叫她该怎么办呢,母亲希望这样,这会让母亲高兴,那她就不能拒绝:其实又干吗拒绝!她是如此疲倦,如此疲倦!这位邮局女助理听天由命地从她书桌最上面的抽屉里拿出一张纸,仔细对折起来,在下面垫了一张衬纸,用美丽工整的字体给维也纳邮政总局写信,因为家庭原因申请马上休法定的假期,还请邮政总局下个星期派一个顶班的来。然后她还请姐姐在维也纳为她申请瑞士签证,借给她一只箱子,并且过来一次谈谈安排妈妈的事情。接下来的几天她缓慢地认真仔细地做着旅行的准备工作,没有一丝高兴,没有一点期望,也没有任何投入,就好像这和她的生活无关,只和她肩负的工作和她的义务有关。

整整一个星期都为出行做准备。晚上要辛苦地缝缝补补,洗洗改改现有的那些旧衣服,此外,她那个谨小慎微的小市民姐姐觉得不该用姨妈寄来的钱置办东西而是把它存起来,她借给妹妹一些她自己的衣服,一件特别刺眼的黄色旅行大衣、一件绿色衬衫、一枚妈妈在威尼斯蜜月旅行期间买的马赛克胸针以及一只草编小箱子。这些够了,姐姐认为,在山里人们不梳妆打扮,克里斯蒂娜要是在那里缺什么就在当地买好了。终于到了出发的日子。那个扁平的草箱子是由邻村的中学老师弗朗茨·富克斯塔勒亲自扛着去火车站的,他不希望被人剥夺这个为克里斯蒂娜效力的机会。一听到最初的消息,这个体弱多病的小个子男人就跑到霍夫莱纳家里表示可以帮忙,戴着眼镜的蓝色眼睛里总是小心翼翼地躲在眼镜后面。霍夫莱纳母女是他在这个偏僻的葡萄农居住地唯一的朋友。他太太一年多了一直住在阿蓝德的国立肺结核疗养院里,所有医生都认为她已无可救药;两个孩子由外地亲戚们分别照看着,所以他几乎每晚都孤身一人坐在他那两间安静得好像人都死绝了的房间里,带着对修理的爱好无声无息做着无关紧要的小玩意儿。他把植物做成标本,在平展的干枯的花叶上用圆润的字体写上植物名称,用红色墨水写拉丁语名,用黑色墨水写德语名。他把他最喜欢的砖红色的雷克拉姆出版社的小册子用彩色格子的硬纸装订起来,在书脊上用显微镜般的精确和一支削得特别尖的绘图羽毛笔一笔一画地模仿那些印刷字母。深夜,当他认为邻居们都已入睡,他会看着自己抄写的乐谱拉会儿小提琴,拉得不大灵活但是感情相当投入,多数情况下他拉的是舒伯特或门德尔松的作品,或者他会在白色的带着细微颗粒的四开本的纸上抄写从借来的书籍里找到的最优美的诗句和警句,每次写满一百页他就把它们用蜡光纸包起来做成一个纪念册,上面还有一个彩色的徽章。就像一个阿拉伯的《可兰经》抄写者,他喜欢字体温柔圆润、柔和但又带着强烈投影的弧形,这样他就能得到那沉默的快乐,这快乐无声但又充满活力地把他内心紧张付出的辛苦转化为直观的东西:书籍对于这个谦虚、安静、无性的男人来说就像家里的花草,而他住的乡镇房子前面是没有花园的。他喜欢把这些书放在书架上排成一排排鲜艳的林荫道;用老父亲般花匠的喜悦,保护着每一本书,拿在他狭窄贫血的手里,就像拿着易碎的东西。他从不去村里的小酒店,他讨厌啤酒和烟味,对此他惊恐万状,就像虔诚的人对恶魔的恐惧;他从外面要是听到一扇窗的后面那些打架的人和喝醉的人的粗陋的声音,马上就会迈着急速的愤怒的步子绕过去。他太太生病后他唯一保持来往的就是霍夫莱纳一家。他经常晚饭后去她们那里,有时聊天,有时——她们特别喜欢——朗读书籍,用他那其实有点干巴巴但是激动时却音乐般抑扬顿挫的声音朗读,他最喜欢朗读本国作家阿达贝尔特·斯蒂夫特[①]的《野花》。当他从书本上抬眼看到那个低头倾听的年轻姑娘的金发时,他那羞涩的有些狭隘的心灵总感觉在不知不觉中扩大了;在那姑娘内

---

① 阿达贝尔特·斯蒂夫特(1805—1868),奥地利作家,死于林茨。

心的倾听中,他觉得自己被理解了。母亲注意到他心里想着什么,也知道他在他太太不可避免的命运真正到来后,会把一种崭新的更大胆的目光投向她的女儿。而女儿已经变得很有耐心,沉默着:早就忘记了为自己着想。

中学教师把箱子扛在微微低斜的右肩上,全然不顾那些哈哈大笑的学生。箱子虽然不是太沉,但他一路上都得使劲喘气,为了能跟上克里斯蒂娜的步伐;她极不耐烦神经质地快步走在前面;刚才的告别让她意外地大受刺激。母亲不顾医生的严厉禁止,一瘸一拐地三次走到走廊里,就好像出于什么无法解释的恐惧想死死地抱住她,尽管时间很紧,她还是三次把那个浮肿的,不断哽咽着的老太太扶上楼去。然后发生了最近几个星期经常发生的事情,就在老太太不停地抽泣和激动得说个不停的时候,突然没了呼吸,她只得气喘吁吁地把母亲放到床上。克里斯蒂娜就是在这种情形下离开母亲的,现在担心困扰着她,就像自己犯了一个过失。"天啊,她要是出什么事该怎么办啊,我还从未见她这么激动过,而我又不在家,"她抱怨道,"要是她夜里需要什么,该怎么办?姐姐要到星期日才从维也纳过来呢。面包房的姑娘虽然向我郑重保证她晚上会陪着我妈,但是她的话不可信;她要是去跳舞,能把自己的妈妈都给丢了。不,我不该这么做,不该同意出门。旅行只适合那些家里没有病人的人,不适合我们这些人,还得去那么远的地方,都不能随时回来;从这个旅行我能图什么啊?要是我坐卧不安,要是我每分钟都在想她是否会出事而家里夜里又没有人,母亲摁铃的声音楼下房东家的人听不到或者根本不想听到。我又怎么能想到玩乐。房东他们不喜欢我们住在那里,要是由着他们,他们早就不想把房子租给我们了。来自林茨的那个助理,我虽然也请求她每天中午和晚上过去看看,可她就说了一个'好',这个冷漠干瘪

27

的女人，就说一个好，你怎么知道她是否真的会去。我是不是该发个回绝的电报？我去不去，姨妈真的在意吗？就是母亲自说自话觉得人家在意我们。她要是真在意，早就该不时从美国写封信或者当时在困难的时候寄个食品包裹来，就像其他成千上万人做的那样。——我自己就经手过多少这样的包裹啊，可我母亲没有从自己的亲妹妹那里收到过一个这样的包裹。不，我真不该妥协，要是按照我的心思，我现在就想回绝。我不知道为什么，但我就有种恐惧。我现在不该走，我不该走。"

她旁边的这个金发、羞涩的小个子男人在这匆忙的步行中调整了自己的呼吸开始安慰她。不用担心，他会每天亲自去看望她的母亲，这点他向她保证。要说谁有资格去度假，那就是她，她已经好几年没有轻松过一天了。如果这是违背她的义务的，那他就会是第一个劝阻她这么做的；但是别担心，每天他都会向她汇报，每天。他匆忙地想到哪儿说到哪儿，就是为了安慰她。果不其然，他急促的劝说让姑娘心里很舒服。她根本没听清楚他都说了什么，她只是感觉到她有一个可以信赖的人。

在火车站，已经通报火车即将到站，那个谦虚的送行者一副很尴尬的样子，不停地清着嗓子。整个这段时间里克里斯蒂娜注意到他站着，两只脚捯个不停，想说点什么，却没有勇气。终于他利用一个休息的机会从胸前的口袋里拿出一个白色的纸卷。她应该见谅，这当然不是什么礼物，而是表示小小的心意，也许对她有点用处。克里斯蒂娜好奇地打开这张长条的手工纸。这是她从林茨到彭特雷西纳的狭长的地图，像个可以展开的手风琴；火车沿线经过的所有的河流、山脉和城市都用绘图墨水精细地标注出来，山脉的高度用深浅不一的阴影显示，微小的数字表明它的海拔米数，河流的走向用蓝色、城市用红色彩笔勾勒出来，而距离则在地图右下方一个专门的图表里注明,与地理研究所绘制的大型地图完全一样,但这个却是一个小个子的代课老师带着娱乐的快乐工工整整地临摹出来的,为此花费了很多深情的努力。克里斯蒂娜因为惊奇不由自主地红了脸。她的高兴给了这个腼腆的男人勇气。他又拿出一张正方形的镶着金边的小卡片,这是恩加丁的地图,是从瑞士总参谋部制定的巨幅地图上临摹下来的,每条道路、每个小径就连最小的细节都给人工描画出来了,卡片中央有一个建筑物用红笔画了一个小小的圈子显得格外突出,这就是她的旅馆。代课老师解释道,这就是姑娘要住的饭店,他是在一个旅游指南上找到的:这样姑娘每次出游都能自己辨别方向,不用担心迷路。克里斯蒂娜特别诚挚地谢谢他。好几天以来,这个令人动容的男人肯定花费了很大力气默默地从林茨或者维也纳的图书馆搞到图样,一夜一夜极度耐心地用削尖几百遍的铅笔和专门买来的图画笔绘制这个卡片并且上了颜色,只是为了给她带来一点真正的和有用的快乐,尽管他一贫如洗。他已经在内心深处一公里一公里地预先想了一遍并且陪她走了一遍她那还没有开始的旅程。姑娘的路线和她的命运肯定白天黑夜都浮现在他的脑海里。她现在感动地把手伸给这个还在为自己的勇敢惊诧不已的男人表示感谢,此时她似乎第一次看到他眼镜后面的眼睛。这双眼睛闪着柔和的善良的孩子般的蓝色。在姑娘注视他的时候,这蓝色突然在自己感情的深处变得更加模糊,更加深奥莫测。在他面前,克里斯蒂娜突然感到一种对她来讲至今非常陌生的暖意,一种好感和信任,这是她对一个男人从未感觉过的。在这个时刻一个至今还不清楚的情感在她内心突然变成一个决定;出于感激,她比任何时候都更长时间更加衷心地握着他的手。代课老师也感觉到她态度的变化,血冲到太阳穴上,他变得有些窘迫,深深地呼吸着,寻找合适的话语。就在这个时候蒸汽火车已经像个可怕的黑色野兽呼哧呼哧地开了过来,把空气甩到两边,差点把她手中的卡片刮跑。火车只停一分钟时间。克里斯蒂娜匆忙上车,从窗户望出去只看到一块翩翩飞舞的白布,它飞快地在烟雾和远方消散。然后她就孑然一人,这么多年来第一次孑然一人。

心力交瘁的姑娘靠在车厢木头座椅的角落里,整整一晚都是阴云密布,被雨水模糊的车窗外景色灰暗浑浊。开始的时候一些小地方在暮色中还模模糊糊地掠过窗前,就像受到惊吓四处逃窜的动物,然后一切都盲目和空洞地遁入雾气之中。没人坐在她的三等车厢的小隔间里,于是她可以躺在木头长椅上,深深体会她的精疲力竭。她试着思考,但是车轮急促单调的滚动声打断了每个思绪。麻醉般的睡意不断涌上她发痛的额头,就是那种昏昏沉沉令人麻木的火车睡意,人们会毫无知觉地被捆绑着躺在那里,就像在一个黑色的金属般震动的煤袋里。在毫无感觉的随车前行的身体下面车轮喧嚣地飞驰着,像被人追逐的奴仆,在她仰着的头上方时间默默飞逝,难以捉摸,无法度量。就这样她的困倦完全沉入了这股奔流不已的黑色洪流之中。早上门被猛然拉开,一个宽肩膀留着胡须的男人站在她的面前,表情严厉。这时她才从瞌睡中惊醒过来。她需要片刻时间恢复她麻木的意识,然后才理解,这个穿制服的男人不是要做什么坏事,不是要逮捕她把她带走,只是要看看她用冰冷的手从手提包里拿出的护照。这个官员认真对比了一秒钟护照上贴着的照片和她那不安的面孔。她身体颤抖不已,唯恐触犯了无数规章中的任何一条,这是战争造成的恐惧,人们的神经里滋长了浸入骨髓的没有意义的但也毁灭不掉的恐惧:每个人总会触犯某则法令。但是那个宪兵友好地把护照还给她,伸手漫不经心地在帽子边行了个礼,把门带上,比刚才进来时更为小心翼翼。本来克里斯蒂娜可以再躺一会儿,但刚才冰冷的惊吓夺去了她的睡意。出于好奇她走到窗前往外看。不久所有的感官都激动起来。先前(睡眠是不知道时间的)冰冷的窗户后面,平原的地平线还是黏土的波浪在雾霭中显现出来,灰蒙蒙的,(为什么,怎么回事,她不理解这个)这会儿,大量的群山拔地而起,都是宏伟壮观、从未见过的,超级庞大的山峰,因为惊奇还在陶醉着的眼睛第一次凝视着超乎想象的雄伟的阿尔卑斯山。就在这时第一道霞光从东方的一个隘口照射进来,在最高峰的冰原上分裂成千百万道反光,没有过滤的纯净光线如此刺眼的雪白,照得眼睛都睁不开。一瞬间她都得闭上眼睛。恰恰是这阵刺痛才让她清醒过来。猛地一拉,发出当啷一声,为了离这神奇景象更近,她把窗户拉下来,同时一股新奇冰冷,像玻璃一样尖利的空气很快通过因为惊奇而突然张开的嘴唇涌入肺里,她从未这么深这么纯地呼吸过。惊喜万状的姑娘下意识地伸开双臂,以便把这未加思索的燃烧着的第一口空气吸入身体内部,已经感觉到胸口在扩张,一股暖流从这饮下的严寒——美妙地——美妙地跟着血液流进所有的血管。直到这时被清爽的寒气所融化,她才开始认真地左顾右盼,一一观赏,那活跃起来的目光越来越兴奋地探索着每一座雄伟的花岗岩的山坡,一直向上直到冰冷的最高峰巅,在每个地方都能发现新的美妙之处,这儿有一道瀑布,浪花飞溅,急流奔泻,汹涌翻腾地冲入山谷,那儿是石头砌成的秀丽房子,就像在山岩裂缝上筑成的鸟窝,一只雄鹰骄傲地盘旋在最高的高峰之上,在这一切之上是那片神圣纯洁庄严辉煌的蔚蓝天宇,有着如此生机勃勃令人愉悦的力量,简直不可思议。这个逃离她狭隘世界的姑娘一再凝视着这难以置信的一切,这一夜之间从她的睡眠中长出的巨石塔楼。这些上帝的花岗岩的巨型城堡肯定已在这里伫立了几万年,也许还会在这里守候几百万年或者几十亿年,每座巍峨的巨石塔楼都将屹立在同样的地方,纹丝不动。她要是没有这次偶然的旅行,就会自己死去,腐烂,化为灰烬,根本不会知道这些壮丽美妙的存在。人们总是活着,与一切失之交臂,从没看到过一切,也几乎从未产生看到什么的愿望;人们在狭小已极的空间里毫无意义地度过一生,几乎不比手伸出得更宽,几乎不及自己的脚迈出得更远,仅仅过了一夜,过了一天,开始展现的就是最丰富多彩无穷无尽的奇妙天地!突然之间,一种虚度此生的预感第一次浸入这至今无所企求漠不关心的意识,第一次在与大自然超强的景物接触时一个人获悉旅行拥有涤荡心灵的力量,习以为常的顽强外皮从我们身上一把扯下,把那个生命力旺盛的赤裸的内核扔回涌动不息的大自然变化之中。

在这第一个大彻大悟的时刻,这个思绪飘到远方的姑娘整个时间都站在这景致前,激动无比的发烫的脸颊好奇地靠着窗框。不再追忆往昔。被遗忘的有母亲、贫困、村庄,被遗忘的还有手提包里的那张精心绘制的地图,这个地图可以告诉她每座山峰,每个急速冲向山谷的山溪的名字,被遗忘的还有昨天的自我。现在只想装满最后一滴清冽甘美的晨露,过滤这不停转变的壮丽景色,尽情吮吸这些全景变换着的每一幅图像,同时用张开的嘴唇一再畅饮这冰冻清爽的空气,馥郁浓烈,像欧洲的杜松子一样,这山里的空气能使心脏更加坚毅果决地跳动!火车开动了四个小时,这期间克里斯蒂娜没有一个瞬间离开过窗户的位置。她就这样迷迷糊糊、直挺挺地凝视着窗外,都忘记了时间,当火车停下,列车员以陌生的方言,但是清楚地喊出她旅行目的地的时候,她倏然一惊,心脏狂跳。

"耶稣马利亚啊"——她一下子把她从沉醉中拉回来。她已经到站了,根本没想过该怎样和姨妈打招呼,也根本没想过该说什么。她匆忙地拿起箱子和雨伞——千万别忘东西——去追赶其他下车的人。那些戴着彩色帽子的小工们像军人一样守纪律地站成两排,此刻他们飞奔过来想要争取那些刚到的乘客。火车站上响彻着旅馆的呼喊和大声的问候。就是没有人走到她面前。她忧心忡忡地四下张望,细心寻找着,越来越不镇定,心都跳到了嗓子眼里。但是没有人。什么也没有。所有的人都有人等,所有的人都知道自己该去哪里,就她不知道,就她一个人。那些游客已经朝着旅馆的汽车走过去,这些汽车列队等候着,光鲜锃亮,色彩缤纷,就像一排准备射击的大炮。站台上人都走空了。还一直没人向她走来:她已经被人遗忘了。姨妈没有来;也许已经离去或者生病了,他们拒绝她来这里,而电报到得太晚。上帝啊!只希望自己的钱至少够买回程的车票!但这之前她还是鼓足勇气走到一个旅馆门卫那里,他的帽子上有"皇宫饭店"这几个烫金的字样。她细声细气地问梵·波伦夫妇是否住在他们的旅馆里。"当然,当然。"这个宽肩膀红额头的瑞士人用喉音回答道,唉,对了,他的确有个任务要去火车站接一位小姐。她可以上车了,只需把寄存大件行李的行李票交给他就行了。克里斯蒂娜的脸红了,直到现在她才意识到,自己被深深刺痛了,她那个叫花子用的草制小箱子在她手里摇晃着显得多么穷酸,而其他所有车子那边都很气派地堆放着那些像是刚从橱窗里取出的柜式行李箱新得发亮,闪着金属光芒,像个坦克阵,就在其他那些彩色的方方正正的俄罗斯皮革、鳄鱼皮、蛇皮和光滑的皮料箱子中间。她马上感觉到她和那些人之间有了显而易见的距离。羞耻感攫住了她。快点编个谎话!就说其他行李要晚些时候才到。那好,那我们就马上可以出发了,那个身穿神气号衣的司机说道,随手打开车门,——感谢上帝,他既没有表示任何惊讶,也没有表示蔑视。

一个人的羞耻感一旦在一个点上被触动,但他整个人的最遥远的那根神经也就不知不觉中被震撼了;最匆忙的接触,最凑巧的想法都会重新激起和加剧这个曾经丢过一次脸的人经受的痛苦。从这第一次打击之后克里斯蒂娜就丧失了她的无拘无束的心态。她脚步不稳地跨进旅馆豪华汽车光线暗淡的车厢,几乎没注意到车厢里还有别人。可现在她退不出去了。她必须穿过甜滋滋的香水和俄罗斯皮革汇成的朦胧香味,经过陌生的不情愿收起的膝盖,胆怯地像感觉冷那样缩起肩膀,低垂眼皮,坐到一个后排的座位上。出于尴尬她每经过一个膝盖的时候嘴里都飞快地嘟囔出一句问候,仿佛要通过这样的礼貌为她的存在表示歉意。但是没人搭理。要么就是这十六道缺乏善意的目光对她的打量已经结束,没人搭理她,要么就是那些乘客,那些说着粗野急促的法语的罗马尼亚贵族,大声喧哗说得开心,根本没有注意到这个单薄穷酸的姑娘。姑娘怯生生静悄悄地窝在最外面的角落里。她把草编箱子放在面前斜靠着膝盖——她没有勇气把它放在一个空位子上——她坐在那里,因为害怕被这些人说不定会用讥讽人的目光打量,深深地弯着身子,整个行车过程中没敢自由地抬起过一次目光;她只是盯着一个角落,只是看着座椅下面的东西。但是那些女人奢华的鞋子已经让她想起她自己鞋子的粗笨。看着那些女人高傲丰满的腿,在敞开的夏季银鼬皮大衣下面放肆地交叉着,再就是带着大胆图案的男士运动长袜;她痛苦地进行着比较,就连这个财富的地下世界也已经让她羞愧不已,待在这帮从未想象到的时髦人物旁边该怎么活啊。每一道胆怯的目光都带来一次新的痛苦。她斜对面坐着的一个十七岁的女孩腿上抱着一个茸毛精致的中国小狗,小狗懒洋洋地汪汪叫着伸着懒腰,它的衣服镶着皮毛边,还绣着两个交织在一起的字母,那只在狗狗的毛里抓痒痒的小手,指甲涂成粉色,已经有颗钻石在闪闪发亮。就连靠在角落里的高尔夫球杆也套着高贵的,用崭新的奶油色皮子做成的套子,每把随随便便扔在那里的雨伞都显示着一个独特精选的古怪的夸张的手柄——她的手下意识地飞快盖住她自己那把雨伞上用便宜的假兽角做的手柄。但愿没人想注视她,没人意识到她自己现在第一次都知道了什么!这个受到惊吓的姑娘越来越把自己蜷缩起来,每次她身边爆发一阵笑声,恐惧就油然而生。但她不敢抬眼看看,了解一下这个笑声是否真是针对她自己。

因此在饱受煎熬之后,汽车开进饭店铺着砾石的前院时她总算解脱了。一声信号,就像铁道上的铃声一样刺耳,把一支由形形色色的临时工和服务员组成的队伍召唤到汽车旁边。他们身后慢条斯理地出现大堂经理,显出地位高贵,与侍者不同,他身着黑色礼服,头路分开,像几何图形一样。第一个从打开的车门蹿出来的是那只中国小鬈毛狗,叮叮当当地,还不停地抖动着;紧跟着的是那些女士,轻松自如地,根本没有中断她们那喋喋不休的高声谈话,她们下车时把夏天的皮大衣高高提起,露出经常运动肌肉发达的腿;她们身后还留下一阵香水的波浪,几乎让人晕眩。按照社交礼数那些男士现在该让这位正在怯生生地站起身来的姑娘先下车,但是他们要么正确猜出了她的出身,要么根本没有注意到她;反正他们看都没看周围一眼就迈步从她身边走过直奔饭店秘书。克里斯蒂娜不知所措地留在原地,手里拎着那只招人讨厌的箱子。她想,还是让那些人走前几步,这样不致引起别人的注意。但是她犹豫的时间太长了,根本没有旅馆的侍者赶到她的面前。当她迟疑地走下汽车的踏板时,那位穿礼服的大堂经理已经恭恭敬敬地跟着那些罗马尼亚客人离开,侍者们手脚麻利地拿着手提行李跟在他们身后,临时工们已经非常熟练地吭哧吭哧从汽车顶上卸下沉重的箱子。没人注意到她。很明显,她备受屈辱地想——很明显,人们肯定把她当成了女用人,最好的情况也就是把她当成刚才那一行人的婢女,因为这些用人漫不经心地推着箱子从她身边经过,把她一个人留在那里站着,就像她是他们当中的一个。最后她实在忍无可忍,便鼓起最后的勇气走进饭店大门,一直走到门房那里。

但是旺季的一个门房,是这艘豪华巨轮上的船长,谁敢跟他搭话,他气宇轩昂地站在他的台子前面,坚定不移地通过一大堆狂风暴雨似的问题保持着他意志的航线。十几个客人已经稳稳当当地站在他的面前,这个强悍无比的人右手记录着什么,用每个手势和眼神就像射箭似的左右开弓,把侍者们派了出去。同时向左右两边发出消息,电话听筒一直贴在耳边,一个全能的人形机器,神经末梢始终紧绷——在他的威严面前就连最有资格的人也得等着,更何况一个毫无经验胆小怕事的新手?在克里斯蒂娜看来,根本不可能跟这个忙碌中的先生说上话,于是她胆怯地退到大厅里面,恭敬地等着这阵忙碌过去,人们慢慢散开。但是渐渐地她手里那个讨厌的草箱子变得越来越重,她环视四周想找个地方把箱子放下,发现——也许是幻觉或者是过于敏感——大厅的安乐椅上坐着的几个人已经在嘲讽地朝她这边看,窃窃私语着,笑着;她的手指突然变得特别虚弱,再过一会儿这个讨厌的负担就真的会从她手上掉下来。但是就在这危急时刻,一个头发染成金色,打扮分外年轻,但是非常时髦的女士迈着急促的步子走到她的面前,先从侧面仔细打量了她一番,然后才问道:"是你吗,克里斯蒂娜?"克里斯蒂娜本能说出的"是的"两字,更像是吹气吹出来的,姨妈在她面颊上轻轻吻了一下,散发出淡淡的扑粉芳香。可她,在经历了可怕的孤苦无告的感觉之后终于又感受到了一丝温暖和柔情,便猛烈地扑到姨妈怀里,而姨妈原本只想轻轻拥抱一下外甥女,这个举动让姨妈非常感动,她把这个寻找依靠的动作理解成了亲戚之间的温柔亲情。她轻柔地抚摸着侄女颤抖的肩膀。"哦,你来了我也高兴极了,安东尼和我都特别高兴。"然后她握着侄女的手:"来,你肯定想要先打扮一下,你们奥地利的火车肯定特别不舒服。收拾一下——但时间别太长。已经敲过午饭的锣了,安东尼不喜欢等人,这是他的弱点。We have all prepared①,可不是,我们把一切都准备好了,门房马上会带你去你的房间。——你要快一点啊:不用多梳妆打扮,这里的人中午很随便的。"

姨妈招招手,一个穿号衣的侍者快步过来拿过箱子和雨伞,然后跑去拿房间钥匙。电梯无声地升到三层楼。在走廊中间侍者打开一房门,脱帽站在一旁。这就该是她的房间了。克里斯蒂娜走进去。还在门口她就退缩起来,好像走错了地方。这是一间超级宽大、无比明亮、铺着鲜艳壁纸的房间,一道光线的瀑布从两扇打开的阳台门涌进来,就像通过水晶的闸门。这道金色的光柱不可抑制地一直冲进房间深处,每个物品都被这大量燃烧的元素浸透了。擦得铮亮的家具侧面犹如水晶般闪亮,在闪耀的反光里,黄铜和玻璃上浮现着那令人喜爱的光芒。就连绣着花朵的地毯也像长在生气勃勃的青苔上,繁花似锦,鲜艳悦目。这位来自小赖夫林的邮政女职员只习惯于贫困的环境,还无法这么快就调整自己,以至于自己真的胆敢相信这个房间是属于她的。这个房间阳光灿烂,就像乐园的清晨,被四处充足的光线晃着眼睛,这个惊慌失措

---

① 英文:我们什么都准备好了。

的姑娘必须等着那已经停止跳动的心脏恢复正常,然后她才飞快地多少有些良心不安地把房门在身后关上。第一个令她吃惊的是:竟然会有这样的事情,竟然会有这么多光彩夺目美不胜收的东西!第二个想法,多年来都和所有值得渴望的东西不可分割地联系在一起的:这得花多少钱,多少钱,这得是多少多少钱啊!一天的房钱肯定比她一星期——不,一个月挣的还多!好不害臊——谁敢在这里有宾至如归的感觉啊——她四下看看,先把一只脚然后再把另一只脚小心翼翼地踩在地毯上。然后她才带着敬畏和抑制不住的好奇来接近每一件贵重物品。她先小心谨慎地摸摸床:人们真的可以在这么光鲜、凉爽的白色床单上睡觉吗?那个鸭绒被,像柔软的绒毛铺在那里,丝绸印花被罩,拿在手里好轻好软;手指一按灯就亮了,墙角蒙上温暖的粉红色调。一个发现接一个发现,雪白的闪着贝壳光泽的盥洗台安装着镍制的用具,靠背软椅特别柔软而且深凹进去,你必须使劲才能从它那弹性很强的椅垫上站起身来,那擦得发亮的高贵木材家具与壁纸春天般的绿色相得益彰。这里,为了欢迎她,桌上高茎玻璃瓶里放置了一束盛开的四色石竹,简直就是一阵用水晶小号吹奏出来,由色彩声音组成的气势澎湃的欢迎旋律!多么不可思议的奇妙的富丽堂皇!可以一天、八天、十四天观看着,使用着和拥有着所有这些,这让她产生了狂热的充满期待和欢乐,她战战兢兢又特别着迷地慢慢走到这些不认识的东西面前,好奇地触摸着每个东西的局部,一件又一件,一而再地陷入心醉神迷之中,完全忘记了自我,直到突然,就像踩到了一条蛇,她吓得向后跟跄了一下,差点摔倒。因为她不经意地打开那个巨大的衣柜——从里面的门上那个意想不到的壁镜里走出了一个真人大小的图画,就像游戏盒子里吐着红舌头的妖怪,在镜子里的——她吓了一跳——是她自己,真实得可怕,是唯一不属于这个格调雅致高贵的屋子的东西。当她瞅见她的那件浅黄色的旅行大衣和惊慌失措的脸上的那顶压扁的草帽时,她从头到脚都感觉到别人的讥讽。"混进来的,滚出去！别弄脏了这个房间！到你该去的地方去。"她觉得镜子在这样呵斥她。真的,我怎么有权利住在这个世界,住在这样的房间里呢！她惊愕地想道。这对姨妈是多大的耻辱！我不用多梳妆打扮,她这么说的！就好像我真能这样打扮似的！不,我不下楼了,我宁愿待在这里。我最好坐车回去。但是怎么能把自己藏起来,怎么还能现在及时消失,不让别人看见我,不惹人不快？她下意识地躲开镜子,尽可能离它远一点,一直躲进阳台。她的手痉挛地按着栏杆,向下凝视着深不可测的地方。一下子就能得到拯救。

然后楼下又响起了进军的锣声。老天啊！她想起——姨夫和姨妈还在大厅等着她呢,而她却在这儿磨磨蹭蹭。她还没洗洗脸呢,还没脱下那件令人作呕的大减价时买的大衣。她心急火燎地打开草箱,拿出她的化妆用品。她展开那个橡皮小包,把所有的东西都放在光滑的水晶台上,粗糙的肥皂、扎人的小木刷、一看就是便宜的让人嘲笑的洗漱用品,她觉得,就仿佛把她全部的小市民的寒酸气又一起极为讽刺地完全暴露在具有优越感的好奇目光之下。旅馆女用人在收拾房间时会怎么想,她肯定马上就会到楼下,在全体用人那里嘲讽这个叫花子般的客人,一传十,十传百,很快整个饭店的人都会知道了。你还必须从他们身边走过不可,每天都要走过,迅速低垂着眼睛,感觉着背后的窃窃私语。不,这姨妈帮不上忙,这是掩盖不了的,这是会暗中渗透的。到处,每走一步一个线缝就会撕裂,每个人一眼就会通过衣服和鞋子看到她赤裸裸的寒酸。但是现在必须赶紧更衣,姨妈等着呢,而姨夫,她说过,很容易不耐烦。穿什么呢？上帝啊,该怎么办？她首先想穿从姐姐那里借来的那件衬衫,就是绿色的人造丝的那件,昨天在小赖夫林她还觉得这是她衣柜里最奢侈的衣服,现在在她眼里简直土得掉渣而且俗不可耐。最好还是穿那件简单的白色衬衫吧,它不引人注意,然后再从花瓶里拿几朵花,把它们举在衬衫前面,可以用花儿的鲜艳光泽转移人们的视线。低垂着眼帘从楼梯间的人们那边匆忙走过,就是为了迅速突破被人打量的恐惧,她小跑着跑下楼梯,脸色苍白、气喘吁吁,太阳穴疼痛不已,有一种头晕目眩的感觉,身体清醒地投入致命的深渊。

姨妈从大厅那边看到她过来。这丫头穿得好奇怪啊。她奔下楼梯,从人们旁边经过时的样子好笨拙!这个小东西也许有点紧张;还是应该事先了解一下情况!上帝啊,她怎么这么傻乎乎地站在进门处,也许她是近视或者出了点什么状况。"你怎么啦,孩子?你的脸色好苍白啊。你不舒服吗?"

"不是的,不是的。"这个还一直惊慌失措的姑娘结结巴巴地说——大厅里人多得要命,那边那个穿黑衣服拿着长柄单片眼镜的老妇人,干吗这么往这边看啊!也许盯着她那双可笑的粗笨的鞋子。

"好,来吧,孩子。"姨妈催促着她并挽起她的手臂,一点也没想到,这个举动给这担惊受怕的姑娘帮了多大的忙。因为这样就给了克里斯蒂娜一点阴影,她可以挤在里面,是个背景,是半个藏身之处:姨妈至少用她的身体、她的装束和她的声望遮挡住了她的一边。多亏她的陪伴,这个紧张得要命的姑娘总算以相当得体的举止穿过饭厅走到饭桌旁,那个冷漠粗壮的安东尼姨夫在那里等着她们;现在姨夫站起身来,宽大下垂的面颊上绽出和蔼的笑容,他用他那眼眶发红,但荷兰人式明亮的眼睛友好地打量着这位新来的外甥女,把厚实粗糙的手伸给她。他的快乐主要是因为他不必再在已经铺好刀叉的桌前等候,作为荷兰人他喜欢吃,而且是多多地吃舒舒服服地吃。他讨厌被打扰。自从昨天起他已经在暗地里害怕会来一个爱好交际、咋咋呼呼、极不得体的丫头,她的叽叽喳喳和没完没了的问题会打搅他安静地吃饭。他现在看见的这个新来的外甥女,一副羞怯、可爱的样子,面色苍白,神情谦虚,看着很是舒服。他马上看出和这外甥女可以相处得很好。他友好地看着姑娘,和蔼地劝道:"你首先得吃东西,然后我们再聊天。"他真高兴,这个苗条胆怯都不敢抬起眼来的小家伙与那边那些小毛丫头截然不同,他讨厌死她们了,因为她们身后的留声机总是丁零当啷地响着,因为她们无比放肆,扭扭捏捏地走来走去,从他的古老荷兰来的女人,没有一个会这样穿过房间。他亲手给姑娘斟酒,尽管在弯下身的时候因为腰痛而呻吟了一下,他给侍者做个手势让他上菜。

这个袖口烫得挺括、表情僵硬冷漠的侍者怎么把这么多好吃的东西放到盘子里啊!所有这些从未见过的冷盘、冰镇的橄榄、五光十色的沙拉、银光闪闪的鱼、堆成小山的洋蓟、厚厚的奶油、细嫩的鹅肝酱、粉色的鲑鱼片——肯定都是美味佳肴,入口即化,清淡可口。该用桌上摆放的十几把刀叉中的哪一把来对付这些从未品尝过的东西呢?是用那把小的还是圆的勺子?用那把细的还是那把宽的刀?该怎么切才能不让这个付钱雇来的观察者和邻桌那些老练的客人不可避免地猜出自己有生以来是第一次在这么高级的饭店用餐?该怎样才能不做出太离谱的笨手笨脚的事情?克里斯蒂娜慢吞吞地打开餐巾,就是为了赢得时间能低垂眼皮斜眼瞅着姨妈的手,以便能模仿她的每个动作。同时她又必须对付姨夫提出的友好问题,他的浓缩的荷兰德语必须竖起耳朵才能听明白,更何况他还掺杂了大量的英语。在这场应付两个战线的作战中她必须全力以赴,同时她的自卑感又让她觉得身后始终能听到阵阵窃窃私语,想象得出邻桌讥讽或者同情的目光。一方面担心在姨夫、姨妈、侍者、大厅在座的客人当中任何一个人面前暴露出她的贫困、她的毫无经验,另一方面又要努力做到无拘无束地甚至是开朗快活地谈天说地,对她来讲这半个小时简直变成了永恒。她一直勇敢坚持到端上水果;然后姨妈终于注意到她说话有些颠三倒四,虽然并不理解:"孩子,我看得出来你累了,当然这也并不奇怪,谁让你在这样一个糟糕的欧洲火车车厢里坐了整整一夜。不,你不用不好意思,赶快去你房间好好躺一个小时,然后我们就出去走走。什么也不耽误,安东尼饭后也总会眯一会。"她站起身挽起她的胳膊,"快上楼去躺一会。然后你就神清气爽了,我们再好好散会儿步。"克里斯蒂娜深深吸了口气,心里特别感激。能够关上房门躲一个小时就是赢得一个小时。

"怎么样,你喜欢她吗?"刚一走进房间,太太就问她的安东尼,他已经解开上衣和马甲的扣子准备午休。

"很可爱,"这个胖子打了个哈欠,"长着很可爱的维也纳面孔……对了,把那边的枕头给我……真的很可爱也很谦虚。就是——I think so at least①——我觉得她穿得有点寒酸……所以……我不知道怎么说……我们这里已经没人这样穿戴了……我的意思是,你要是在这里把她作为我们的外甥女介绍给金斯莱夫妇和其他人的话,她还是得穿得更像样一些……你能从你的衣服里挑几件帮帮她吗?"

---

① 英语:我至少这么想。

"瞧——我已经把钥匙拿在手里了。"

梵·波伦夫人微笑道,"当我看到她这身打扮笨手笨脚地走进旅馆的时候,我自己也惊呆了……真是相当丢脸。你还没看见那件大衣呢,黄得像那流汤的鸡蛋,真是绝了,真是可以把它和印第安人的稀罕玩意儿放在一家店里展览……可怜的姑娘,她要是知道自己打扮得多么古怪,啊,但是,我的上帝,她又怎么能知道呢……他们大家在奥地利都是特别艰难地熬过那场可恶的战争的,你自己不是听她说了吗,她从来没有到过维也纳三公里以外的地方,也从来没有和人交往过……可怜的丫头,你可以在她身上觉察到她在这里感觉很陌生,到哪儿都战战兢兢的……你别管了,就看我的吧,我会把她打理得当的,我带了足够的东西,要是还缺什么,我会去英国铺子买的,没人会察觉什么的,为什么她就不该过上几天特别舒坦的日子呢,这可怜的小家伙。"

当她那疲倦的丈夫在贵妃榻上小憩的时候,她打量着那两只巨大的柜式箱子里的东西,这两个箱子墙一样高,就像仙女像柱似的立在套房前厅里。梵·波伦夫人并没有把她在巴黎逗留的十四天都花在参观博物馆上,还在女子时装店里消磨了大量时间,吊钩上挂着中国绉纱、丝绸、麻纱,她把十几件衬衫和套装一件件拿出来又放回去。她检查着、斟酌着、一遍遍数着,在她决定该给她的小外甥女些什么之前,她的手指慢慢掠过闪闪发光的黑色的衣物,还有那柔滑的沉沉下垂的长袍以及面料,这是繁琐的事情,其实又很令人愉悦。最终座椅上堆起了一堆闪闪发光的东西,全是薄绸的衣服以及连裤袜内衣之类的小物件。用一只手就可以把这些轻巧的东西捧起来拿到克里斯蒂娜的房间去;当姨妈拿着这些令人惊喜的衣物走过去轻轻打开克里斯蒂娜房门时,一开始以为房间是空的。窗户打开冲着外面的风景,椅子是空的,桌子是空的;她已经打算把衣服放在一把椅子上,这时她发现克里斯蒂娜躺在沙发上睡着了。出于尴尬,姑娘快速喝干不太习惯的葡萄酒,而姨夫又一再好意地给她斟满,这酒奇怪地让她的头特别沉重。她就想坐在沙发上想一下,整理一下思绪,没有注意到,睡意袭来,她不由自主地躺下睡着了。

　　对自己一无所知的无助状态,总是让别人对一个睡着的人不是感动就是觉得可笑。姨妈踮起脚尖走近克里斯蒂娜时,被感动了。这个受到惊吓的姑娘在睡眠中把双臂搁在胸前,像要保护自己;这个简单的动作显得特别感人,那似乎惊愕而半张着的嘴一副孩子气,也同样感人;眉毛也因为一种内在的梦中慌张而微微向上扬起;一直到睡眠中——姨妈突然茅塞顿开——一直到睡眠中姑娘都在担惊受怕。嘴唇多么苍白,牙龈毫无血色,这个还十分年轻,安睡中的孩子般的脸上,皮肤多么惨白。也许营养不良,过早得养家糊口而疲于奔命,把她累垮了,拖垮了,而她其实还不到二十八岁。Poor chap!① 当姨妈注视着这个在安睡中把自己不知不觉地暴露无遗的姑娘时,一阵惭愧之感在这个好心肠的女人心里油然而生。真是我们的耻辱:这么疲惫,这么穷困,这么无依无靠,我们早就该帮助他们了。在美国那边我们做了那么多慈善事业,举办慈善茶会和圣诞捐助,也不知是为了谁,这么多年却把自己的姐姐,自己最亲的亲人忘得一干二净,几百美元就能帮他们大忙。当然,他们也真该写信来提醒一下——总是这愚蠢的穷人自尊心,一无所求! 幸运的是至少现在还可以帮助一下,给这个脸色苍白的文静的姑娘一些快乐。她也不知道为什么,她一再感动不已地注视着这个奇怪地深入梦中的姑娘的侧影——这是她自己的画像

---

① 英语:可怜的小家伙!

吗?从童年的镜子中浮现出来的画像;她突然想起了母亲早年的一张照片,就放在一个狭窄的金色镜框里挂在她自己儿童床上面。还是当年自己在Boarding-house①里的那种被遗弃的感觉又苏醒过来?——无论如何,一种完全料想不到的温情涌上这个日益衰老的女人心头。她温柔地轻轻抚摸着这个沉睡中的女孩的金发。

克里斯蒂娜立即惊醒。因为要照顾母亲,她已经习惯了有人一碰,她就做好准备。"是不是已经太晚了?"她自责地结结巴巴地说道。所有的职员都永远担心上班迟到,她也同样如此,多年来就是带着这种担心入睡,闹钟一响就马上起床,每天第一眼看钟总是问"我没太晚吧?"每天第一个感觉就是担心耽误了工作。

"孩子,你怎么吓成这样?"姨妈让她镇静下来,"在这里你有大把的时间,都不知道该怎么打发。你要是还觉得累的话,就再静静地躺一会儿——上帝知道,我可不想打扰你,我给你带来几件衣服让你看看,也许你有兴趣在这里穿上一件两件的。我从巴黎拖来了这么多东西,箱子都塞满了,我这就想,你最好替我穿一两件。"

克里斯蒂娜感觉脸一下子涨得通红,浑身发热。他们到底还是察觉到了,马上,第一眼就发现了她的寒酸给他们蒙羞了——姨夫和姨妈两个人肯定因为她的缘故而感到不好意思了。但是姨妈多想委婉地帮助她啊,把施舍掩饰得多好啊,竭尽全力不想让她受到伤害。

"我怎么能穿你的衣服呢,姨妈?"她结结巴巴地说道,"对我来说它们太贵重了。"

"胡说,你穿着它们肯定比我更合适。安东尼早就嘀嘀咕咕

---

① 英文:供膳宿的私人住房。

说我穿得太年轻。他恨不得我跟他在哈恩达姆的姨婆穿得一样,沉重的黑绸外衣还得有个轮状皱领,像新教徒似的把衣领紧扣,脑袋上顶着一个家庭主妇戴的浆洗过的白色小帽。他肯定万分情愿看到你穿着这些衣服。现在过来,你说你今晚最想穿哪件?"

一下子——那个早就消失了的试衣女郎的轻盈手势突然又被她轻松地展现出来——她拿起一件衬衫一样轻柔的裙子,放在她自己身上灵巧地叠起来。这是件象牙色的衣服,带着日本的花边,春意盎然地闪闪发光,旁边是件黑色如夜的绸衣,闪烁着一团红色火焰。第三件衣服墨绿色,边上缝着银线。克里斯蒂娜觉得这三件衣服都美极了,压根没敢想穿上它们或者拥有它们。把这些如此奢华娇贵的高级衣服穿在她那没有防御的肩上,怎能不叫人每时每刻都胆战心惊呢?在这样色彩和光线的薄雾中该如何行走和活动呢?必须好好学学才能穿这样的衣服吧?

但是她毕竟是个女人,情不自禁用谦卑的但又充满渴望的目光看着这些贵重的衣服。她的鼻翼紧张地翕动着,手开始奇怪地发抖,因为手指已经特别想轻柔地触摸那些衣服,她费了不少力气才控制住自己的好奇。姨妈根据业已消失的试衣女郎的经验了解这种渴望的眼神,这种近乎性感的激动,这是所有的女人在看到奢侈品时都会产生的激动。看到这个沉静的金发姑娘瞳孔里突然点燃的光亮,她不由自主地微微一笑;瞳孔不安地从一件衣服移到另一件衣服,无法做出决定。这个有经验的女人知道,她只要选了一件衣服,就会后悔,然后又惦记起另一件。她特别高兴还能赠予这个如痴如醉的姑娘更多的东西。"现在,不着急,我把这三件衣服都留在这里,你选一件今晚最想穿的,明天再试其他的,我也给你带来了长筒丝袜和内衣——现在就还差一些能给你苍白的面颊增添些色彩的新鲜和时尚的东西的化妆品,你要是同意的话,我们马上就去商店那边把所有你在恩加丁需要的东西都买回来。"

"可是姨妈,"这个受宠若惊的姑娘惊愕地喘着气,"我怎么能这样呢……我不能让你这么破费。就连这个房间对我来说也太高级了,真的,一个简单一点的房间就足够了。"可姨妈只是笑了一下,仔细打量着她。"那这样,孩子,"她独断专行地说道,"我带你去我们的美容师那里,她会给你稍稍修剪一番。像你这样一脑袋的头发,在我们那儿只有印第安人才有。你留意一下,只要你的脖颈后面不再披着这么多头发,你马上就会觉得脑袋轻松多了。不,别反驳,对这个我更懂,让我来处理,你别担心。现在打起精神,我们有很多时间。安东尼下午要打扑克,晚上我们要把焕然一新的你展示给他看。来吧,孩子。"

在大型的体育用品商店里,货架上很多盒子一下子都拿了下来,选了一件棋盘样式的方格子毛衣、一条可以紧束腰身的麂皮腰带(系上它腰肢就绷紧了)、一双结实的淡褐色皮鞋,散发着一股新鞋浓烈的味道,一顶帽子、几双紧腿的鲜艳的运动袜以及各种各样的小东西——克里斯蒂娜总算可以在试衣间里把那件讨厌的衬衣脱下来,就像撕下一张肮脏的树皮,随身带来的贫穷被塞进了一个硬纸袋里。看到这些令人厌恶的东西消失了,她感到极为轻松自如,就好像她自己的害怕也被永远地藏进了袋子里。在另外一家商店还买了几双会客穿的鞋、一条轻柔飘逸的丝巾以及一些类似的魔幻物品:没有见过世面的克里斯蒂娜吃惊地看着这种新颖奇妙的购物行为,买东西不问价钱,永远没有"太贵了"的担心。你挑选,说个"是",不用多想,不用担心,包裹已经包好了并由神秘的特使送到你家里。你还没敢希望什么呢,就已经如愿以偿了:这真是瘆得慌,但也令人陶醉的简单和美妙。克里斯蒂娜不再继续抗拒而是完全沉醉在这种奇妙之中,她任由姨妈处理一切,只是一旦姨妈从钱包里取出钞票的时候,她就飞快地扭头看着别的地方,使劲让自己不去听价钱,因为这肯定特别多,为她花的钱肯定想象不到的多:她几年里花的钱也没有在这里半小时花的多。她一走出商店就控制不住自己了,她抽搐着充满感激地握住恩人的手臂,亲吻着她善良的手。姨妈冲着她这动人的迷惘状态微笑着。"现在还得去搞定头发!我带你去女理发师那里,然后去那边给几个朋友留下我的名片。一小时后你就焕然一新了,那时我来接你。留点神看看她是怎么打理你的,现在你看上去已经迥然不同了。然后我们去散步,晚上好好乐一下。"心脏一阵狂跳,她由着姨妈(她当然是好意)带她走进一个铺着瓷砖被镜子照得闪闪发光的房间,到处散发着温暖和香甜的味道,也有柔和的带着花香的肥皂及喷洒的雾状香精的味道,旁边有一台电器,像山中风暴似的呼呼作响。女理发师是个法国人,长着微微翘起的鼻子,手脚特别利索,她接受着姨妈给她的各式各样的指示,克里斯蒂娜都听不太懂,也压根没想尝试着听懂。她现在有了一个新的乐趣,随便由人摆布,随便由着别人给自己惊喜。她被人安置在一张舒适的理发椅里,姨妈离开了,她轻轻靠着椅背闭上眼睛,在一种惬意的麻醉状态下享受着一切。她感到一个机器啪嗒啪嗒的声音,脖子后面一阵钢铁的凉意,以及那个活泼的女理发师轻声的听不太明白的话语,她吸进那潮湿柔软的香雾,由着陌生灵活的手指把甜甜的香精涂抹在她的头发和脖子上。千万别睁开眼睛,她心想。否则一切都可能不是真的。千万别提问。只是尽情享受这星期日般的感觉,终于有一次自己歇着,被人服侍而不是服侍别人。终于有一次让手惬意地搁在怀里,让美好的东西为了自己,发生在自己身上,渐渐来到自己身边,尽情享受这种罕见的松软无力,可以随意向后靠着和让人照顾的感觉,已经有好多年,好几十年没有经历过这种奇特的感官感受了;闭着眼睛任由芬芳的微风掠过自己,她想起了最后一次:她还是个孩子躺在床上,发烧好几天了,现在烧退了,母亲给她拿来甜滋滋的白色杏仁奶,父亲和哥哥坐在她床边,大家都关心她,都围着她转,所有的人都对她特别好特别温柔。旁边,金丝雀叽叽喳喳哼着调皮的旋律,床上又柔软又温暖,不必去学校,一切体贴入微的事情都发生在她身上,被子上放着玩具,但她实在太舒服,不想动,不想摆弄玩具;不,最好别睁眼,深深地感受什么也不做和让人摆布的感觉。十几年她都没有回忆过童年时代那软绵绵的美好的惬意了,现在这段回忆又突然出现。皮肤还记忆起,被温暖抚摸过的太阳穴还记忆起。那个手脚麻利的理发师小姐问过几个问题,比如"您要剪更短一些吗?"但她只是回答一声"随您的便",目光便有意避开那面拿近的镜子。不,千万别打断这奇妙的感觉,不必承担任何责任,任由事情在自己身上发生,什么事也不干,也没有任何愿望,尽管有那么一次,一生中第一次命令别人,专横地提出需要,要求这要求那的,这样也挺诱人的。现在女理发师从一个磨光的小玻璃瓶里把一阵香雾喷到她的头上,一把剪刀细致温柔地划过,她感觉痒痒的,她一下子感到头上奇特的清爽,脖子后面的皮肤有一种新奇的开放的凉意。其实她已经很好奇了,想要看看镜子,但她还是靠着椅背,闭上眼睛,延长着那种梦幻般使人陶醉的惬意的感觉。这时第二位小姐像幽灵一样悄无声息地在她身旁坐下,给她修理指甲,而另一位则高度艺术地给她卷着头发。这个她也——几乎不再感到惊讶——顺从地、听话地任其发生,"Vous êtes un peu pâle, Mademoiselle."①那个手脚麻利的女理发师说了一句之后,便用各式各样的描笔把她的嘴唇涂红,把眉

---

① 法文:小姐,您脸色有点苍白啊。

毛的弓形画得坡度更大一些,面颊的颜色画得更鲜艳一些,她也不反抗。所有这一切她在这惬意的浑身放松慵懒无力的状况中,都看到了又都没有看到,因为被这弥漫着甜味和潮湿闷热的空气所陶醉,她几乎不知道,所有这些是否发生在她身上还是发生在另外一个人身上,一个崭新的我身上,她模模糊糊地不怎么真切地经历了这奇特的一切就像一个梦境,稍稍担心,会突然从这个梦中跌了出来。

终于,姨妈出现了。"好极了。"她用专家的口吻跟女美容师说。依据她的愿望,又把一些盒子、描笔和小香水瓶装进一个口袋,然后决定去散步。克里斯蒂娜起身的时候也没敢照照镜子,她只是觉得脖颈上的脑袋异常轻松,她现在迈步的时候有时会偷偷往下看看绷紧的裙子,图案花哨、色彩明快的长袜,鞋面发亮、式样时髦的鞋子,这样她就觉得自己的步伐迈得更自信了。她温柔地紧贴着姨妈,让姨妈给她讲解一切,一切都美妙绝伦:风光无限,景色带着浓重的翠绿色,环绕着各种高度的地面,几家旅馆,也就是几座奢华的城堡,高高地伫立在山坡上,傲气凌人;——昂贵的商店橱窗里展示着高尚骄人神气十足的商品:皮衣、首饰、钟表、古玩,所有这些奇特而陌生的东西旁边,便是那冰雪覆盖的壮丽雄伟无比孤傲的冰川。奇妙的还有那些套着美丽挽具的马匹、那些狗、那些人,穿得跟阿尔卑斯山的山花一样绚丽多彩。整个环境阳光明媚无忧无虑,这是一个她从未料想过的没有工作没有穷困的世界。姨妈给她说着那些山脉、那些旅馆及一些从她们身旁经过的显赫客人的名字:她满怀崇敬地倾听着,敬畏无比地朝着他们看过去,她越来越觉得允许她在这里真是个奇迹。她一面仔细听的时候一面诧异她怎么能够在这里走来走去,怎么能允许她这样,她变得越来越没把握,她自己是否就是那个经历这些事情的人。终于姨妈看了看表。"我们必须回家了,是换衣服的时候了。离晚饭只有一个小时。唯一让安东尼生气的就是不准时。"

等她回家打开房门的时候,房间已经因为黄昏涂上了一层柔和的色彩,很早就降临的夜幕让一切都沉浸在柔和的暮色朦胧之中,寂静无声。只有打开的阳台门后面那显著突出的长方形的天空还保持着那强烈照射的耀眼的蓝色,可在房间内部所有家具的色彩已经开始轻轻褪去,和天鹅绒般的阴影融为一体。克里斯蒂娜走到阳台上,对面就是雄伟壮丽的风景。她目不转睛地望着迅速展开的色彩游戏。首先是云彩丧失了它们光芒四射的白色,逐渐轻轻地然后又越来越激烈地泛出红色,仿佛它们自己,本来如此高傲,无动于衷,如今那伟大的天体越来越迅速地坠落,便激发起它们自己的感觉。然后突然从群山组成的墙壁上升起阴影,它们白天的时候稀疏地零星地躲藏在树木后面;现在成群结队地出来,变得密集而大胆,就像一股黑水飞速地从山谷直冲到山峰,颤抖的心灵已经在担心这股黑色洪流现在是否会漫过山顶,周遭壮观的景色,是否会突然变得空旷一片、黝黯无光——事实上,一阵轻薄的霜冻的气息已经像看不见的波浪从山谷升起。一下子群山在一道更加寒冷更加苍白的光线下开始重新发光;看啊,在那并未熄灭的蔚蓝色的天空中,月亮出现了。就像一盏弧光灯,它通过山隘高高地圆圆地飘浮在两个最雄伟的山顶之间,刚才还只是个图像,多彩的细节,现在开始变成剪影,由黑白二色组合成轮廓,带着那些小小的星星,散发出摇曳不定的微光。

克里斯蒂娜如痴如醉地呆果凝视着这个巨大无朋的调色板上展开的极富戏剧性的色彩的不断变换,已经人神分离了。就像一个听惯了轻柔的小提琴和笛子声的人,现在第一次听到整整一个乐队暴风骤雨般震耳欲聋的合奏,在这个突然显露的奇伟的大自然的色彩游戏里,她的感官颤动不已。她呆呆地凝视着,凝视着,手痉挛地紧紧抓住栏杆。她一生中还从来没有这样全神贯注地注视着一片风景,从来没有这样完全投入到观赏之中,从来没有这样消失在自己的经历之中。她所有的生命力都聚集在她惊诧不已的双眼里,观看着,惊叹着,她从自我脱颖而出冲进风景里,忘记了自己,忘记了时间。幸亏在这个具有防备性的房子里静候着一位时间卫士,就是那个无情的锣,它从一个饭点到另一个饭点提醒客人们,为他们的盛宴做好准备,听到第一声铜锣的响声,克里斯蒂娜吓了一跳。姨妈明确跟她强调过要准时,现在要飞快地为晚餐做好准备!

但是从那些崭新的美妙无比的衣服中挑选哪一件呢?它们现在都挨在一起放在床上,像蜻蜓翅膀似的轻轻闪耀着;那件黑色的长裙勾人魂魄地从阴影中闪闪发光,最终她为今天选择了那件最朴素的象牙色长裙。她温柔地胆怯地拿起它。她感到惊诧不已。它在手里都没有一条手绢或者手套重。她迅速脱掉毛衣和沉重的俄罗斯皮的皮鞋、厚厚的运动长袜,抛掉一切沉重和结实的东西,已经迫不及待想感觉一下那崭新的轻巧的分量。一切都那么轻柔,那么柔软,毫无重量。就连摸摸它们,摸摸这些新的贵重的衣衫,已经让手指因为敬畏而战栗,就是仅仅触摸一下就妙不可言。她飞快地从身上脱下硬邦邦的麻布旧内衣;那新的贴身内衣轻柔温暖地滑落到赤裸裸的身体上,就像一团泡沫。她不由自主地想开灯看看自己,但在最后时刻还是把手放下了;宁愿通过期待延迟享受。也许这贵重轻盈的内衣只是在黑暗中摸上去这么柔软这么丝滑,在刺眼的灯光下它的温柔的魔力就会消失。现在在穿上了内衣和长筒丝袜之后再穿上裙子。小心翼翼地——这可是姨妈的衣服——她把柔滑的丝绸裙子套在身上,好奇妙:就像一股闪闪发亮的温暖的水,裙子自己就从肩膀滑落下去顺从地贴着自己赤裸裸的身子,你简直感觉不到它,穿着它就仿佛披着轻风在行走,空气的唇贴在继续发抖的身上。赶快,赶快,不要过早在享受中失去自我,迅速穿好衣服,以便最终好好看看自己!于是她快速穿上鞋,摸几下,走几步:完成了,谢天谢地!那现在——焦虑地心跳——向镜子投去第一眼。

手扭开开关,电光便射进灯泡里。耀眼,明亮,仅仅一道电光,消失的房间又重新出现在那里,盛开花朵的壁纸、锃光瓦亮的家具、一个崭新的雅致的世界又都出现。这个腼腆好奇的姑娘还不敢马上直视镜子的镜面,只是从旁边斜看着那块说话的玻璃,它只是在斜角里显露出阳台后面的一条风景和房间的一部分。马上就能做最后的检查,但还差一点勇气。她看上去是否还会像之前穿着那条已经藏起来的裙子一样可笑。每个人,包括她自己,难道不会认出这场通过借衣进行的欺骗?于是她只是慢慢地从旁边移到镜子面前,仿佛这样就能够通过谦虚的态度骗过和迷惑那位无情的法官。她已经走到严厉的镜子面前,站得很近了,但还一直低垂着目光,还一直害怕向这镜子投去决定性的最后一眼。这时,楼下响起了第二遍锣声:没有拖延的时间了。勇气突然出现,像运动员要作势一跳似的,她深深吸了口气,果断地抬起目光直视那坚硬无情的玻璃。抬起目光,马上惊诧不已,如此惊诧不已以至于她惊奇地得不自觉地向后退了一步。这是谁?这位苗条的、这位高贵的淑女是谁?她上身挺直,半张着嘴,睁着亮闪闪的眼睛,带着真诚的显而易见的惊奇在盯着她看。这是她自己吗?不可能!她不说,她故意不说出来。但这句想说未说的话不由自主地翕动着她的嘴唇。好奇妙:那边镜子里的图像也在动着嘴唇。

她惊奇停住了呼吸。就是在梦里她也没敢想过自己会这么美丽,这么年轻,打扮得这么好;这张红润的轮廓分明的嘴巴、画得这么漂亮的眉毛、金色秀发宛如一顶精致的金盔,下面是一览无余的闪光的颈背、自己赤裸的皮肤完全焕然一新,在衣服闪亮的边缘露了出来。她越来越走近镜子,想在那幅图像中认清自己,尽管她知道那个镜子上的人是她自己,还是不敢承认这另一个我是真实的持久的。担心和不安一直不断捶打着她的太阳穴,再靠近一些,做一次生硬的动作,这个令人愉悦的图像就有可能消散。不,这不可能是真的,她想道。一个人不可能如此突然地改变。要真是这样,那我岂不是就……她停顿一下,她不敢想这个字。然后这个镜子里的图像开始在内心里微笑起来,好像猜出了她的想法,展露出一个始而轻微,然后越来越强烈的笑容。现在睁得大大的眼睛从黑色的玻璃里自豪地冲着她自己大笑,张开的红唇似乎开心地承认着:"是的,我是很美。"

简直销魂荡魄,这样看着自己,钦佩自己,感叹自己,发现自己,在这样一种至今陌生的自我钟情的感觉中观察着自己的身体,第一次发现,那不受拘束的乳房如何在丝绸衣服下隆起,美丽地傲然耸立,迷人的形式如何用色彩描画出来那苗条的同时柔软的曲线,白皙裸露的肩膀如何轻盈放松地从衣服里裸露出来,犹如鲜花绽放。她现在充满好奇,想要在运动中看看这意想不到的崭新苗条的身体。她慢慢地向旁边转身,同时缓缓回顾并审查后面的侧影和运动的效果:目光又在镜子里与一个自豪满意的兄弟目光相遇。这让她壮起胆来。现在往后退三步:就是这个快速的动作也是美的。现在她大胆地做了一个快速旋转,短裙飞舞起来,镜子又微笑起来:"美极了,你好苗条好灵活啊!"她恨不得跳起舞来,她诱人地抖动起四肢。她快步退回到房间的深处,又重新回到镜子面前,镜子微笑着,带着她自己的目光;她从各个角度探寻着,观察着,恭维着她自己的图像,那个自我钟情的全新感觉对这个崭新的诱人的我真是百看不厌,它衣着优雅,充满朝气,再一次从这个玻璃深处冲着她一再微笑。她真恨不得拥抱这个就是她自己的新人,她特别近地贴过去,眼睛几乎就要触碰到一起了,活生生的眼睛和那个景象中的眼睛,热情的嘴唇接吻般地到触碰姐妹的嘴唇,一瞬间在呼吸的气息中自己的形象化为乌有。这是一个自我发现的奇妙游戏,她一再做出不同的动作,就为了看到这个变化中的自己。楼下响起第三次锣声。她吃了一惊。上帝啊,千万别让姨妈等着,她肯定已经生气了。快,就把大衣披上,晚间大衣轻巧、色彩鲜艳,镶着珍贵的皮毛边。然后在手触碰开关要关灯之前,再向那个令人愉悦的镜子里投去一瞥贪婪的告别目光,最后一瞥、真正最后一瞥。又是那边那双眼睛的闪光,又是从那既陌生又是自己的嘴中说出热烈的给人极乐的话语!"美极了,美极了。"那面镜子冲着她微笑道。在欢快的逃遁中她飞快地穿过走廊去姨妈的房间,那条凉爽轻柔地裹缠着她身体的绸裙,令她感到这快速的动作极为快乐。她感觉自己像被波浪托起,被幸福的风儿引导;从儿童时期起她就从来没有这么轻盈这么飞速地行走过:迷离的幻梦在一个人身上开始了。

"穿在你身上合适极了,就像浇铸到你身上,"姨妈说道,"是啊,要是年轻的话,根本不需要什么魔法!让裁缝为难的是,衣服该在哪里遮丑,而不是在哪里显美。不开玩笑了;这衣服就像浇铸在你身上,我都几乎认不出你了;现在大家才看到,你的身材有多好。现在你走路的时候微微抬起头来——我这么说,你可别生气——你走路的时候总是那么缺乏自信,总是那么低着头,总是那么胆怯地缩在那里,像只雨中的猫。你现在得先学,这样美国式地走路,轻盈、自在、额头朝前就像一艘迎风航行的船。上帝啊,我要是能再这么年轻一次,该有多好。"克里斯蒂娜脸红了。人们在她身上什么也看不出来了,她不再可笑,不再像村姑。这期间姨妈的审视继续着,她从头到脚看着克里斯蒂娜,带着肯定的目光。"无懈可击!就是这里,脖子上边还该有个首饰。"她开始在她的盒子里翻来翻去,"来,把这串珍珠项链挂在脖子上!不,傻丫头,别害怕,别惊慌,这个不是真的。真的放在美国那边的一个保险柜里呢。为了提防你们欧洲的扒手,我们可不会当真把真的珍珠项链带到欧洲来。"珍珠项链凉飕飕地陌生地在那微微战抖的裸露的皮肤上滚动。然后姨妈退后一步。最后全身打量一番:"无懈可击。什么在你身上都合适。一个男人肯定特别乐意好好打扮你。现在走吧!我们不能让安东尼等太久。他肯定会瞠目结舌的!"

她们一同走下楼梯。穿着这么暴露的新裙子克里斯蒂娜觉得这样下楼美妙无比。就好像她在光着身子走路,她感觉自己如此的轻盈,不是在走路,而是飘飘欲仙,她感觉好像一个台阶接一个台阶都在朝着她滑行过来。在二楼拐弯的地方,她们遇到了一位身穿晚礼服的上了年纪的绅士,雪白的头发在头路处分得整整齐齐,就像用刀子分开似的。他充满尊重地问候姨妈,停在那里,让她们两个先过去,就在从旁走过的这短短的瞬间,克里斯蒂娜感觉到这位绅士特别注视她,这是一个男人欣赏的目光,几乎有几分敬畏。她立即感到面颊发热:她一生中还从来没有一个有地位的男人、一位真正的绅士如此尊重地和她保持距离同时又如此内行地表示赞许,向她问候。"这位是埃尔金斯将军,你也许在战时就知道这个名字,伦敦地理协会主席,"姨妈说道,"他在服役期间曾在西藏有过重大发现,是个大名鼎鼎的人物,我一定得把他介绍给你,他是出类拔萃的人当中最出色的,和王室有交往。"克里斯蒂娜兴奋得热血沸腾。一个如此高贵、纵横四海的男人,没有把她一下子当成白看好戏的观众,当成伪装的贵妇认出来表示轻蔑,不,他在她面前鞠躬就像在一位贵妇人面前,就像在一个和他自己地位相当的女人面前一样。现在她才觉得自己合法了。

然后她又一次增强了信心。她们刚走近桌子,姨夫就惊呆了。"这可真是个惊喜,你现在的样子怎么这么好,真他妈的好极了——哦,对不起,我想说的是:你看上去出奇的好。"克里斯蒂娜又一次觉得因为感觉良好而脸红了,一个暖洋洋的寒战贯穿全身。"我觉得,姨夫,你这是要恭维我吧,"她试着打趣一下,"使劲恭维啊。"那位年迈的绅士扬声大笑,在他都没有意识到的情况下,就开始自我炫耀起来。前胸皱巴巴的衬衫突然绷紧,他那长辈端的架子消失了,他那红眼眶的小眼睛嵌在肥胖的面颊上,眼睛里闪烁着好奇的几乎有点色迷迷的光芒。他对这个出乎意料的漂亮姑娘的喜欢让他一反常态,变得活泼而又话多;他一边观察着外甥女,一边就她的外貌发表了许多行家的论断。姨妈只好挥挥手,笑眯眯地让他热情洋溢地进行的,引起人们好奇的细节论述,别把姑娘说得神魂颠倒,那些小年轻们会做得更好,更有分寸。这时候侍者们过来上菜了:就像做弥撒时站在祭坛旁边的辅祭,他们毕恭毕敬地站在桌旁等候着同意的手势。好奇怪,克里斯蒂娜想,为什么我中午会这么害怕这些彬彬有礼、小心谨慎、特别轻手轻脚的侍者?其实他们似乎就希望你最好感觉不到他们的存在。她现在勇敢地去取食物,恐惧感消失了,长途跋涉的饥饿势不可当。她毫不害羞地津津有味地品尝着那味道清淡,用松露猪肝糜做馅的酥皮点心、用蔬菜卷裹着的炸肉、松软的泡沫状的餐后尾食,侍者不断用银制餐刀把这些菜肴准备好,放到她的餐盘上;她什么也不用费心,什么也不必想，其实她已经不再感到诧异。这里的一切都是美妙的，而最美妙的是，她自己可以待在这里，待在这个灯火通明，座无虚席，但是寂静无声的大厅里，虽然到处都是精心打扮过的人们，也许是特别重要的人物；她，这个……啊，不，别想，只要可以待在这里就不要再想。她觉得最美妙的是葡萄酒。它肯定是用金色的、被南方的太阳祝福过的浆果制作的，肯定来自远方、来自幸福美好的国度；它在水晶般薄薄的玻璃杯里泛着红色，犹如琥珀一般透明，像甜蜜的冷却过的油一样顺着嗓子滑下。起先克里斯蒂娜就是虔诚地看着，只敢怯生生地品尝一点，但是姨夫，为她那显而易见的快乐所振奋，一再向她表示欢迎，不断让侍者给她斟满酒杯。她开始滔滔不绝地说起来，并非出于自愿，不知道是怎么回事。就像打开瓶塞的香槟，喉咙里爆发出一阵笑声，非常轻快不断迸涌，她自己都诧异，那快乐的泡沫如何无拘无束地在话语之间旋转；就好像内心那块箍住她心灵的恐惧之板已经断裂。为什么在这里要害怕？他们大家都那么好，姨妈、姨夫，周围这些雍容华贵、卓尔不群的人都打扮得这么风度翩翩光彩照人，世界真美好，生活真美好。

姨夫舒展着身体坐在对面，一副心情舒畅、心满意足的样子。克里斯蒂娜那突然洋溢出来的忘乎所以的疯劲，引起了他荷兰式的快乐。唉，真希望自己能再年轻起来，紧紧搂住这个在自己的欢快中喋喋不休说个不停的姑娘。他觉得自己心情欢快，充满活力，激动不已，神清气爽，几乎有点放肆大胆；平时他是一副迟钝冷淡、闷闷不乐的样子，而现在他那被唤醒的对各种风趣好玩的事情的记忆让他热血沸腾起来，记起一些有趣的往事，说出一些不雅的趣事；下意识地想给他老骨头惬意地加把火暖和暖和。他像一只公猫似的舒服得呼噜呼噜直叫，穿着礼服让他觉得很热，面颊可疑地红了起来:他突然看上去就像约丹斯①画里的豆子国王,两颊流露出惬意和酒劲。他一再为克里斯蒂娜敬酒,还想再点一瓶香槟,这时在一旁监督的姨妈暗自好笑,警告似的把手放在他的胳膊上,提醒他医生的忠告。

这时大厅一旁响起了节奏感很强的喧嚣,打击乐器叮叮当当,风笛咿咿呀呀,鼓声震耳欲聋,琴声尖细刺耳,就像一只风箱疯狂起来:跳舞的音乐。老姨夫把他的巴西雪茄放到烟灰缸里,眨着眼睛:"怎么样?我从你的眼神看出,你非常想跳舞吧?"

"就只和你跳,姨夫。"克里斯蒂娜忘乎所以地奉承说(上帝啊,我是不是有点醉了?)。她一再想大笑出来,喉咙里,特别在喉咙口如此滑稽地发痒,每说一个字就不可阻挡地爆发一阵欢快的笑声。"可别这么说!"姨夫嘟囔了一句,"这儿有的是特别结实的小伙子,三个人岁数加在一起都没有我的年纪大,每个人的舞都比我这个患有痛风病的老犀牛跳得好几倍。就看你了:你要是有胆子,咱们就去跳吧。"

姨夫拿出毕德麦耶②风格,风流倜傥地伸出手臂,她挽着它,说个不停,笑弯了腰,又直起身子,再笑。姨妈看着他们暗自发笑,乐声大作,大厅灯光五彩缤纷明亮耀眼,客人们带着友好的好奇往这边看过来,侍者摆好一张桌子,大家都是那么快乐和好客,无须太多勇气就能加入翩翩起舞的一对对花枝招展的舞者之中。安东尼姨夫真的不是什么跳舞高手,他的马甲下胖胖的肚皮每跳一步就上下抖动一下,这位大腹便便白发苍苍的绅士迟疑地笨拙地领

---

① 雅克普·约丹斯(1593—1678),尼德兰的巴洛克派画家,曾根据希腊神话作出许多名画。他根据民俗绘制名画"豆王节",画上的"豆王"肥肥胖胖,快乐贪杯。

② 毕德麦耶,指1815—1848年流行的艺术文学风格,反映中产阶级的趣味。

着她舞蹈。其实不是他在领舞,而是那节奏感强烈,富有感染力、生机勃勃,轻快旋转,但又节拍精确的撒旦音乐。铜钹每个节奏分明的敲击就像浸入胭窝的一击,美妙无比。然后是小提琴轻柔的拨弦使四肢灵活,你感觉就像被强烈挺进的节奏掌控,震撼着,揉搓着、奴役着。这些人演奏得真是像着了魔似的精彩,真的,这些穿着镶着金色纽扣褐色夹克的褐色皮肤的阿根廷人,看上去都像魔鬼,像穿着号衣拴着链子的魔鬼,纵情奔放,那边是镜片闪光的狭窄面孔的人,投入地在萨克斯管上吹出咯咯的笑声,尖锐的叫声,就好像他在醉醺醺地畅饮着它,他身边那个毛发浓重、技艺精湛、兴致勃勃的胖子更加狂热,他像是即兴劈柴似的敲打着键盘,而他旁边的那位,大嘴咧开,连最后一颗牙齿都露了出来,在定音鼓和响铃上把一股不可理喻的愤怒敲打出来。所有的人都像被塔兰图拉毒蛛①叮了一口,在椅子上不断来回扭动,抽搐,仿佛被闪电所击中;以猴子般的灵活,不自然的愤怒,在他们的乐器上暴跳如雷。这些制造地狱噪音的铁匠们——克里斯蒂娜在跳舞中间感觉到——精确地像一台缝纫机似的工作着;所有这些黑鬼般的夸张、这些冷笑、这些尖叫、这些手势、这些动作、这些鞭打般的喊声和逗乐,都是对着镜子、照着乐谱排练过的,连最微小的细节都没有放过,那个表演出来的狂怒堪称完美。那些长着长腿、细腰,因为扑粉面颊苍白的女士们似乎对此一清二楚,对这每晚都重新装出来的火气,她们不为所动。她们涂着脂粉的脸上挤出微笑,抹上胭脂的双手一刻不停,身子轻松地依偎在她们舞伴的怀里,目光大胆地看着别处,就像要证明她们心里想起其他的事情或者什么也没想。只有她一个人,这个陌生人、这个新来的姑娘、这个惊愕不

---

① 塔兰图拉毒蛛:产于南欧等地。

已的少女,必须努力控制住自己的眼神,别暴露出自己的激动,因为她渐渐觉得自己周身的血液被这恶毒的、令人麻麻辣辣的音乐弄得激动不宁,这令人不安、玩世不恭、激情四射的音乐放肆地把人一把攥住。现在这个高扬的节奏戛然中断,进入一片宁静,姑娘才松了一口气好像逃脱了一个危险。

姨夫也喘着粗气,步履沉重但是心里非常自豪,现在他终于可以抹去额头的汗水,好好顺顺气。迈着胜利者的步伐,他把克里斯蒂娜领回桌旁——一个惊喜!——姨妈已经为他们两个人点了冰冻果子露。克里斯蒂娜的神经正有点感觉而不是真的充满希望地在想,要是现在能冰镇一下喉咙和血液该有多好,她都不用请求,一只蒙着雾气的银杯就已放在面前;简直是童话般的世界,这里不用开口,愿望就已实现:在这里怎么能不全身充盈着幸福!

她幸福地吮吸着果子露的冰冷火辣以及温和浓烈,就好像她要从这个细细的吸管里吸尽这个世间所有的果汁和甜蜜。她的心因为快乐而怦怦直跳,手指因为渴望温柔接触而微微颤抖。她不由自主地环顾四周,她真想摸摸谁或者碰碰什么东西来表达她自己内心的富足之感和燃烧的感激之情。这时她看到了坐在她旁边的姨夫,这位好心的老人:他坐在深深的座椅里,有点累过头了,还一直呼哧带喘的,用手绢擦拭着脸上的汗滴。为了让她高兴,姨夫可是吃足了苦头,也许都有点超出他自己的能力范围;所以她唯一能做的就是充满感激地、轻轻抚摸他那只放在椅子扶手上的厚实的、皱纹很深的手。老人脸上立即浮现出微笑,又一下子精神起来。对于这位年轻羞涩刚刚觉醒过来的姑娘的心意,他一清二楚,怀着满腔父爱,享受着姑娘目光里充溢的感激之忱。但是怎么能仅仅只对姨夫表示谢意而不谢谢姨妈,岂不是有失公允,她的一切都是姨妈给的。她存在的可能、那温柔的呵护、华丽的衣服以及在这个富有的令人陶醉的氛围中那难能可贵的安全感,这些都拜姨妈所赐。于是姑娘又用左手握住姨妈的手,就么坐着,情系两位老人,在灯火辉煌的大厅里目光熠熠闪烁,就像圣诞树下的一个孩子。

这时音乐再次响起,现在是深沉的调子,亲切一些,柔和一些,一条亮闪闪的黑色丝绸的裙摆摇曳而至:探戈舞。姨夫面有难色,她得原谅他,他的六十七岁的腿脚再也承受不住这样柔韧弯曲的舞蹈。"没事,姨夫,我其实更愿意和你们一起坐会儿,这比跳舞强一千倍呢。"她这样说,也是当真的,同时温柔地握着姨夫姨妈的左手和右手。她觉得在这个血亲的圈子里特别温馨,而在他们的保护下又是无比的安全。可突然有人在她前面鞠了一躬,一个高个子宽肩膀的男人站在她面前,晚礼服雪白的衬胸映着一张刮得干干净净的军人脸膛,皮肤被山上的阳光晒成棕色。他用德国方式啪嗒一下并拢后跟,用纯粹的北德口音很有风度地请求姨妈允许他和小姐跳舞。"很乐意。"姨妈微笑道,为自己被保护人的迅速成功而感到骄傲。克里斯蒂娜吃惊地站起身,膝盖微微晃动。能在这么多打扮得花枝招展的女人当中被这样一位风度翩翩的陌生男士选中,让她受宠若惊。惊慌失措的胸口再深吸一口气,然后她把她颤抖的手搭在这位高贵男人的肩上。一起步她就开始觉得自己被这个无懈可击的舞伴既轻盈又强势地带着婆娑起舞。她只要听任那几乎感觉不到的压力,她的身体就已经紧紧依偎着她舞伴的怀抱跟随着他的舞动,她只要顺从地委身于那使人融化的带着自己转动的节奏,她的脚便立即找到了正确的步子。她从没有这样跳过舞,她对自己怎么能变得如此轻盈而诧异不已。就仿佛她穿着另一条裙子,骤然变成另一个身体,她如此完美毫不费力地跟随着这陌生的意志。仿佛她是在一个被遗忘的梦中学会并练习了这依偎贴近的动作,梦幻般的安全感突然席卷她的全身,头向后仰,就像躺倒在一个云朵的枕头上,半闭着眼睛,丝绸衣服下的胸脯温柔地起伏着,令她大吃一惊的是,她觉得自己没有分量地在大厅里飘浮,身体完全脱离了自己,不再属于自己。有时,当她从她的随波逐流的翻滚波涛中抬眼望见那挨得如此之近的陌生面孔时,她觉得在那双坚定的眼睛里看到了满意肯定的笑意,她感觉她好像更带着信赖地紧紧握住了那陌生的领舞的手。一阵酥麻的、几乎带有性欲快感的小小恐惧涌上心头:要是这个男人如此强硬的双手更紧地抓住她的关节,要是这个带着傲慢表情,有棱有角面孔的陌生男人突然抓住她把她扯到自己身边,她能反抗吗?她会不会就一下子完全扑过去就此屈服,就像现在仅仅是屈从于跳舞。她根本没有预料到这些半意识状态下的感性思绪涌入她越来越放松、越来越屈从的肢体。周围人群中有些人已经开始全神贯注地盯着这完美的一对,她又一次陶醉地和强烈地产生了在跳舞过程中那被人赞赏和关注的感觉。她越来越自信和顺从地配合着领着她的舞伴的意识,和舞伴同呼吸共舞动,一种在自己身上新发现的快乐像透过新打开的毛孔涌入内心,让心灵体味那从未经历过的感觉。

跳完这支舞,这个高个子的金发男子——他自我介绍是来自克拉德巴赫的工程师——有礼貌地把她送回姨夫的桌旁。当他从她那里抽出他的手臂,一股微小接触的暖意消失了,她觉得自己更虚弱和娇小了,就好像随着这扯断的接触,一股新的力量的一部分重新流失掉了。她坐下的时候还没有完全缓过劲来。她冲着姨夫虚弱和幸福地微笑着,姨夫友好地迎接她,她一时完全没有意识到,他们的桌前还坐着第三个人:埃尔金斯将军。现在他礼貌地起身鞠躬。他特意过来请求姨妈把自己介绍给这位"charming girl"①：他站在克里斯蒂娜面前，挺直身体，毕恭毕敬地低着严肃的面孔，就像站在一位了不起的贵妇人面前。克里斯蒂娜吃了一惊，整理一下感觉。天啊，该和这样一位无比高贵、闻名遐迩的男人说什么啊？姨妈提起过，人们可以在所有的报纸上甚至在电影院里看到他的照片。但埃尔金斯将军却为了他蹩脚的德语向她致歉。尽管他在海德堡上过大学，但这已经是四十多年前的事了，必须交代这样的数字对他来讲是件可悲的事情。他想邀请她跳下一支舞，但像她这样一位出色的舞者必须谅解，他的大腿上还留有一块在伊泊尔恩②战役中的弹片，但人们最终在这个世界上就是要互相谅解，融洽相处啊。克里斯蒂娜因为羞愧不知道该如何回答，直到她和将军缓慢地小心地跳起舞来，她才惊诧地发现谈话对她来讲一下子变得容易起来。我到底是谁？她不禁打个寒战，我这是怎么了？凭什么我现在一下子就什么都会了？我现在跳得多好多放松啊，而以前舞蹈老师说过，我特别生硬特别不灵活，而现在更像是我在带着他而不是他带着我？我说起话来多轻松啊，也许我根本不那么幼稚，因为他是用多么亲切友好的态度听着我说话啊，这样一位地位显赫的男人。是这身衣服还是这个世界让我改变了这么多？还是这一切其实都在我身体里面，而我就是一直缺少勇气过于胆怯？母亲总是这么说我。也许这一切并没有这么难，也许整个人生远比我想象的容易，你就是要有勇气去自我感受和自我感知，然后力量就会出乎意料地从天而降。

跳舞之后埃尔金斯将军还从容不迫地带着她在大厅里缓步环

---

① 英文：迷人的姑娘。
② 伊泊尔恩，比利时城市。第一次世界大战时正处于前线，一开战就在此发生激战，英国士兵在此坚守阵地，伤亡惨重。

绕一圈。她自豪地挽着将军的手臂行走着,感到这种向前平视的目光让她的脖颈挺直,也料到通过这样的举止她会变得更有青春活力更优美动人。她向埃尔金斯坦承自己是第一次来这里,对恩加丁、马洛亚和西尔斯-玛利亚①还根本毫无所知,看上去这位老先生没有因为她这样的开场白对她有一丝一毫的轻视,而是非常高兴:她能否允许他明天上午开车带她去马洛亚。"非常乐意。"她说,感到幸福,受人尊敬,她觉得受宠若惊,她感激得几乎像小伙伴似的和这位尊贵的老先生握握手。——她突然从哪里来的勇气?自从大家都争先恐后地向她表示出乎意料的友好,自从她看到这里的一面之交如何亲密地变成社交往来,她今天早上还觉得在这个如此充满敌意的环境里越来越习惯,越来越自信,而在山下她自己那个狭小的世界里,别人会嫉妒你面包上的黄油和你手指上戴的戒指。

她眉飞色舞地把埃尔金斯将军的好心邀请告诉姨夫和姨妈,但是她没有多少谈话的时间。那位德国工程师穿过整个大厅走到她面前,又来邀请她跳下一支舞。通过这位工程师,她又认识了一位法国医生,通过姨夫又结识了他的美国朋友和其他几个人,因为激动和幸福她根本没听明白他们的名字:她在这两个小时里认识这么多善良好心、彬彬有礼和举止优雅的人,远远超过以往十年。大家邀她跳舞,给她递上香烟和甜酒,邀请她去郊游和参加山间派对,每个人都似乎充满好奇,想结识她,每个人都想用这里对所有的人都理所当然的亲切善意宠爱她。"你在这里可是引起轰动了哦,孩子。"姨妈悄声对她说,自己对于围绕着她的被保护者产生的轰动颇为自豪;姨夫强忍着哈欠,这才提醒两位女士,老先生已

---

① 马洛亚、西尔斯-玛利亚,均为上恩加丁的疗养地。

经渐渐累了。出于虚荣心他否认他那显而易见的疲劳,最后只好让步。"也许我们最好还是好好地休息一下。别一下子都玩够了。明天又是一天,我们'We will make a good job of it'①。"克里斯蒂娜向这个魔力十足的大厅又瞥上一眼,那里枝形吊灯和电蜡烛发出的光芒交相辉映,乐声大作,人头攒动:就像刚刚沐浴完毕,她觉得自己重获新生,精神抖擞,浑身的神经快乐得都在微微颤动。她感激地挽住姨夫的手臂,迅速弯腰,带着不可抗拒的激动亲吻他那布满皱纹的手。

然后一个人待在房间里、惊诧、迷惑,因为自己和周边突然降临的寂静而吃惊不已:直到现在她才感觉到自己的皮肤在那松软的衣服下燃烧。这个封闭的空间一下子显得特别狭小,那个在兴奋无比的感觉下沸腾、激动的身体绷得太紧。猛的一下,阳台的门打开,一阵骤起的风把冰雪般的清凉吹拂过她袒露的肩膀。现在呼吸又恢复正常,清晰,均匀,她走到阳台上,愉悦地打着寒战,带着自己热烈的极端满足的感觉突然站在那里,面对着无限空旷的景致,让那弱小的凡间的心如此孤单如此狂野地对着夜晚那浩瀚的苍穹狂跳不止。这里也笼罩着寂静,但是相比于人手制造的空间的寂静,更加强大,更富有原始的伟力,它不压抑,它会溶解,让人轻松。先前霞光映照的山峦现在无声地躺在自己的阴影里,就像蹲在那里的几只巨型黑猫,长着磷光闪闪的冰雪之眼;月亮几乎已成满月,乳白色的月光下,空气悄然无声。天上,月亮就像一颗疙疙瘩瘩的黄色珍珠,在那繁星组成的钻石席垫上浮动,它那淡淡的清辉薄薄地不确定地撩开被雾霭笼罩的山谷轮廓。她还从未感受过这般宏伟壮美,这般温柔地使心灵沉静的东西,这道风景不是

---

① 英语:好好利用这机会。

人间所有,而是神圣的天上景象,所有激动起来的东西都和缓地从她身上涌入这无底的寂静之中,她倾听着,倾听着,万般投入地倾听这寂静,为了完全动情地和它融合在一起。这时突然——就像有块青铜来自宇宙深处,强有力地滚进了冻冰的空气:山谷下教堂的钟声敲响,四面山岩石壁惊恐万状地把这个铜球从左从右扔来扔去。就像自己被一根钟槌击中心脏,克里斯蒂娜吃了一惊,侧耳谛听。一个如此洪大的铜钟的声音又一次滚进雾海之中,又一次,又一次。她屏住呼吸数着这落下的钟声:九、十、十一、十二:午夜!这可能吗?才是午夜?离她刚刚到达这里真的才过去了十二小时?那时她是多么的胆怯羞涩,战战兢兢,惊慌失措,带着一颗干瘪萎缩、微不足道、可怜巴巴的灵魂。真的只过了一天,不,只过了半天?就在这个时刻,一个心灵波涛汹涌、身体深处震颤不已的人开始预料到,我们的心灵是用何等神秘温柔和柔韧的材料编制而成的啊,只需经历一个事件就能让它扩展到辽阔无垠并在它微小的空间里盛下整整一个宇宙。

就连睡眠,在这个崭新的世界,也是不同的,它更深沉、更浓密、更令人陶醉,完全沉入自己的身体。醒来时,克里斯蒂娜必须从内心深处,从以前一无所知的睡眠深处找回她那完全消失的感知:那沉没的意识艰难地,缓慢地,一步一步地上扬,就像从一个深不可测的汲水井里爬了上来。第一个冲动:一种不清晰的时间感觉。紧闭的眼睑感到:天亮了,房间里已有亮光,已是白天。脑海里刚一浮现出这样迟钝模糊的感觉,恐惧的想法(它是一直深入到睡眠深处的)就已经攫住了她:千万别耽误上班!千万别迟到!这个十年来形成的思想链自动地在下意识里开始工作:很快闹钟就要响了……现在千万别再睡着了……职务、职务、职务……快速起床,八点就要开始工作,之前还得生炉子,煮咖啡,取牛奶,烤面包,收拾房间,给母亲换绷带,准备好午饭,还有什么?……今天我还有什么事情要做……对了,跟女摊贩结账,她昨天就提醒过了……不,不能睡回笼觉了,做好准备:闹钟一响就立即起床……但是今天怎么了,闹钟怎么这么长时间都没有响……难道闹钟坏了,还是我忘记上发条了……为什么它还没有咔嗒咔嗒地响起来,房间里已经有亮光了……最终,上帝啊,我睡过头了,现在已经是七点、八点或者九点了,要办事的人肯定已经在柜台那边骂开了,就像上次我身体不舒服,他们马上就想到领导那儿去告状……现在那么多雇员的职位都裁减了……耶稣马利亚啊,千万别上班迟到,千万别睡过头……多年来害怕迟到的恐惧一直像鼹鼠似的潜伏在微睡的黑色地层下面,拱个不停。这种恐惧痛苦地拉扯着克里斯蒂娜那眩晕的感官,最后一点点薄薄的睡眠也被一下子从她身上扯下,眼睑一下子清醒地张开了。

这是哪里——她的目光摸索着往上看——我这是在哪里呢?——我这是怎么了?平时她每天看到的都是那熟悉的装着褐色木头梁柱的斜顶天花板,被烟熏黑,因为布满蜘蛛网而发灰,现在她头上是蓝白色的天花板,整整齐齐的一个方块,镶嵌在镀金的方框之中。房间里怎么一下子有这么多灯光?夜里一扇新的窗户肯定被突然打开了。我在哪里?我这是在哪里啊?这个完全糊涂了的姑娘直盯着自己的双手看,但它们不像以往放在那块褐色的、陈旧的、打着补丁的骆驼毛毯上,连被子也突然变新了,轻柔、松软、蓝色、绣着淡红的花。不——动一下身子!——这不是我的床。不——再动一下——她坐起身——这不是我的房间,然后——第三下,使劲动一下——一道完全清醒的目光,她一切全明白了:休假、假期、自由、瑞士、姨妈、姨夫、这个富丽堂皇的饭店!

没有恐惧、没有职务、没有工作、没有时间、没有闹钟！没有炉灶、没有害怕——没人等着,没人挤着:十年来,沉重的石磨不停地旋转,碾碎了她的生活,现在第一次静止不动——这床躺上去多温暖多柔软啊——你可以躺在那里,感觉血液在血管里静静地流动,感觉那轻轻拉起来的窗帷后面等待着的光线以及在敏感的皮肤上的温暖和柔软。你可以毫无恐惧地再一次合法合理懒懒散散地闭上眼睛。你可以自由自在地做做梦,伸展伸展身体,你完全属于你自己。你甚至可以——她现在记起姨妈跟她说的话——按一下床头的按钮,在那个邮票见方的地方画着一个侍者,你什么都不必做,只要把胳膊伸过去按一下按钮——真是魔术!——两分钟后门打开了,一个侍者敲敲门,有礼貌地走进来,一辆安着橡皮轮子的好玩的小车推了进来(她在姨妈那里看到过这种车子,很是欣赏),上面有咖啡、茶或者巧克力,放在精致的器皿里随你选用,还有雪白的锦缎餐巾。早餐就这样送来了,你根本不用自己去磨咖啡豆、点火,在炉台前赤脚穿着拖鞋挪动着冻得够呛的腿忙碌着,不,一切都准备好了推进来,白面包和金色的蜂蜜,还有像昨天用过的一样的美味佳肴,一个有魔力的雪橇一直滚动到床边,床是那么温暖、柔软,你不必费力,不用动一根手指。或者你可以摁另一个按钮,那上边的黄铜图像是一个女孩戴着一顶白帽子,她已经在轻轻敲门之后走进房间,围着白得发亮的围裙,穿着黑色裙子,询问小姐有何吩咐,要她打开百叶窗,把窗帘拉得亮一些还是暗一些,还是准备好洗澡水。在这个魔幻世界里,你可以有几十万个愿望,一切都在一眨眼的工夫实现。你可以在这里什么都想什么都做,也可以什么都不想什么都不做。你可以摁铃也可以不摁,你可以起床也可以不起,你可以再睡一觉或者就这么躺着,完全随你,睁着眼或者闭着眼,任由美好的和漫不经心的思想掠过你的心灵进行抚慰。你也可以什么也不想只是昏昏沉沉惬意地感受：时间是属于你的，但你不属于时间。你不被飞速转动的时间磨房的水轮所驱动，你就像坐在一条收起了船桨的船上闭着眼睛滑过时间。克里斯蒂娜躺在那里做着梦，享受着这个崭新的感觉，她的耳朵里血液惬意地流动着像远方星期日的钟声齐鸣。

哦，不——从枕头上猛地抬头——现在不要做太多的梦！不能浪费这唯一的时间的分分秒秒，它在每一秒钟都会带来更加可爱的惊喜。你可以在家里年年月月夜里躺在那张铺着非常硬邦邦的床垫嘎吱嘎吱作响的朽坏的木板床上做梦；你可以枕着满是墨汁污迹的办公桌上做梦，那时农民们在地里干活，墙上的挂钟一直无情地嘀嗒嘀嗒地响着，就像死板的警卫在房间里走来走去：在那里做梦比醒着强，而在这个神圣的世界里睡觉就是浪费时间。最后再动一下，她飞身起床，一股寒意掠过额头和脖颈，她神清气爽心旷神怡，现在再飞快地穿上新衣服——啊，这些柔软的衣物窸窣窸窣直响，颤动不已。昨天起她的身体又已经忘记了这种全新的感觉，现在皮肤又在幸福地享受着这贵重料子温柔的依偎和爱抚。但是不要在这种细小的迷人之处耽误太多时间，不要犹豫，赶快，赶快，赶快走出房间，随便到哪个地方去更强烈地感受这种幸福感和自由感，让四肢尽情伸展，眼睛饱览一切，清醒，更加清醒，带着所有被打开的感官和毛孔，精神抖擞地醒着！她匆忙地套上毛衣，把帽子戴到头发上，像蝴蝶似的飞下楼梯。

在寒冷的晨光中，饭店走廊还是朦朦胧胧，泛着灰色，空无一人，只有在楼下大厅里仅仅穿着衬衫的侍者们在用吸尘器清扫着步行地毯，夜班门卫睁着闷闷不乐有些发肿的眼睛惊异地盯着这个清晨出现的客人，然后才睡眼惺忪地向她脱帽致意。可怜的家伙，这里也有繁重的职务、隐蔽的工作、挣钱不多的苦差事，必须早起准时！不想这些了，这和我又有什么关系，我现在只想感觉我自己，我自己，我自己，前进，绕过去，走进迎面扑来的寒冷空气，它就像一块冰冷的毛巾把眼睑、嘴唇和面颊擦得特别精神。好家伙，这山间空气触碰到你好寒冷啊，真是冰冷刺骨——只有跑步能有所帮助，跑得血液温暖起来，沿着这条路笔直向前，它会引导你到一个地方，不知到一个什么地方，在这里的山上，一切都是全新的同时也是迷人的。

克里斯蒂娜大步流星地走着，这才注意到清晨意料不到的空旷。昨天下午路上熙熙攘攘的人群，在现在六点的时候似乎都还待在巨大的石头砌成的饭店里，就连风景也紧闭眼睛沉浸在一种懵懵懂懂的迷人的睡眠之中。空气中没有一丝声响，昨晚金辉四散的月亮业已隐退，群星都已遁去，斑斓的色彩消失，岩石完全隐身在雾气中，就像冰冷的金属，一片灰白，没有色彩。只有在群山之巅不安地移动着厚厚的云雾，某种看不见的力量似乎在让它们膨胀，在拉扯着它们，不时有一块云朵从大规模的云块中挣脱出来，就像一个硕大的白色棉花球游向更高远更明亮的地方。它升得越高，神秘莫测的光芒就越发尽情地给它流动的轮廓涂上颜色画出金边：太阳应该就在附近，已经在山峰后面喷薄欲出，你还看不到它，但大气层已在散发出的不安中感觉到它那发热的力量。那就冲着它，上去，往上！更往上，也许马上就走到一条坡度和缓，像花园一样铺着砾石的盘陀路——不会太难走，真的，这路走起来跑起来游戏般容易：这个没受过训练的姑娘充满惊奇地感觉到她的关节令人愉悦地听话，膝盖活动起来有弹性，这条路的弯道特别舒服，就像空气似乎毫不费力地就把她的身体轻轻托起向上拉去。这样的冲锋能这么快地让热血沸腾，这太奇妙了！她脱掉手套、毛衣和帽子：不光嘴唇、肺，就连跳动的皮肤也该呼吸一下这刺激的清新空气。她跑得越快,步伐也就越发得到练习,摆动得越发有劲。其实她该停下来站在那里,因为她的心脏在胸腔里剧烈跳动,耳朵里脉搏搏动,太阳穴怦怦直跳;休息一秒钟,从这第一道拐弯处往下眺望,也美不胜收。看看那森林抖动一束束雾气从树梢上蒸腾而起,画了白线的街道通向满眼翠绿、弯弯曲曲,闪闪发亮的河流,活像土耳其人的军刀,那边现在通过山峰的豁口突然打开清晨太阳的金色闸门。太奇妙了,她在激烈地向上跑的时候感觉得到这些,但是自己奔跑的推动力无法容忍任何停顿,向前,向前!狂热的鼓在心中砰砰捶打着,向前,向前!这已经启动的节奏在肌肉和肌腱那里发力,这已经被点燃的身体就这样充满陶醉地被自己的焦急心情驱使不断地蹦跳着,攀爬着,她不知道这样有多久,她不知道这样有多高,她不知道这样去哪里。终于,也许一小时以后,她到达了一个观景点,这里的山不突出,圆圆的呈拱形,就像一座舞台,她躺倒在草地上:够了!今天够了!她有种天旋地转的感觉,但也觉得不同寻常的舒服,眼睑下血管颤抖震动,被风按摩的皮肤燃烧着,特别强烈,就好像要破裂了,但所有这些身体的感觉,尽管都近似痛苦,但对这个自我陶醉的人来说就是一种陌生、崭新的喜悦,她从来没有在她身体震撼的骚动中感到自己充满青春和活力。她从没有预料过,自己的血液能如此激烈地在血管里流动,能如此富有冲击力地狂野而欢快地扩张,从未在这万分美好、陶醉般喧闹的疲乏之时,这样有意识地感觉过她的年轻身体是这样的灵活和紧绷。身上洒满阳光,被白色旋转的山风所吹拂,双手惬意地插进散发着清淡芬芳的阿尔卑斯山苔藓,头上是片片白云飘浮在从未梦想到的湛蓝色的天空,下面是全景展开的景象,她就这样躺在那里,惬意地被自己麻木着和陶醉着,既清醒又梦幻地享受着那心潮澎湃的自我和这世界暴风骤雨般的壮丽景象。她就这样躺了一个小时或者两个小时,直到太阳过于激烈地燃烧到她的嘴唇。然后她才一跃而起,飞快收集起几个带冰冷露水的花朵,有欧洲刺柏、龙胆还有鼠尾草,那些花的叶子里还藏着细小清冷的冰晶,然后快步下山。开始她还是有节奏地快速谨慎地迈着旅游者的步子走着,但是下山的重力驱使着她的肢体又跑又跳的,她把自己交给了这个甜蜜危险的牵引力,向下冲去。越来越快,越来越大胆地狂奔,跨过一块又一块石头;她沿着盘陀路旋风般冲下山谷,裙子飞舞,头发飘扬,人就像被风托起,轻快、自信,带着从未有过的快乐,喜悦在被唤醒过来的喉咙里转变成了歌曲。

饭店前,现在是九点钟,约定好的时间,那位年轻的德国工程师,一身运动服,在等教练进行早上的网球训练。寒风一再吹进半敞开的薄麻布白色衬衫,而坐在潮湿的凳子上还太冷,于是他迈着冻僵的步子来回踱步,球拍转动着,想让手暖和一点。见鬼,教练没来,他睡过头了?工程师不耐烦地四下张望着。那儿,他偶然向上望着高山上的小路,发现了有些奇怪的东西,明亮的,旋转着,彩色的,运动着的东西,远看像只昆虫,奇特地跳跃着滚了下来。哈罗,这是什么啊?遗憾的是手边没有望远镜。那东西迅速地过来,越来越近,这个明亮的、彩色的、被推动力加速的东西:马上就可以看得更清楚了。工程师把手放在眼睛上搭起凉棚,现在认出有个人飞快地从山上冲了下来,应该是个女人或是一个年轻的姑娘,头发飘舞,双臂摆动着,真的就像被风托着。哎呀!这样全速地冲下这些转弯处真是太不小心了,这家伙疯了!但是这么注视着这样激情燃烧地往下狂奔还真的很刺激。这个擅长运动的男人不由自主地往前迈出一步,为了更好地观察这个拼命往下奔跑的女人。这个姑娘看上去就像清晨女神,向后飘散的头发、酒神女祭司似的自由挥舞的胳膊,一副勇敢无畏激昂热情的样子。他还看不清她的面孔,面部轮廓在急速奔跑和冉冉升起的太阳反光下模糊不清。但最终她必须经过网球场这边,要是她想回饭店的话;山路就在这里结束。她越来越近了,溅起的碎石咯吱咯吱直响,他已经听到她在上面转弯处的脚步声,突然她嗖地跑过来,哆嗦了一下,停住脚步。她肯定是猛地停下,为了不撞倒故意走到这条路上来的这个男人。反弹力将她的头发掷到后面,裙子清凉地打在腿上。她目瞪口呆地站在工程师面前,喘着气,屏住呼吸,两人之间就只一个胳膊的距离。突然一个笑容化开了她骤然的惊讶。她认出了昨天的舞伴。"啊,是您啊。"他如释重负地脱口而出。"抱歉,我差点撞倒您。"工程师没有马上回答,而是满心欢喜甚至是兴高采烈地打量着她,姑娘现在站在他的面前浑身发热,面颊被风吹拂,冻得通红,胸脯因为呼气和吸气而起伏,还因为刚才的奔跑而浑身颤抖。这个姑娘站在那里,充满青春和力量,这深深吸引了这个酷爱运动的男人,工程师只是乐悠悠地注视着她。然后才放松他的姿势。"万分佩服!我管这叫速度!没有一个登记在册的登山向导能模仿您。可是……"他再一次注视着她,带着审查肯定的目光,又笑道:"我要是有这样年轻健康的脖子,一定更加留意,千万别扭断了它。您对自己真是太不小心了!幸亏看见的只是我而不是您的姨妈。您尤其不该在清晨一个人走这样特殊的路程。您要是有朝一日需要一个受过训练中等水准的陪同,在下郑重自我推荐。"工程师又一次注视着她,目光充满出乎意料但又仿佛下定决心的追求,这让她觉得好不尴尬。还从来没有一个男人这样激情四射万分欣赏地看着她,她感到那全新的情欲之感痒丝丝地侵入她的心灵。为了摆脱自己的尴尬,她给工程师看手里的那束花。"您看,这是我的战利品!刚从山上新采摘的,好看吧?""是的,好看。"工程师回答,声音有些紧张,同时眼神越过这些花朵直盯着她的眼睛。面对这急迫的甚至是纠缠不休的敬意,姑娘觉得自己更加不好意思。"不好意思,我现在必须去吃早饭了,"她抱歉道,"我担心我已经去得太晚了。"然后想走过他的身旁。工程师鞠了一躬,给她让路,但凭着一个女人神经里准确无误的直觉,她感到这个男人在目送她离去;转弯时她不由自主地挺直身体。一个男人这样强烈地觉得她迷人或者还渴望她,这对她是一种没有料到的惊喜,这惊喜在她血液里奔流,就像山花浓烈的气息和浸透香料的空气散发出来的滋补强身的芬芳。

就在她进入大厅的时候,这种陶醉还令她心潮澎湃。一下子她觉得这里的封闭的空气特别阴郁沉闷,她身上所有的东西对她突然都是负担,既狭窄又沉重。在衣帽间她脱掉帽子、毛衣和腰带所有这些束缚她压抑她的东西,她恨不得把衣服从她兴奋激动的皮肤上扯下来。那两位老人从早餐桌那边惊异地看着她突然走进大厅,步伐敏捷轻快,面颊绯红,鼻翼翕动,不知怎么似乎比昨天更高了,更健康了,身体更富弹性。她把那束阿尔卑斯山的山花放在姨妈面前,花上还带着露水的潮湿,闪烁着彩色流溢的冰碴儿:"我今天特地为你从山上非常高的地方采摘来的……我都不知道那山叫什么,我就是一直往上爬,啊!"——她深深地呼吸一下——"真是美妙绝伦。"姨妈赞赏地看着她。"你这个野孩子!从床上一爬起来早饭也不吃就上山了!我们真可以以此作为榜样,这肯定比做任何按摩都强。但是看看,安东尼,你好好看看,都快认不出来了。空气真是完全吹进了她的面颊。你看上去红光满面,孩子!现在快说说,你从哪儿拿来了这些花朵。"克里斯蒂娜说起来,根本没有注意到她同时吃得那么快那么贪婪,吃得又那么多。方块黄油、蜂蜜和果酱很快一扫而光,那位老先生眨着眼睛,招呼那位轻轻微笑着的侍者拿来白色美味的新月状小面包,再次装满面包篮。但姑娘完全沉浸在激动中,全然没有注意到,姨夫姨妈看着她那野蛮人的好胃口,会心地抿着嘴微笑着,越笑越开心;她只感到她那被冰霜侵袭过的面颊惬意地燃发着热。她的背靠在草制靠背软椅里,身体放松,细嚼慢咽着,喋喋不休地说着,笑着,那两位长辈善良的面孔给了她更多的勇气将自己积攒的激动和兴奋一股脑儿道出;完全忘记了邻桌客人惊诧的目光,她在说话时突然张开双臂:"哎呀,姨妈,我觉得自己好像第一次才知道什么叫呼吸。"

一天这么轰轰烈烈的开始后,接下来整整一天又在不同的欣喜中激动人心地继续着。十点钟的时候,她还坐在早餐桌旁,面包篮里一块白面包也没有了,她登山引起的饥饿造成了这样彻底干净的结果,这时身着笔挺运动服的埃尔金斯将军出现,提醒她他们约定好的汽车旅行。将军恭敬地走在她后面,把她带到他的汽车旁——一辆最高级的英国品牌的汽车,锃光瓦亮的,司机眼睛明亮,胡须剃得干干净净,本人就是一位英国绅士;埃尔金斯将军帮她把座位调整舒服,给她盖好毯子,然后特地又一次脱下帽子,才在她旁边就座。这样的尊敬让克里斯蒂娜有点惶恐,在这个男人一再强调和几乎谦卑的礼貌面前,她觉得自己像个女骗子。我到底是谁啊,让他这样对待?她想道。上帝啊!要是他一旦知道我平日里的样子,牢牢钉在邮局斜面桌前那张破旧的邮局椅子里,使劲干着那愚蠢低等的小工的活计!但是方向盘一转,那飞快增长的速度已经把每个记忆都驱散得一干二净。在度假胜地狭窄的街道上汽车还无法畅快地开动起来,陌生的人们都盯着这辆车艳羡不已,因为就是在这里这车也是很引人注意的高贵牌子,众人看她的目光也都流露出恭敬的羡慕,因为他们都把她当作汽车的主人,所有这些都是她带着孩子般的自豪看到的。埃尔金斯将军给她解释着这里的风景,作为一个科班出身的地理学家,他就像所有的专家一样总是涉及细枝末节。姑娘向前弯曲着身体,聚精会神地听着,一副极为关注的样子,这给了将军很大的鼓舞。他那很少表情,有些冷淡的面孔渐渐失去了英国式的冷漠,注意到这个姑娘每看到一个新的景色都会激动地转身眺望,还发出一声声年轻的"啊"或者"太美了"的感叹,这时一丝善意的微笑就会浮现在他脸上,使那干涩单薄的嘴唇看上去友好可爱很多。他一再从侧面看着姑娘生气勃勃的侧影,目光中含着近乎忧郁的微笑,他的矜持在姑娘疾风骤雨般的兴奋下松弛下来。司机把车开得越来越快。这辆昂贵的汽车柔软、无声地行驶着,就像在地毯上,上坡时马达没有发出那种刺耳的声音,丝毫也不显得费力,在最令人心悸的转弯处拐弯时也特别的机敏灵活,只有那迎面扑来的气流越来越沉重,暴露了汽车上升的速度,美妙的安全感和速度的快乐陶醉般地交织在一起。山谷越来越荒凉,岩石陡峭嶙峋。终于在一个景点司机停下车。"马洛亚到了。"埃尔金斯将军说道,以同样恭敬的礼貌陪她下车。向山下眺望,景色壮观;在艺术性极高的急转弯处马路就像一股急流向下坠落,这条山脉在这里减少了很多气势,好像没有力气再堆积成高峰和冰川,一下子把自己变成了一条遥不可及的山谷。"这里的下面开始了低地,也是意大利的开始。"埃尔金斯指给她看。"意大利?"克里斯蒂娜大吃一惊,"这么近,真的这么近?"这惊讶泄露了很多充满强烈渴求的欲望,埃尔金斯不禁问道:"您还从来没有去过那里?""没有,从来没有。"而这个"从来没有"是被如此热烈和激动地强调着,如此充满渴望地说出来,所有隐藏的恐惧都包含其中:我永远也看不到它,一辈子也看不到它。她马上意识到话音中过于大声的粗略估计,觉得很不好意思,生怕将军可能会猜出她因为贫穷而产生的最阴暗的思想和她隐藏的恐惧,她试着转移谈话的话题,于是相当傻气地问她的同行者:"您肯定了解意大利,是吧,将军?"将军严肃地笑起来,几乎有点忧伤。"我什么地方没有去过啊?我已环游世界三次,您别忘了,我可是一个老人了。""不,不!"她惶恐地抗议着。"您怎么能这么说!"这个年轻姑娘的惶恐如此真诚,她的抗议如此强烈和真切,这位六十八岁的老人突然觉得面颊上涌过一阵暖意。他也许再也不会听到姑娘这样热烈这样动人地说话了。他的声音不由自主地柔和起来。"您有一双年轻的眼睛,梵·波伦小姐,所以您看一切都比真实年龄年轻。真希望您是对的。也许我还真的没有像我的头发那么老,那样灰白。要是能让我再有一次初访意大利,我愿意付出一切。"将军又一次注视着她,眼睛里突然出现一种毫无把握卑躬屈膝的羞怯,这是上了年纪的男人在年轻姑娘面前常有的,就好像他们想为自己不再年轻而请求原谅。克里斯蒂娜被这个眼神莫名其妙地感动了。不知怎地她不由得想起了她的父亲,她有时非常喜欢温柔地几乎虔诚地抚摸那位年迈的弯了腰的老人的白发:父亲也同样用这样的目光善意地望着她。回去的路上埃尔金斯勋爵说话不多,似乎在沉思,多少有些暗自不安。当他们的车开到饭店前时,他用勉强表现出来的灵活先跳下车,为了赶在司机前面亲自帮姑娘下车。"衷心感谢您今天的郊游,"他在克里斯蒂娜张嘴道谢之前说道,"很久以来这对我来说是最美好的一次。"

在饭桌上她兴奋地告诉姨妈埃尔金斯将军有多善良多友好。姨妈专注地点点头:"你能给他带来点快乐真好,他遭遇了很多不幸,他的妻子很年轻的时候就去世了,当时他正在西藏探险。她都去世四个月了他还一直在给她每天写信,因为他一直没有得到噩耗,直到他回家才发现一沓没有开启的信。他唯一的儿子在苏阿松①驾机飞行时被德国人击落,同一天他自己也负伤了。现在他一个人住在诺丁汉自己巨大的城堡里。我理解他经常外出旅行,其实是在不断逃避那些回忆。但别让他有任何察觉,别提起这些,他会一下子热泪盈眶的。"克里斯蒂娜听着,深受触动。完全没有想到,就在这上面乐园般的世界里也会有不幸。根据她自己的经历,她觉得这里所有的人都是幸福的。她真想站起身去握握这位老先生的手,他靠着极大的自制力来掩盖自己内心深处的悲痛。她不由自主地朝着餐厅另外一边看去。将军正像士兵般挺直地坐在那里,独自一人。他也正巧抬起眼来,当他的目光和姑娘相遇时,他微微弯腰致意。克里斯蒂娜被他在这宽敞、明亮和奢华的大厅里的孤独所震撼。真的,你该对这么一个好人好一些。

但是这里留给一个人思考的机会特别少,时间飞逝,把太多无法预料的惊喜卷入它轻松愉快的变化:没有一分钟不把新的幸福都映照在那流动的点点滴滴的时间上。饭后姨妈和姨夫回自己的房间简短午休一下,克里斯蒂娜想在露台上柔软的靠背软椅里安静地坐一会,终于能够好好思考一下经历的变化并细细享受一下。但她刚倚靠在椅子上,让过得异常充实的一天的图像以梦幻般平和的顺序慢慢在脑海中掠过,她昨天的舞伴,那个目光犀利的德国工程师已经站在她面前——"起来,起来。"——向她伸出有力的手,邀请她到他们那边的桌旁去,他的几个朋友要求他把她介绍给他们。拿不定主意,因为她对所有新的东西还有些害怕,但是又怕被认为不礼貌,这份担心占了上风,她妥协了,任由工程师把她带到那气氛活跃的桌子旁,那里十几个比较年轻的人坐在一起热烈

---

① 苏阿松,法国城市。

地聊天。让她大吃一惊的是,工程师都把她作为封·波伦小姐介绍给这桌的每个人,看来荷兰姨夫的名字变成了德国贵族①的姓氏以后,在所有人那里——这点她在那些先生礼貌的起身上感觉到了——都引起了特别的尊敬,很明显他们肯定不由自主地把这个名字想成了德国最富有的克虏伯-波伦家族。克里斯蒂娜觉得脸红了:上帝啊,他在那里说些什么呢?但是她没能镇定地进行更正,在这些陌生的有礼貌的人面前她总不能指出,他们当中的一个人在撒谎并且进行解释:不,不,我不姓封·波伦,我姓霍夫莱纳。于是她良心不安地容忍着这非故意的欺骗,指尖都紧张得直抖。这些年轻人中有一个来自曼海姆的充满活力浮躁不安的姑娘、一位维也纳医生、一个法国银行家的儿子、一个嗓门太大的美国人,还有几个人,她都没有听明白名字,这些人都明显地在努力向她示好:每个人都向她提问,其实大家都只是在跟她说话和冲着她说话。开始几分钟克里斯蒂娜还很拘谨,每次谁要是对她说"封·波伦小姐"她都会轻轻激灵一下,那感觉就像每次都在一块特别敏感的肌肉上刺了一下,但她渐渐融入了这些年轻人那种合群的恣情欢闹,为他们这么快就能和你亲密起来而高兴,最终也就无拘无束地和他们聊了起来;这里所有的人都对她这么好,干吗还害怕呢?然后姨妈来了,特别高兴看到大家这么喜欢她的被保护人,别人又称呼她封·波伦小姐时,姨妈笑起来,脾气很好地对她眨眨眼睛。后来姨妈提醒她,该一起散步去了,而姨夫整个下午都会玩扑克,挡也挡不住。这当真还是昨天的那条街吗,还是比起憋闷狭隘的心灵,那敞开的拓宽的心灵看这条街就显得更明亮更欢快?反

---

① 荷兰姓氏中的"van(梵)"是个普通的字,不同于德国姓氏中表示贵族出身的"von(封)"字。两字声音近似,容易混淆,引起误会。

正:这条路她曾经走过一次,但仿佛是蒙着眼睛走过去的,现在它在克里斯蒂娜眼里就像是条新路,抬眼望去,景色更多彩更壮观,就像群山高了起来,草原的孔雀石般的颜色变得更苍翠或者更浓郁,空气更加透亮更加纯净,所有的人都更加漂亮,眼睛更明亮,态度更友好,更亲切。自从昨天以来,一切陌生感都消失了,她观察着那些饭店宏伟的建筑,心里产生一丝自豪,因为她知道没有一家饭店比她住的那家更漂亮;她还观察那些橱窗里的陈列品,开始有点内行的眼力;自从她自己也坐过一辆高级汽车之后,那些坐在汽车里大腿修长抹着香水的女人在她眼里也就没有那么超凡脱俗,像是来自另一个更高的社会阶层。在人群中她不再觉得自己没有归属感,她不由自主地模仿那些身体健美的姑娘们那轻盈自如、无拘无束的步态。她们在一间糕点店休息一下:克里斯蒂娜的好胃口又一次让姨妈惊讶不已。是这里的消耗体力极大的强劲空气还是激烈的情感真的把力量经过化学变化都已燃尽,必须重新补充——总之,她喝着热巧克力,毫不费力地吃光了三四个涂着蜂蜜的小面包,然后还吃了巧克力糖果和蓬松的奶油糕点:她觉得自己似乎能一直这样不停地继续吃,继续说,继续看,继续享受,就好像她必须在这种粗野的动物般的身体欲望中来弥补多年来渴望获得一切的巨大饥饿。这期间她感觉到男人的目光从邻桌友好和探寻地向她射来,她下意识地挺起胸脯,扬起脖子,嘴上带着微笑自己也非常好奇地迎视着这种好奇的目光。你们喜欢我,可你们是谁,我自己又是谁?

六点钟,又一次购物之后,她们回到了饭店。姨妈又发现了她还缺少的各种小东西。姑娘从拘谨压抑到兴高采烈的令人吃惊的转变总给这个友好慷慨的施主,她的姨妈带来很大快乐,现在姨妈轻轻敲着她的手:"你现在要从我这里接受一个艰难的任务!你有勇气吗?"克里斯蒂娜笑了起来。这里能有什么难事呢？在这山上,这个快乐的世界里一切最终不都变成了游戏！"不,千万别把它想象得很容易！你要去狮子穴,小心翼翼地把安东尼从他的巴卡拉特牌局①里叫出来。我马上要跟你说,你得小心,因为谁要是在打牌时打扰了他,他有时甚至会使劲叽叽咕咕地抱怨。但我不能让步,医生要求,他至少在饭前一小时必须服药,其实从四点到六点在一个乌烟瘴气的屋子里玩扑克已经足够了。他们在二楼112房间,那个生产汽油的托拉斯的伏尔特曼先生的寓所里。到那里你敲门,就对安东尼说,你是受我的委托去的,这样他就明白一切了。也许他会先对你吼上几句——但是不,他不会对你吼的！他对你还是尊重的。"

  克里斯蒂娜不是太情愿地接受了这个任务。要是姨夫喜欢玩牌,干吗恰恰叫她去打扰他。但是她不敢反驳,就轻轻地敲了敲门。几位先生都从他们的桌旁往她这边看,桌子呈长方形,铺着绿布,上面印着奇特的方块和数字：看来闯到这里来的年轻姑娘不多。姨夫起先有点惊讶,接着开怀大笑："Oh, I see②,是克莱尔派你来的！她可是把你用在了不该用的地方！先生们——这位是我的外甥女！我夫人派她来终止咱们的牌局的,我建议,"(他掏出怀表)"再玩整整十分钟。这个你还是允许的吧？"克里斯蒂娜没有把握地微笑着。"我来承担这个责任,"安东尼骄傲地说,为了在这些男士面前显示他的权威,"现在别出声！坐到我身边来,给我带来好运,这个我今天需要。"克里斯蒂娜怯生生地坐下,半个身子躲在姨夫身后。这里玩什么她一无所知。一个人手里拿着一

---

① 巴卡拉特,一种纸牌赌博。
② 英文：哦,我明白了。

根长长的东西,像个铲子或者滑雪板,从里面抽出扑克牌,嘴里说点什么,然后那些赛璐珞的圆形筹码,有白色、红色、绿色、黄色,就被扔来扔去,一个耙子把它们归拢到一起。克里斯蒂娜心想:这可真是够无聊的,这些男人,这么有钱、又有地位,就玩这些圆乎乎的东西,这多滑稽啊;但是她不知怎地又有些自豪,因为自己能够坐在姨夫宽大的阴影里,坐在那些男人旁边,他们肯定都是这个世上有权有势的人,你从他们手上硕大的钻石戒指、他们用的金色铅笔,他们线条分明坚毅果断的容貌以及他们的拳头就可以看出,你可以感觉到这些拳头在开会时能够像锤子似的敲击桌子;克里斯蒂娜充满敬意地一个接一个地看着他们,根本没有注意到她不懂的那副牌,当姨夫突然转脸向她问道"我该要吗?"的时候,她一脸茫然。克里斯蒂娜已经明白了一点,有一个人是庄家,应对所有的人,输赢很大。她该附和姨夫吗?她恨不得想一口否决:不要,千万别要!就是不想承担什么责任。但是她又不好意思显得胆小,所以吞吞吐吐说了声不确定的"要"。"那好吧,"姨夫开玩笑地说,"听你的,你负责,我们五五分成。"那个弄不明白的洗牌又开始了一次,对此她一窍不通,但她觉得姨夫赢了。他的动作越来越灵活,喉咙里发出罕见的咯咯笑声,他看上去乐癫了。后来他把那滑雪板传下去,冲着她说:"你干得棒极了。为此也要公正地分成,这是你的那份。"他从他那堆筹码里挑出几个,两个黄色的、三个红色的和一个白色的:克里斯蒂娜笑着接过它们,也没多想。"还有五分钟。"那位把表放在自己面前的先生提醒着。"继续,继续,别拿疲劳当借口。"五分钟很快过去了,所有的人都站起来,交换着,移动着和兑换着他们的筹码。克里斯蒂娜把筹码放在桌子上,这时谦虚地等候在门旁,姨夫在那里叫她:"怎么,你的筹码呢?"克里斯蒂娜走近并没有明白怎么回事。"快去兑换。"克里斯蒂娜还是没明白,姨夫就把她带到其中一位先生那里,那人飞快看了一眼说道"二百五十五",递给她两张一百法郎①、一张五十法郎和一枚沉甸甸的银币。姑娘大吃一惊,盯着桌上这些陌生的钱,看着姨夫,心里没底。"拿着呀,"姨夫几乎生气地说,"这是你的那份!现在走吧,我们必须准时。"

克里斯蒂娜吃惊地把两张纸币②和那枚银塔币攥在手心里,手指都痉挛了。她还是不能相信。回到楼上房间里她还愣愣地一再盯着那两张突然落入她手里的彩虹色的长方形纸币看了又看。二百五十五法郎,她飞快地换算一下,整整三百五十先令。在家乡她必须干四个月才能挣这么多钱,她必须准时坐在自己的岗位上从早上八点干到十二点从下午两点干到六点,而在这里这些钱在十分钟内就不费吹灰之力地流到你的手里。这是真的吗?这公平吗?不可思议!但是这些纸币好好地在她手里窸窣作响,货真价实,还属于她,姨夫就是这么说的,属于她的,属于那个全新的我,她身体里全新的不可想象的另一个我。这窸窣作响的纸币,她平生还从未一下子拥有这么多钱。五味杂陈的感觉涌上心头侵入骨髓,她惊恐愉悦参半,既恐慌又温柔地把那窸窣作响的纸币锁到箱子里好好藏起来,好像这钱是偷来的。她的良心完全不能理解这种双重性:在家里要谨小慎微省吃俭用地一分一分地积攒这沉甸甸的摸不透的钱,而在这里这钱就这么轻飘飘地飞到你的口袋里;就像面对一种罪行,一种忧心忡忡的狂野不羁的惊恐让她整个人直到感觉最底层那无意识的深处,都不知所措和惴惴不安,她内心想给自己做点什么解释,但是已经没有时间,她必须更衣,挑出一

---

① 瑞士法郎,瑞士货币单位。
② 应是三张纸币,但原文如此。

件衣服,那三件衣服中最贵重的那件,又得下楼去,去感受,去经历,去陶醉,去深深地潜入到那奢侈浪费的火热美妙的洪流之中。

人的姓名有一种神秘莫测的进行变化的力量;就像手指上戴的一枚戒指,首先看上去像是偶然戴上去的,不承担任何义务,但是它那魔幻力量的意识还没被察觉,它已在皮肤下面向内生长,命中注定与一个人的精神存在结合在一起。克里斯蒂娜在开始几天听到封·波伦这个新的姓氏时,只是暗地里有些忘乎所以(哎哟,你们认不清我!根本不知道我是谁!)。她轻率地顶着这个姓氏就像一个人在化装舞会上戴着一个面具。但不久她就忘记了这个无意的欺骗,自己欺骗自己并成为假想中的那个人。一开始被冠以贵族称号,被当作有钱的陌生女人时,她觉得颇为难堪,可是一天之后这个姓氏就已经让她有种麻麻辣辣的惬意之感,到了第二天、第三天已经成为自然而然的事情。当一位男士问到她的名字时,她觉得克里斯蒂娜(家里人叫她小克里斯特)对于这个借来的头衔不够响亮,她就大胆地回答:"克里斯蒂安娜。"现在她在饭店所有的饭桌上都叫"克里斯蒂安娜·封·波伦"。人家就这样介绍她,向她问候,她也毫不反驳地适应了这个名字,就像适应了那色彩柔和、家具锃亮的房间,适应了那饭店的奢侈和轻浮,适应了金钱是毋庸置疑不言而喻的事情,适应了由几百种单独的元素组成的诱惑的陶醉。如果现在有一个知情者突然称呼她霍夫莱纳小姐,她会惊恐万状,就像一个梦游者从她自己梦中的山脊上跌落下去,这个新的名字已经完全植入她的身心,她强烈地坚信自己就是另一个人,就是那另一个人。

但是,难道她不是真的在这短短的几天里已经成为了另一个人吗？阿尔卑斯高山的空气不是确实向她的血管灌入了另一种压力？丰盛的美味食物不是已经完全不同，更加多彩地混入了她血液的细胞？不可否认，克里斯蒂安娜·封·波伦看上去已经不同以往了，比她那灰姑娘姐妹，那个邮政局女助理霍夫莱纳更加年轻、更有活力，几乎没有任何相似之处。山上的太阳把她那久待室内的苍白、略带灰色的皮肤晒成了印第安人的红褐色，脖颈的肌肉更富弹性，穿上新衣服使她练就了一种新的步态，关节更放松，腰肢更柔软，更性感，每走一步都显出一股自信。不断的户外活动使她身体令人惊讶地活力充沛，跳舞使她身体更加灵活富有弹性，而这新发现的力量，这意想不到的年轻感想要不断地得到排练，因为心脏在强劲呼吸的胸脯下面更加激烈地跳动，她总是感觉到内心兴高采烈的翻滚和沸腾，那电流般直到手指尖痒丝丝的膨胀和绷紧，这是那陌生的、全新的、强烈的快感。突然之间她难以安静地坐着，悠闲地做点什么，她得驱车出游，肆意玩乐，像一阵狂风吹过房间，总是忙忙碌碌，总是被好奇所驱使，时而在这儿，时而在那儿，冲出房门，冲进房门，爬上楼梯，跑下楼梯，从来不是一步一级地跑上楼梯，而是一步三个台阶，她总是好像要错过什么事情，总是被内心的风暴所驱赶。她的双手，她的手指总得抓着什么人或者什么东西，游戏的欲望、对温存和感激的渴望如此强烈地迸涌出来，有时，她突然非常需要张开双臂向着虚空连打哈欠，以免大声笑了起来或者喊出声来。从她强烈的年轻感发出如此强大的张力，以至于它波浪般继续作用着：谁要是靠近她，就立即会陷入一种骚动和欢闹的漩涡。她坐在哪里，哪里就欢笑不断闹声不绝，哪里马上就会汇成漩涡，每个谈话都既欢快又热烈，她只要一参加进来，总是那么满脸幸福总是那么愉快欢乐，不光姨妈和姨夫，所有陌生的客人们都心情欢快地望着她那不受抑制的热情。她冲进饭店大厅,宛如一块石头穿过窗户,她身后那扇旋转门被她使劲推开。门童想要拦住她,她用手套逗乐似的敲敲那个门童的肩膀,她一把从头上脱掉帽子,接着脱掉身上的毛衣,所有这些东西都阻止着她旋风般的动作。然后她漫不经心地站在镜子前面整理一下自己:拉拉裙子,捋捋蓬乱的头发,行了,完了,还挺乱七八糟的,面颊被风吹得发热,她径直走向一张桌子——她已经认识所有的人了——去讲点什么。她总是有话可讲,她总是刚经历了什么,而这总是特别美好,特别奇妙,特别不可名状,她给每个东西都填满了她迸涌的热情,就连最陌生的人都感觉到,这个感情过于充沛的人实在承受不了她心里感激之情的高压,只能向外继续释放她的激情。她看到一只狗就会抚摸,看到一个孩子就会把他抱在怀里爱抚他的脸蛋,见到每个侍女和侍者她都飞快地说上一句令人高兴的话。要是有一个人闷闷不乐或者茫然冷漠地坐在那里,她就会马上过去善意地逗他开心,她赞赏每条裙子、每只戒指、每个照相机、每个香烟盒,她把每样东西都拿在手里,带着热情观赏。每个玩笑都能让她发笑,每道菜她都觉得美味,每个人她都觉得善良,每个对话她都觉得有趣:在这个上流世界、这个唯一的世界里,所有的一切都是美好的。她那狂热的向人表示好感的热情势不可当,每个和她在一起的人都会不由自主地被她的激情所感染,就连那个抑郁寡欢地坐在她的扶手椅上的枢密顾问夫人,拿着长柄眼镜看着她的背影时,也会流露出快乐的目光。门房格外友好地和她打招呼,穿着上浆的亚麻制服的侍者细心地帮她挪正椅子,恰恰是那些年纪较大比较严厉的人会为她这么心情欢快和亲切随和而感到高兴。克里斯蒂娜从各个方面都获得了热情欢迎的目光,尽管大家对她个别的天真烂漫的行动和过分热情的表示会摇头。三四天后,从埃尔金斯勋爵到最后一名侍者和管电梯的小厮,大家一致的意见是,这位封·波伦小姐是个迷人的真诚的人,"a charming girl"①。她感觉到这种好意的目光,她享受着大家都乐于见她,把这视为自己存在的升华和可以待在这里的权利,由于大家对她怀有好感,她在她的幸福之中变得更加幸福。

在饭店里所有的男士当中,埃尔金斯将军最明显地展示了个人的兴趣和个人进行追求的倾向,而克里斯蒂娜最不敢期待的就是从他那里得到这样的尊重。将军总是一再寻找着不引人注意的机会接近她,带着老人的羞涩,怀着一个早已过了五十岁危险年龄的男人的温柔,感人的忐忑不安。就连姨妈也发现他穿得更鲜亮更年轻,选的领带更鲜艳,她还觉得可以确认(莫非她弄错了?)将军鬓角的白发明显地染得颜色更深了。他经常以各种借口来到姨妈的桌旁,给——为了不显得太明显——两位女士每天往房间里送花,他带给克里斯蒂娜书籍,德语的,都是专门给她买的,尤其是有关攀登马特霍恩②山峰的书,只是因为她有一次偶然问到第一批攀登这座山峰的是谁,还有有关斯文·赫丁③西藏探险的书。一天上午突降大雨,所有的外出游玩都无法进行,将军和克里斯蒂娜坐在大厅的一个角落里,给她看照片,他的房子、他的花园、他的狗。这是一座奇高无比的城堡,恐怕还是诺曼时期的建筑。四周是一座座威风凛凛的圆形塔楼,墙上爬满了常春藤,图片还展示了城堡内部宽大的大厅,那里的壁炉完全是旧式的,挂着放在镜框里的全家福,摆放着船模和沉重的男像柱;克里斯蒂娜想,冬天要是

---

① 英语:一个迷人的女孩。
② 德文为马特霍恩,意大利文为切尔维诺山,是阿尔卑斯山最著名的山峰之一,海拔4478米,山势险峻,为著名的登山运动的场地。
③ 斯文·赫丁(1865—1952),瑞典地理学家、探险家,曾到过中国。

一个人住在里面肯定阴森森的。就像猜到了她的想法,将军指着照片上的一群猎犬说道:"我要是没有它们,在那里就完全是一个人。"第一次暗示他夫人和儿子都已去世。当她看到将军那胆怯地扫过她的目光时(他马上又把目光转回照片),一阵轻轻的战栗掠过她全身:他为什么给我讲所有这些,给我看所有这些,为什么他如此小心翼翼地问,我是否能在这样一个英国房子里感觉良好,他难道想以此暗示,这个有钱有地位的男人……不,她不敢妄自设想。她太没有经验,她不能理解,这个勋爵,这位将军,似乎对她而言,根本不可接近,高踞云端,完全凌驾于她的世界之上。可是作为一个上了年纪的男人他已经没有多少勇气,也不再知道,他是否还会被人当回事,生怕因为自己的追求而使自己显得可笑,只在等待着她发出一个小小的信号,说出一句鼓励的话;但克里斯蒂娜自己就没有勇气相信自己,又怎么能理解这样的懦弱?她把将军的暗示理解为特殊好感的表示,对此既害怕又高兴,但不敢相信这样一些暗示,而将军则自我折磨着,不知如何解释姑娘这尴尬的躲躲闪闪。她每次从他们的聚会起身时总有些神色慌张,有时她胆怯的侧面目光感觉到真正的追求,但将军突然一本正经起来,又把她弄糊涂了(这位老先生强烈克制着自己,只是姑娘没有理解)。她得好好想想:将军想从我这儿得到什么,这有可能吗?她得好好想想,好好想彻底,静下心来想想清楚。

但在这里什么时候能怎么能认真思考,怎么能深思熟虑呢,大家都不给她任何时间。她刚在大厅露面,那伙欢快的人们当中就已经有一个人在那里,拉着她到某处去:驱车出行,拍照,游玩,聊天,跳舞,总是马上就有人打招呼,大家凑到一起乱成一团。一整天这个无所事事的小团体的人就像烟花似的闹哄哄风风火火,总是不断地可以做什么运动,可以抽抽烟,可以吃点什么、可以一起笑,只要这些年轻男子中有一个人招呼一声封·波伦小姐,她就不加反抗地和他们疯在一起,怎么能说不呢,为什么要说不呢,这些充满朝气的年轻人,这些小伙子姑娘们这么诚心诚意,她从没有结识过这样类型的青年,他们总是无忧无虑,情绪高涨,每次都穿得不一样但都漂亮,嘴边总是玩笑不断,手里总有大把的钱,脑子里总有不断翻新的消遣,你刚和他们坐在一起,留声机就响了起来,催促人跳舞,不然汽车就停在那里,大家分拨,年轻人挤着年轻人,五六个人挤在一辆车里,特别紧,就像大家拥抱在一起,然后汽车呼啸着奔驰起来,每小时六十、八十、一百公里,快得你头发都直竖起来。或者大家在酒吧里舒展四肢跷着二郎腿,吮吸着冷饮,叼着香烟,懒洋洋没规没矩,轻浮放荡,不用花费力气,听着各式各样美丽刺激的故事,这一切学来如此简单,也让你如此奇妙地得到放松,她仿佛在用不同的全新的肺呼吸着这滋补的生活空气。有时,她觉得这种热起来的感觉无疑就像血液里的闪电,尤其是晚上跳舞的时候或者黑暗中,这些轻快灵活的年轻男子中的一位,更为富有渴望的使劲挤到她的身边:就在他们那里伙伴之间也上演着一种追求,但是并不相同,这种追求更开放、更大胆、更肉体,一种能把她这不习惯的姑娘吓一跳的追求,比如在汽车的黑暗里她感觉有只硬邦邦的手抚摸着她的膝盖,或者在散步的时候挽着的手臂变得更加温柔起来。但是其他的女孩,那个美国女孩和曼海姆女孩都允许所有这一切,而且一点也不生气,最多伙伴似的轻轻一拍,回敬那放肆的手指,干吗要扭扭捏捏地拒绝,那个工程师开始越来越激烈地套近乎,而那个小个子美国人想要不动声色地引诱她去林子里散步,察觉到这些,她其实感觉挺好的。她什么也没做,但是她多少有些骄傲地感觉到这种被人渴望的状态和一种新的确定性,那就是她衣服下面那温暖、赤裸、还未被触摸过的身体是男人想呼吸，感觉，触摸和享受的。在皮肤深处她感觉所有这些都像一种美好的陶醉，是由陌生的令人着迷的香精组成，又始终被这么多陌生的风度翩翩的令人痴迷的男人们所追求，这种兴奋的被人包围的状况已经弄得她天旋地转，她摇晃一阵身体让自己清醒，然后惊慌失措地问自己："我是谁？我到底是谁？"

"我是谁啊？他们都在我身上发现什么了呢？"这个惊异不已的姑娘日复一日地问着自己。心里一再重新感到惊讶，每天都有新的不同的关注信号落到她的身上。她刚醒过来，侍女已经把鲜花拿进房间，是埃尔金斯勋爵送的。昨天姨妈送给她一只皮革的包和一块小巧玲珑可爱至极的金手表，那陌生的西里西亚地主特伦克维茨夫妇邀请她去他们庄园做客，那个小个子美国人把一只她曾经赞不绝口的金色袖珍打火机悄悄放进她的皮包。那个小个子曼海姆女孩对她比亲姐妹还亲，夜里她把巧克力糖果拿到她房间，她们一直聊到午夜。那个工程师几乎只和她跳舞，每天还有新人参加进来，所有的人都对她特别好，以诚相待，充满敬意，她只需要在大厅和饭店里一露面，就有人过来邀请她去兜风，去酒吧，去跳舞，或者去做什么好玩的事情和游戏，大家不会给她一刻独处的时间，她没有一个小时感到无聊或者空虚。她一再诧异地问自己："我是谁呢？多年来人们在大街上从我身边走过，没有一个人注意到我的面孔，多年来我就坐在村子里，没有一个人送给过我任何东西或者打听我。是因为那里的人都特别贫穷吗，贫穷会让人如此疲倦，如此不信任人，还是说我身上突然有了什么，其实这是一直都在我身上的，就是还没能展露出来？我真的比我胆敢变成的那个人更美丽更聪明更有吸引力，就是没有勇气去相信？我是谁，我到底是谁？"当她有片刻一个人单独待着的时候，她就会问自己这个问题,然后就发生连她自己都不理解的很奇特的事情:那原本很确定的事情又重新变得不确定。在最初几天,所有这些陌生的、讲究的、高雅的和魅力四射的人都把她当成他们中的一员,她对此只是惊奇和惊喜。可是现在当她感觉她特别受人喜欢,比其他人,比那个头发黄中带红、穿得特别鲜艳的美国女孩,比那个风趣、快乐、聪明绝顶的曼海姆姑娘更能引起所有那些男人的好感、好奇和紧张,她又重新不安起来。"他们都想从我这里得到什么?"她问自己,在他们面前变得越来越不安。和这些年轻人在一起很奇怪,在家里的时候她从来没有关心过男人,和他们在一起,也没有觉得他们在场有多令人不安。那些粗壮的乡巴佬,手又粗又笨,也就是在喝啤酒时,才变得轻巧一些,他们开的玩笑都很粗鲁,马上就会变得粗鄙,会放肆地动手动脚。对于这些人她从未动过心,哪怕只是一点暗暗动情。假如有人从小酒馆醉醺醺地出来冲着她吹声口哨,或者在她上班的地方用甜言蜜语追求她,她只感到厌恶,就像面对牲口。但是这里的年轻人胡须总是刮得干干净净,指甲都修剪过,举止轻快灵活,总是知道如何把最危险的事情轻松有趣地说出来,他们知道如何在最匆忙的接触时让他们的手指流露出柔情,他们有时会用一种全新的方式让人好奇,不安。她感觉到她自己的笑声里进来了一种新的腔调,便带着突如其来的恐惧走开。不知怎地她觉得自己在这些看似伙伴但其实危险的男人那里心里非常不安,尤其在那个工程师面前,他明显地要追求她。姑娘有时察觉到一种晕眩的感觉,像是轻微的但是肉欲的快感。

幸运的是她很少和工程师单独相处,大多数情况下都有两三个女士一起,有她们在场她就觉得安全得多。有时她在窘境中就偷看其他女人是否知道更好地保护自己,她并不情愿地从她们那里学到了各种小伎俩,假装生气啦,或者对于那些过于放肆的行为就厚着脸皮睁一只眼闭一只眼啦,尤其是当亲昵接触变得危险的时候及时刹车的艺术。即使不和男人在一起,她现在也感觉到一种刺激的氛围,尤其是她和那个小个子曼海姆女孩聊天的时候。那女孩用她完全陌生的坦诚谈着最棘手的话题。那是个学化学的女大学生,聪明加精明,自负、性感,关键时刻还是很能自控,她那敏锐的黑眼睛对眼前发生的一切都看得一清二楚。从她那里克里斯蒂娜知道了饭店里发生的所有桃色新闻:那个浓妆艳抹、烫了头发的小女人其实并不像那个法国银行家说的,是他的女儿,而是他的情人,他们虽然睡在两个房间里,但是夜里……女大学生自己住在旁边都听到了……那个美国女人在轮船上和一个德国电影明星有一腿,其实当时是三个美国女人之间打赌看谁能得到他;那边那个德国少校是同性恋者,就此那个电梯小工跟侍女说过几句;就像这一切都是特别自然和不言而喻的事情,这个十九岁的女孩用谈天说地的轻松语气跟这个二十八岁的女人聊着所有这些丑闻轶事,不带一丁点的愤怒的阴影。克里斯蒂娜好奇地仔细听着,因为自己表示惊讶泄露了自己毫无经验而觉得害臊,只是有时从侧面看一眼这个活泼灵活的小个子女孩,心里又害怕又佩服;她心想,这个苗条的小身子,想必已经有了各式各样的经历,只是我不知道罢了,否则她不可能这样确定地和自然而然地谈论这些,一想到所有这些事情,她不由自主地不安起来。就好像成千的新的细小的毛孔在她的皮肤上张开了,突然一股暖流流进她的身体,她的皮肤有时在燃烧,跳舞中间她觉得自己晕眩起来。"我怎么了?"她追问自己,心里开始有一股好奇,想知道她自己到底是谁,在发现了这个崭新的世界后又想发现自己。

又过了三四天,疯狂的一周飞快过去了。餐厅里安东尼身着晚礼服和他的夫人坐在餐桌旁,大发牢骚:"我现在受够这不准时了。第一次不准时,好吧,可能发生在任何人身上。但一整天就在外面瞎逛,还让人家坐着等着,这就太没教养了。见鬼,她以为自己是谁啊!"克莱尔哄着他,"上帝啊,你想怎样。这些人今天都是这样,没救了,战后的教育,他们只知道自己年轻,就知道自己快活。"

但是安东尼阴沉着脸,把叉子扔到桌上:"让这些永远快活见鬼去吧。我也年轻过,也做过出格的事情,但是我从未允许自己放肆无理过,也根本不可能允许自己这样。你的外甥女小姐一天中还能赏光两小时,这真是她赐给我们的荣耀,那她这个时候必须准时。另外我还得坚决要求一件事情——你非得跟她说一下了,说得彻彻底底的!——她不能每个晚上都把那帮小子和丫头拉到我们这桌来;那个剃着囚犯似的光头,留着威廉皇帝口髭的粗脖子德国人,那个耍着冷嘲热讽,透着机灵劲的犹太候补官员,那个从曼海姆来的毛丫头,看上去就像是从酒吧里捞出来的,这些人和我有什么关系!总是乱糟糟闹哄哄的,哪儿哪儿都是噪音,我都不能好好读我的报纸;我怎么和这帮小屁孩凑在一起了。反正今天晚上我强烈要求得到我的宁静,要是这帮闹哄哄的家伙中有一个坐到我的桌子这边来,我就把所有的玻璃杯都摔了。"克莱尔没有直接反驳,她知道只要老爷子额头上方的青筋抖动,反驳没有任何好处;让她生气的,其实是她不得不承认安东尼是对的。一开始是她把克里斯蒂娜推入这个喧嚣纷闹之中,她很高兴看到她的时装模特儿如何飞快灵巧地穿上那些漂亮衣裳,衣着合身;年轻时发生的事情模模糊糊浮现在眼前,她隐约记得第一次盛装打扮和她的恩人去萨赫尔咖啡店①用餐时欣喜如狂的心情。但是克里斯蒂娜最

---

① 维也纳高级糕饼店,可用餐。

近这两天真是分寸全无:就像每个醉酒的人,只感觉到自己和她旋风般的极乐幸福,譬如她没有发现,晚上那位老人已经低垂着脑袋打起瞌睡来了,就连姨妈急迫地提醒"走吧,已经很晚了"的时候,她也没有发现。——她只是从她的心醉神迷中惊醒了一秒钟。"好,当然,姨妈,我还答应了就跳这一支舞,就这一支舞。"但是下一秒钟——她已经把一切都忘记了,她都没有发现姨夫已经厌倦了等待从桌子旁起身来,根本没有跟她说晚安,她根本没有想到姨夫居然会生气,在这么美妙的世界里谁会生气和受到伤害呢! 她百思而不得其解的是,不是所有的人都因为热情奔放而燃烧不已,不是每个人都为了纵情欢乐和疯狂愉悦而跳跃和激动,而她自己则在这种喧嚣纷闹之中失去了平衡。二十八年来她第一次发现了自己,这个发现是如此的令人陶醉以至于她除了自己忘记了所有的人。

就是现在她像个陀螺嗡嗡直响被自己的激昂驱使着,冲进餐厅,毫不在意地边走边把手套拽下(谁能在这里为这种事情生气呢?),从那两个年轻的美国人身旁走过的时候,她冲着他们笑着快活地说了声哈罗(这些她都学会了),接着穿过大厅朝姨妈走过来,温柔地从后面挽住姨妈并在她的面颊上亲吻了一下。这时她才略微吃了一惊:"哦,你们都已经吃了这么多了?对不起!……我一开始就跟那两个家伙说,就是派尔西和埃德温,你们开着你们的破福特不可能在四十分钟内赶回饭店,就算你们再踩油门也不行。可是他们不信我的话。但是他们不信我……好的,侍者,您可以上菜了,两道菜一起上吧,这样我能赶上你们……好,就这样,那个工程师自己开车,开得特别棒,但是我马上发现,这个老掉牙的破车每小时开不到八十公里,埃尔金斯勋爵的罗尔斯罗伊斯飞驰起来就完全不同了,那个弹性之好……另外说句实话,可能和我自己试着开了一会儿也有关系,当然埃德温就坐在我旁边……特别简单,整个就是魔术……以后我,姨夫,第一个带你开车出去,你信得过我,是不是……但是姨夫,你怎么了?你不会因为我晚了一点而生我的气吧……我向你发誓,这不是我的错,我一开始就跟他们说,他们不可能在四十分钟内……但是真的就只该相信你自己……这个肉饺味道好极了,我这个渴啊! ……别人不知道在你们这儿有多好。明天下午又要出门,要开到朗德克去,但我马上就说我不去,我怎么也得跟你们一起再去散一次步,但是在这里真的得不到什么安宁……"

这一通唠叨就像火焰噼噼啪啪忽暗忽明地从薄木头上落下。过了好一会后,她筋疲力尽地停住的时候,才注意到回应她这番忘我投入的讲述的是一阵严厉冷淡的沉默。姨夫眼睛盯着果篮,仿佛他对于橙子的兴趣大于那一通废话,姨妈神经质地摆弄着刀叉。没有人说一句话。"你不会生气了吧,姨夫,当真生气了?"克里斯蒂娜不安地问。"没有,"他咕哝道,"但是快吃完吧。"他气呼呼地把这话说出来,这让克莱尔都很尴尬,因为克里斯蒂娜立即就不吱声了,坐在那里,像个挨了打的孩子。她不敢抬眼,把切了一半的苹果怯生生地放到盘子里,嘴边不停地抽搐。姨妈立马插进来;为了分散注意力,她转向克里斯蒂娜问道:"你有玛丽的消息吗? 收到家里的什么好消息吗? 我一直都想问你来着。"但是克里斯蒂娜面色更加苍白了,她感到全身一阵颤抖。老天啊,她还压根儿没有想过这些事呢! 她根本没有注意到她在这里已经优哉游哉过了一个星期,却没有收到家里片言只语,也就是说,偶尔在一个短暂的瞬间她也奇怪过并且一再打算写信,但是总是出现点喧闹来打岔。现在这被她耽误的事情对她来讲就像心口挨了一刀。"我无法解释,至今我没有从家里收到一行字,说不定有什么信丢失了?"现在姨妈的脸也拉长了。"奇怪,"她说,"太奇怪了!可能和这个有关,这里的人只知道你是梵·波伦小姐,而给霍夫莱纳的信件就存放在门房那里没人取走。你去那里问过吗?""没有。"克里斯蒂娜轻声轻气地呼吸着,万分沮丧。她记得清清楚楚,其实每天有三次或者四次她都想问,但是总是有点什么事情,她总是一再把这事忘记了。"请原谅,姨妈,就一会儿!"她一跃而起,"我马上去看看。"

安东尼放下报纸,他听到了这一切,愤怒地看着她远去。"你看见了吧!母亲重病,这是她自己说的,她都不打听一下,整天就是折腾。现在你看看我是不是对的。""真是不可思议,"姨妈叹口气,"一星期里没有打听过一次,而她是知道玛丽身体如何的。开始的时候她那么感人地为母亲担忧,含着眼泪给我说把她母亲一个人留在家里她有多么的不放心。她现在变成了这样,真是不可思议。"

这时克里斯蒂娜回来了,走路样子完全不同了,迈着很小的步伐,一副迷惘和惭愧的样子。她坐在宽大的靠背椅里,人薄溜溜的,恨不得蜷缩起身子像要躲开一顿罪有应得的痛打。门房那里果然有三封信和两张明信片没有取走,每天富克斯塔勒都非常周到地给她寄了有详细内容的信,着实令人感动。而她——就像一块石头砸在她的良心上——她只是有那么一次在塞莱里纳用铅笔在一张明信片上飞快地涂抹了几句。她一次也没有再看过她那老实可靠的朋友给她如此精致地涂上阴影并充满深情绘制的地图,她根本就没有把他的小礼物从箱子里拿出来;因为她无意识中想忘掉那个早先的我、那个不同的我,那个叫作霍夫莱纳的我,她把身后所有的一切,母亲、姐姐、朋友全都忘了。"怎么样,"姨妈问,因为她看到克里斯蒂娜手里的信在颤抖还没有打开,"你不打算读这些信吗?"

"是啊,是啊,马上。"克里斯蒂娜嘟哝着。她顺从地撕开信封,飞快地浏览着富克斯塔勒用工整清楚的笔迹写的一行行的字,都没有注意到日期:"今天谢谢上帝她好了一些。"一封信上这么写道,另一封信上:"鉴于我曾郑重向您保证,尊敬的小姐,如实向您汇报令堂大人的健康状况,我必须遗憾地告知,我们昨天真是有惊无险。因为您的离开使老人家的情绪波动,引发了不无危险的病情变化……"她匆忙地翻页。"注射起到了一定的镇定作用,我们重新希望出现最好的结果,就算并不完全排除再次发作的危险。""怎样?"姨妈问,她察觉了克里斯蒂娜的不安,"你母亲情况如何?""还行,还行,"她一脸窘迫地说,"是这样的,母亲又有些不舒服,不过已经过去了,她问候你们,姐姐也让我替她吻你们的手并向你们致谢。"但是她自己都不相信自己说的话。母亲为什么不亲自写信,一个字也没有,她神经质地想,我是不是最好该发个电报或者试着给邮局打个电话,我的替班的同事肯定知道详情。不管怎样我必须马上写信,至今还没有这样做,真够丢人的。害怕遇到姨妈审视的目光,她连眼睛都不敢抬。"是的,你现在详详细细地写封信会是件好事,"姨妈这样说,好像猜到了她的想法,"替我们两个致以最衷心的问候。顺便说一下,我们今天也不去大厅了,而是马上回我们的房间,每天这么熬夜让安东尼疲惫不堪。昨天他根本就睡不着,他毕竟是来这里休养的。"克里斯蒂娜感觉到话里暗藏指责。她吃了一惊,心里一阵发冷,觉得心脏抽搐。她满怀羞愧地靠近老先生。"求你了,姨夫,别生我的气,我真不知道这让你这么累。"这位老先生,半受伤害,半受感动,她谦卑的语气起了作用,老先生叽里咕噜地进行解释说,"唉,哪里,我们老人总是睡得很差。偶尔待在喧闹中挺好玩的,但是不能天天如此。毕竟现在你也不再需要我们了,你已经有了足够多的伙伴。"

"不,绝不,我跟你们一起走。"她小心翼翼地帮着老先生走进电梯,如此温柔和关心地领着姨夫,姨妈的不快也就渐渐消失。"你必须理解,小克里斯特,我们不想夺走你的享乐,"她说的时候他们飞快上了三层楼,"好好睡一觉对你也很有好处,否则你就过于劳累,你整个休养也就泡汤了。你现在在这喧闹中好好休息一下不是坏事。今天就安安静静地待在你的房间里写写信,坦率地说,你老是单独和这些人凑在一起不太合适,另外我对他们所有的人也不是特别喜欢。与其看到你和那个一脸孤傲、目中无人的年轻人在一起,我更愿意看到你和埃尔金斯将军在一起。相信我,你今天待在楼上对你更好。"

"是,我答应你,姨妈,"克里斯蒂娜谦恭地说,"你说得对,我自己知道。那只是……我不知道是怎么回事……这些天弄得我晕头转向,也许是这里的空气和所有这些事闹的。但是我自己也很高兴能安静地思考一下,写写信。我马上上去,你可以相信我。晚安!"

姨妈是对的,克里斯蒂娜心想,一边打开房门,她这是对我好。真的,我不该这么任人拽着折腾,这么匆匆忙忙的有什么意思呢,我不是还有时间嘛,八天、九天,最终实在不行我还能发电报请病假,要求延长假期,他们能把我怎么样?我还从来没有休假过,这些年上班也从来没有请过一天假。局里领导层会相信我的,而我的替班只会高兴。这里这么安静真是太美妙了,在这间可爱的房间里听不到下面传上来的声音,终于可以好好思考一下,把一切都想想清楚。对了,那些书,埃尔金斯勋爵借给我的书也必须读一读了——不,首先是信,我上楼来就是为了写信。太不像话了,一个

99

星期都没有给母亲、给姐姐、给老实的富克斯塔勒写过一行字,我也该给那个女代理寄张明信片,这是该做的,我也答应姐姐的孩子们要寄一张明信片的。我还答应什么了,到底是什么——上帝啊,我脑子完全乱了,我答应给谁什么了——啊对了,答应工程师明天一起出游。不,决不能和他单独出游,就是不能和他一起——还有——明天我必须和姨夫及姨妈在一起,不,我再也不和他单独出去——其实我该取消这个约会,应该飞快下楼,不然他明天该白等了……我不是答应了姨妈待在这里吗……再说,我不是可以打个电话给下面的那个门卫,让他转告工程师……通过电话,对了,这样最好。不,不能这样……这算怎么回事呢,他们最后该认为我生病了或者被软禁了,那帮人该笑话我了。我最好写几句话让人捎给他,对,最好这么做,其他的信我马上送下去,这样门卫明天一早就可以把信交给邮局……见鬼……信纸放在哪里了? ……不,怎么能这样,信纸夹是空的,在这么高级的饭店里真不该出现这种事情……干脆全拿光了……现在,你可以按铃,侍女马上就会把信纸拿上来的……但是还真能按铃吗,现在都过了九点了,谁知道,他们已经都睡觉了,也许让人觉得很滑稽,特地为了几张纸夜里按铃……最好我自己飞快下去一次从写字间拿点纸,别恰好撞上埃德温……姨妈说得对,我不该让他太亲近我……他是不是对其他女人也这样,就像今天下午在汽车里……沿着整个膝盖往下,我完全不理解自己怎么能由他这样为所欲为……我其实该挪开并制止他……我才认识他没几天啊。但是我就那么瘫在那里……可怕,当一个男人这样摸你的时候,你突然会变得这么软弱,意志这么薄弱……我真无法想象,一个人会这么没有力气……其他女人是不是也是这样……不,没有一个女人会告诉其他人,就算她们平时能那么放肆地聊天,也不会说出这种疯狂的故事的。我真该不管怎样做点什么,否则他最后会认为,你让所有的人都这么摸你……或者会想象你就希望这样……恐怖至极,这种抚摸让你浑身皮肤一直到脚指头都麻麻辣辣的……他要是这样对待一个年轻姑娘,我理解那姑娘会一下子放荡起来——像他那样在转弯的时候突然压住我的胳膊,好可怕啊……他的手指好纤细,我从来没有看到一个男人的指甲会像女人似的护理得那么好,不过当他抓住你的时候,感觉就像是个夹子……他是不是真的对每个女人都这么做……也许是这样……下次跳舞的时候,我得好好观察一下……你还什么都不知道,真是可怕,和我同龄的其他女孩每个人对此都了解得一清二楚,能给自己赢得尊敬……或者不,卡尔拉怎么说的来着,这里整夜房门开开关关……我必须马上把门闩拉上……他们要是能对你真诚点,不是那么摇摆不定,处得很好又马上分手,那该多好,要是能知道其他人,是怎么做的,是不是也会给弄得神魂颠倒,那该多好……这些事还从来没有发生在我身上!啊,也不是,两年前有一次,一个穿着时髦的男士在威灵格大街上和我打招呼,他看上去和这个工程师特别相似,也是个高个子腰板笔直……最终什么事情也没发生,他邀请我和他共进晚餐,我当时真该接受邀请……所有人不都是这样与人结识的吗?但是当时我担心回家太晚……我一生都有这种愚蠢的恐惧,总是顾及每个人,顾及所有的人……就这样时间流逝,眼角上出现了皱纹……其他女孩子,脑子更聪明,把这些事理解得更好……真的,是不是还会有一个女孩子在这里坐着,一个人待在房间里,楼下那么开心,灯火通明……就只因为姨夫累了……没有一个姑娘会在晚上这么早就坐在这里……现在到底几点钟了……才九点,九点……我肯定还睡不着,绝对睡不着……我突然一下子觉得浑身发热……好,把窗户打开……寒气落在光溜溜的肩膀上,感觉真好……我该留神别着凉……唉,什么呀,总是这么愚蠢的怕来怕去,总是这么小心翼翼……就这样你又得到了什么……啊,真美好,空气拂过单薄的衣服,感觉就像裸着身体……我为什么要这样穿着这漂亮的衣服,是为谁啊……你要是在房间里猫着,可没人能看到你穿着这身衣服……我是不是还是该飞快下楼去?……我得去取信纸,或者我其实,可以在楼下写,在写字间写信……这里真的什么都没有……嘿……天一下子变得好冷,我最好还是关上窗户:房间里一下子变得寒冷无比……你难道该这样枯坐在空空的椅子上吗?……胡说,我跑下楼去,马上就会暖和起来……但要是埃尔金斯看到我,明天又跟姨妈说起这事,或者不管是谁?……那又怎么了……那我就说我下楼给门房送信去……那姨妈就没什么好说的了……我不是待在楼下,我是去写信,写两封信,然后马上就上来……我的大衣呢?不,不要大衣,我马上就回来,只不过这花……不,这是埃尔金斯送的……管他呢,无所谓,配着这些花挺合适的……为了小心起见,我还是到姨妈门口瞅一眼,看看她是否睡下了……胡闹,我干吗要这样做呢……我已经不再是小女生了……总是这么傻里傻气地害怕!难道我下楼三分钟还需要别人允许不成。好了,前进……

仿佛想克服自己的迟疑,她匆匆忙忙地胆战心惊地快步跑下楼梯。

真的,成功了!大厅里,人们婆娑起舞。人声嘈杂,她没有被人发现,逃进了写字间。已经写好第一封信了,第二封也马上写完了。然后她感觉肩上有一只手:"抓住了!一个人躲在这里真是太狡猾了。一个小时了我走遍了各个角落寻找封·波伦小姐,我问了所有的人,他们已经在嘲笑我,而小姐却在这里蜷缩着像只谷堆中的小兔子。现在马上跟我走!"这个瘦高个男人站在她身后,她又一次直至神经末梢都感觉到被工程师的手灾难性的一把抓住。她虚弱地微微一笑,被这个袭击吓了一跳,同时也很高兴,仅仅过了半小时工程师想她了。但是不管怎样,她还有足够的力气进行抵抗。"不,我今天不能跳舞了,我跳不了啦。我还得写信呢,这些信件明天必须随着早班车送走。还有,我答应我的姨妈今天晚上待在楼上。不,绝对不可能,我不可以去跳舞。她要是知道我又下楼了,肯定会生气的。"

跟人掏心掏肺总是非常危险,因为你要是把一个秘密告诉了一个陌生人,那你们之间的陌生感就消除了。你给出了你身上什么东西,就等于让他占了一个优势。果然,那个强烈渴望的目光立即就变得亲密起来:"啊哈,逃出来的!没有休假证明。来,别害怕,我不会出卖您的,我不会……但是现在我的腿已经足足站了一小时之久,我不会这么轻易地再放你走,不,想都不要想。一不做二不休,既然您已经未经允许下楼来了,那您就未经允许地和我们待在一起。"

"您想什么呢!不可能。最后姨妈还要下楼来。不行,绝对不行!"

"好吧,那就让我们马上有凭有据地确认一下小姨妈是不是已经睡觉了。您知道他们的窗户吗?""这是为什么呀?""很简单,要是窗户黑着,姨妈就已经睡觉了。谁要是已经脱了衣服躺在床上,不会特地穿上衣服去查看一下她的小孩是否乖乖的。我的上帝啊,我们在技术学校溜出去过多少次啊,给房间和大门的锁涂上油,就光穿着袜子溜到下面的走廊里。这样一个夜晚比一个郑重其事地获准离校的夜晚有趣七倍。好了走吧,去查明一下!"克里斯蒂娜不由自主地笑起来;这里一切解决起来是这么的容易这么的轻松,这里一切困难都能自我理出头绪!小姑娘的忘乎所以刺激她去作弄一下她那两个过于严厉的守卫者。但是不能太快就让步,她想。"绝对不可能,我不能就这样走到寒冷中去!我根本没带大衣。"

"我们有代用品。等一下,"话音未落他就已经窜到衣帽间取来了挂在那里的他那柔软的毛料双排扣大衣,"肯定合身,快穿上!"

"但是我应该……"她想到但是又没有再继续想下去,她其实应该怎么办,因为工程师已经把她的一只手臂放入了柔软的大衣里,现在反抗的话太孩子气了,她笑着调皮快乐地裹进这件陌生的男人的衣服里。"别走那个大门,"工程师冲着她裹着大衣的后背笑道,"走这个旁门,我们马上就给姨妈来个窗下漫步。""但是真的就一会啊。"她说,刚到黑暗中她就感到他的胳膊已经自然而然地伸到她的臂弯里。"好,哪里是窗户?""三楼左侧边上那个带阳台的房间。""黑了,漆黑一片,乌拉!没有一丝光亮,他们已经睡得很沉了。那好,现在我来领导了。首先先回大厅!""不行,绝对不行!要是埃尔金斯勋爵或者其他什么人看到我在那里,他明天马上就会告诉我姨夫姨妈,他们已经很生我的气了……不,我得立即上楼去。"

"那就到别处去,到圣莫里茨酒吧去吧。开车十分钟我们就到那儿了,那儿没人认识您,没有人能说您坏话。"

"您想什么了啊!您还真有主意!要是这里有人看到我和您一起上车——这将成为整个饭店两个星期唯一的谈资。""对此我自有对策,就交给我吧。您当然不能在大门前大摇大摆地上车,尊敬的旅馆管理部门叫人在那里安装了十四只弧光灯。您沿着那边的森林小路走四十步一直到阴影里面,我和汽车一分钟后就到,十五分钟后我们就到那边了,就这么定了,这事解决了。"

这里的一切都能这么容易地得到解决,这让克里斯蒂娜一再感到惊讶。她的反抗已经变成了一半的同意。"您把这一切都设想得这么简单。""不管简单还是不简单,就是这样了,而且也会这样做。我马上跑过去把车开动起来。您这时先往前走。"她又一次犹豫地问,态度已经和缓了很多:

"那我们什么时候回来?"

"最晚午夜。"

"您保证?"

"我人格担保。"

一个保证对于一个女人来讲就是一道栏杆,在摔下去之前可以抓住不放,"那好吧,我相信您。"

"一直紧贴着左边走到马路上,别经过那些弧光灯。我一分钟后到。"

她走向工程师建议的方向时(为什么要这么听他的话?),她又想起,我其实应该……我应该……但是她不能继续往下想了,也记不得其实该干什么,因为她已经卷入了一场新的狡诈的游戏,裹在一个陌生男人的大衣里,像印第安人似的悄悄地在黑暗中行走,又一次,又一次走出她现实的人生进入另一个变化,又是一个和她以往所知道的不同的变化。她就在森林的阴影里等了片刻,然后两条宽大的光束就沿着马路摸索过来,汽车开着的大灯照在冷杉之中发出银色,很明显那个司机已经看到了她,因为那刺眼夺目的光一下子灭掉了,那辆黑色的庞然大物快要蹭到她的地方。现在车里的内灯谨慎地熄灭了,只有速度显示仪上的蓝光在黑暗中映出一个小圈的色彩。在刚才强光照射之后,她突然陷入了特别浓重的黑暗之中,她都无法辨认任何东西,这时车门打开了,有只手臂伸出来帮她上车,她身后车门咔嚓一声关闭,这一切都幽灵般的迅速,旋风似的,惊险异常,仿佛在电影院里;还没容她有时间喘口气或者说点什么,汽车已经再次发动起来,第一下启动的时候她的身体不由自主地向后一仰,她感觉被抱住被抓住了。她想反抗,她胆怯地指指司机的后背,司机就像一座小山坐在方向盘那里,瞪着眼睛一动不动地坐在他们前面,她对这个近在咫尺的证人有种羞耻感,但另一方面也恰恰因为知道司机在场保护她不受外界侵犯。但是她身旁的工程师没有回答一个字。她感到自己的身体被温暖地急迫地拥在怀里,工程师的手在她手上,现在又在她手臂上,现在又在她乳房上,现在是一张霸道陌生的嘴在寻找着她的嘴,狂热湿润地打开了她渐渐屈从的嘴唇。她下意识地渴望和期待所有这一切,被人紧紧地抓住,四下逐猎地热吻,从脖子到肩膀到面颊,一会儿在这里,一会儿在那里,把热烈的烙印打在颤抖的皮肤上,有证人在旁必须轻声轻气,这以某种方式提升了这种燃烧的游戏给人的陶醉。闭着眼睛,没有语言亦无意志去进行反抗,她任由那热吻从嘴里吮吸掉急促的呻吟,整个使劲挣扎,不断颤抖的身体,尽情享受着那双嘴唇激起的情欲。她不知道发生的这一切持续了多长时间,然后一切都在司机明显的鸣笛警告声中戛然而止,汽车开进了灯火辉煌的街道,停在一家大饭店的酒吧前面。

她下了车,心里一片迷惘,脚步蹒跚,羞愧不已,迅速整理一下压皱的裙子和被亲吻弄得蓬乱不堪的头发。是不是每个人都会注意到啊,但是没有,没有人太明显地盯着她,在半明半暗人满为患的酒吧里,他们被彬彬有礼地带到一张桌子旁。她又意识到了一种全新的东西,一个女人的生活能像一个看不透的秘密,社交举止的面具如何巧妙地掩盖了最热烈的激情。她根本不会觉得这是可能的:她的皮肤还在因为被人亲吻而战栗和膨胀,而她却能够腰板挺直,身心恬静,面容冷漠,头脑清楚地坐在一个男人身旁,轻松地对着他那熨烫得笔挺的燕尾服衬衫的前胸聊着天,两分钟前你还感觉着这嘴唇一直到那坚硬的咬紧的牙齿,还在他挤压的重力下弯着身子,这里的人群中没人对此会有一点儿觉察。有多少女人在我面前这样伪装过,她想着心里一惊,我在家里和村子里认识的女人当中有多少是这样的。所有的女人都过着双重生活,过着好多倍,上百倍,秘密的和公开的双重生活,而我这个真心实意的傻瓜还把她们的矜持当成榜样。这时她感到桌子底下工程师的膝盖要求明确地移了过来。她马上把目光扫过去,就像第一次看到他的脸,坚定,褐色,精力充沛,狭窄的口髭下面一张无声地命令人的嘴,她感觉到他那双像是表达问候的眼睛一直逼进她的身体。所有这一切都不由自主地在她心中点燃了一丝骄傲。这个特别男性的男人要我,只要我,没人知道这个事,只有我知道。"我们跳舞吧?"他问。"好。"她回答,这个"好"字包含了更多的意思。她第一次觉得跳舞远远不够,这样矜持的接触只是急不可耐的序幕,预示着更加激情四射更加狂放不羁的拥抱;她必须克制自己不把这明显暴露出来。

她匆忙地喝干两杯鸡尾酒,嘴唇被刚才得到的亲吻和她还在渴望的亲吻所灼伤。最终她实在无法再容忍这样坐在人群之中了。"我们必须回家了,"她说,"全听你的。"这是她第一次听到工程师说"你",这就像轻柔地一击打进她的心里,上车后她完全自然而然地就倒入他的怀抱里。现在亲吻之间都是急切的话语。要她到工程师那里去,就一个小时,他们的房间在同一层楼,没有一个饭店侍者现在还醒着。她饮下这激情四射的恳求就像喝下流淌的火焰。我还有时间反抗,她迷茫地想道,而这时她已经被这狂涛巨浪完全淹没。她不说话不回答,只是敞开心扉接受着她第一次从一个男人那里听到的这些话语的奔流。

就在她先前上车的那个地方,汽车停了下来。在她下车时,司机的后背保持着动也不动的姿势。她独自回到旅馆,大门进口处的弧光灯已经熄灭,她飞快走过大厅:她知道,工程师肯定跟在她身后,她已经听到他的脚步声,运动员般矫健地三步一个台阶,在身后非常近的地方。他马上就要抓到我了,她感觉到,突然一阵纷乱的疯狂的恐怖攫住了她。她开始跑起来,一直跑在他的前面;一步跳进门里,拉上门闩。然后瘫坐在椅子上,呼出暗自庆幸的一口气:得救了。

得救了,得救了! 全身关节还在颤抖:就差一分钟,否则就太晚了,可怕,我变得多么没有把握,身体多么虚弱,意志多么薄弱啊,任何一个人都能在这个瞬间得到我,这点我以前可不知道。我从前可是很有把握的——可怕,一个人会弄得这么心潮澎湃,神经过敏! 真是幸运,我还有精力及时进到房间,把他关在门外,上帝知道,否则会发生什么。

她在黑暗中飞快地脱掉衣服,心扑通扑通跳得很快。就在她闭着眼睛躺到床上,四肢躺进鸭绒被温暖的拥抱时,她的皮肤还在因为那慢慢减弱的激动而战栗。胡闹! 我到底为什么这么害怕啊。二十八岁了,还守身如玉,还在拒绝,还在等候、犹豫和害怕。我为什么还守身如玉,为谁啊? 父亲节省,母亲和我,所有的人,在那些恐怖的年代我们都在节省,而其他人却在生活;我总是对一切都没有勇气,谁又付给我们什么回报了? 一下子你就老了,凋零了,死了,一无所知,从来没有活过,什么也没有了解过,在那边又开始了一个渺小的生活,那个可怕的狭小的天地,而在这里,这里什么都有,你就得去索取,但是我担心,我却把自己锁起来,就像一个半大不小的女孩守身如玉,胆怯,胆怯,真是愚蠢,这是胡闹,胡闹? 我是不是还是该把门闩打开,也许……不,不行,今天不行。

我不是还待在这儿吗,一个星期,两个星期,美妙的无尽的时间!不,我不会再这么愚蠢,这么胆小,我要索取一切享受一切,一切,一切……

嘴唇带着微笑,手臂绷紧,嘴像迎接一个亲吻似的温柔地张开,克里斯蒂娜睡着了,不知道这是她在这个上层世界度过的最后一天,最后一夜。

谁感觉强烈就无法很好观察:所有幸福的人都是蹩脚的心理学家。只有惴惴不安的人才会把所有的感官都绷紧到最敏锐的程度,对危险的直觉让他的聪明达到超越自己自然的聪明程度。克里斯蒂娜没有料到,一些日子以来她的存在对某个人来讲意味着忧虑和危险。那个曼海姆姑娘思考起来坚定果断、目的性强,克里斯蒂娜把她毫不见外的掏心掏肺傻乎乎地当成友谊,而她对克里斯蒂娜社交上的成功却恨之入骨。在这个美国人的侄女到来之前,工程师和她打得火热,都已经流露出认真的也许是结婚的企图。关键性的事情还没有发生,就要进行那决定性的恳谈也许还差几天等一个巧妙的时刻,这时克里斯蒂娜来了,最不受人欢迎地转移了注意力,因为从那以后工程师的兴趣就显而易见地越来越转移到了克里斯蒂娜身上,或者是因为那财富的光环和贵族的姓氏深深影响了这个老谋深算的小伙子,要不就是因为那从克里斯蒂娜身上散发出来的火一般的爽朗和强烈的幸福浪潮着实诱人;怀着还是孩子气的小女生的嫉妒,同时又是一个成年女子劲头十足的愤怒,反正这个小个子曼海姆姑娘觉得自己受到冷落,遭到忽视了。工程师几乎只和克里斯蒂娜跳舞,所有的晚上都坐在梵·波伦的桌子那边。这个对手意识到,要想不失去他,已到拉紧缰绳的关键时刻了。凭着监视的直觉,这个诡计多端的小个子女孩早就感觉克里斯蒂娜身上过分的兴奋总有那么一些奇特的,社交上极不寻常的地方,别人善意地沉醉在克里斯蒂娜的这种不可抑制的魅力之中,而这个小个子女人却试着探寻这秘密的根源。

她的监视由按部就班逐步升级的亲密开始。散步的时候她总是温柔地挽着克里斯蒂娜的胳膊,讲着自己那些半真半假的风流韵事,就是为了引诱对方说出一些有损名誉的事情。晚上她会去房间拜访那个蒙在鼓里浑然不觉的姑娘,坐到她的床上,抚摸她的手臂,而克里斯蒂娜,有让全世界都高兴的需求,怀着感激的兴奋回应着这真诚的闺蜜情谊,毫不在意地回答着她所有的问题和花招,只是出于直觉地回避那些能触及她内心秘密的问题,比如当卡尔拉问她,家里有几个女佣、家里有几间房间的时候,她会一半符合事实一半纯属虚构地回答,因为母亲生病,她现在已经住到乡下,深居简出,以前情况当然完全不同。但是怀有恶意好奇心切的女孩总是越来越牢地盯住那些细小的笨拙的地方,渐渐地挖出那个弱点。这个陌生女人,这个在这里穿着闪闪发亮的裙子,戴着珍珠项链,闪着财富光芒的女人,在埃德温那里眼看着就要使自己蒙上阴影,其实来自一个卑微、狭小的环境。克里斯蒂娜不由自主地暴露了几个社交安全上的弱点,说到马球比赛她不知道要骑马,她不知道柯蒂和胡比冈这样最流行的香水牌子,她无法区别汽车价格的差别,从没观看过一次赛马;一二十个这样的愚昧无知,显示这个陌生女人对时髦的社交界的规则很不精通。在教育方面,这个陌生女人也根本没法和那个化学大学生相比:没上过文科中学,不会外语,就是说,她自己坦率地承认,她在学校里学的那几句英语早就被她忘得一干二净。不,这个穿着讲究的梵·波伦小姐总有些不大对头;那就要把楔子扎得更深一些,这个小个子阴谋家被孩子气机敏的嫉妒心所驱使,全力以赴展开调查。

终于(花两天时间打探、偷听和窥视)这个忙忙碌碌的女孩手里总算有了线索。女理发师们因为职业的缘故特爱聊天;手在工作,嘴巴也很少闲着。聪敏伶俐的杜弗尔诺阿夫人的理发店同时就是全部新闻的集散地,当曼海姆女孩在洗头的时候向她打听克里斯蒂娜的时候,她银铃般地扬声大笑起来。"Ah, la nièce de Madame van Boolen?"①——那笑声一直持续像奔涌的水声——"Ah, elle était bien drôle à voir quand elle arrivait ici!"②她当时的发型就跟一个乡村小丫头一样,两根粗粗的辫子盘起来,还插上发针,特别沉还是铁的,老板娘根本不知道在欧洲还生产这样恐怖至极的东西,她的某个抽屉里应该还留着两个,她把它们当作稀奇古怪的历史珍品保留下来。这可是一条相当有料的线索,带着运动员坚韧不拔的劲头,曼海姆女孩继续密切注意着这个可怜的女骗子。下一步,她巧妙地让克里斯蒂娜那个楼层的女侍开口说话,不久她就套出了所有的信息:克里斯蒂娜就拎着一个小小的草制箱子来的,所有的衣服、内衣都是梵·波伦夫人在这里仓促购置或者借给她的。通过积极的调查,也搭上了一些小费,曼海姆女孩获得了所有的细节包括那把带着牛角手柄的雨伞。恶人总有福气,当克里斯蒂娜询问她在霍夫莱纳名下的信件时,曼海姆女孩恰巧就站在旁边,用一个诡诈的漫不经心的问题就得到了一个惊人的信息,克里斯蒂娜根本就不姓封·波伦。

这就够了,岂止够,还有余呢。火药松散地铺在那里,只需卡尔拉正确地装好导火线。在大厅里有位斯特罗特曼枢密顾问夫人,那个有名的外科医生的遗孀,不分白天黑夜地坐在那里,就像

---

① 法文:啊,梵·波伦夫人的侄女?
② 法文:她刚到这儿来时,看上去可真滑稽呢!

坐在一个检查处里,手里拿着长柄单片眼镜作为武器。她的轮椅(这个老太太已经瘫痪)被无可争议地视为所有社交新闻的问询处,尤其是最终裁定新闻是否可靠的终审法院;这个好战的新闻处在人自为战的秘密战争之中,不分白天黑夜地工作着,消息难以置信的精准。曼海姆女孩坐到她身旁,想要快速巧妙地抖搂出她知道的材料,当然是以看似最友好的形式进行:这个封·波伦小姐(大家在饭店都只这样称呼她)是一个迷人的姑娘,真的,你根本看不出来,她来自相当底层的家庭。封·波伦夫人把这个商店售货员,或者管她是干什么的,出于好心说成是她的外甥女,慷慨地用自己的衣服把她打扮起来,让她凭借虚假的身份进入社交场合,这其实是件了不起的事情。是啊,美国人思考社会地位这类问题时更民主一些,更慷慨一些,不像我们这些落后的欧洲人,我们总是玩社会地位这张牌(枢密顾问夫人像个好斗的公鸡似的使劲点着头),最终不是只注重衣服和金钱而是更重视教育和出身。当然最后也绝对少不了对那个乡间雨伞的详细描述,总之她把每个有害的好玩的细节都向这个新闻处和盘托出。就在同一个早上克里斯蒂娜的故事就开始在整个饭店流传开来,真所谓好事不出门坏事传千里。传播过程中还添枝加叶,越传越神,有些人说,美国人就爱干这种事,为了特别让贵族不高兴他们会把随便哪一个女速记打字员打扮成百万富婆,是啊,甚至有一出戏演的就是这个,其他人则振振有词地论证,觉得她是那位老先生或者他夫人的情人,总之,这件事进展得太顺利了,在克里斯蒂娜浑然不知地和工程师有越轨行为的晚上,她成了整个饭店的主要谈话内容。每个人都大言不惭地自称已经发现了她几百个蛛丝马迹,就是为了不让别人把自己当成傻帽,没人想做那个被愚弄的人。既然记忆非常乐于为意志服务,每个人都挖出一个昨天还在克里斯蒂娜身上觉得特别可爱的细节,现在就把它变成了可笑的东西,就在克里斯蒂娜温暖年轻的身体裹着幸福,嘴唇在睡眠的微笑中张开,还在自我欺骗的时候,所有的人都知道了她那无辜的并非情愿的欺骗。

谣言总是最后到达那个和它有关的人那里。克里斯蒂娜没有感觉到她在那个上午穿过大厅的时候背后都是充满窥视和讥讽的目光,犹如穿过一个熊熊燃烧的火焰圈。她好心好意地在枢密顾问夫人身边坐下,这恰恰是最危险的位置,完全没有注意到这个老女人用多恶毒的问题——邻桌的人从各个角落竖起他们的耳朵——对她百般试探。她和姨夫及姨妈约好去散步,在这之前她还亲切地亲吻一下这个白发苍苍的敌人的手。她并没有特别注意到,她问候的时候,只有零星的客人搭理,而且仅仅是轻微地抿嘴而笑,为什么人家高兴就不能欢笑,表示快乐呢?她心情欢愉地用无忧无虑的眼睛看着那些别有用心的人,如同一团火焰一般轻盈地飘过大厅,极度相信这个世界的善良。

就连姨妈一开始也毫无察觉;不过这天上午有点不愉快的事情引起她的注意,但是并没有预感到这和他们有任何的关联——饭店里住着那对来自西里西亚的地主夫妇,封·特伦克维茨先生和夫人,他们与人交往的时候严格注意贵族头衔和等级高低,对所有的市民都无情地采取拒绝的态度。在梵·波伦夫妇那里他们采用了例外的态度,首先因为他们是美国人(这本身就是一种贵族头衔),而且不是犹太人。其次也许是因为他们的二儿子哈罗明天该到这里,他的庄园因为抵押造成沉重的利息负担已经岌岌可危,而认识一位美国女继承人似乎有百利而无一弊。他们本来和梵·波伦夫人约好这天上午十点一起散步,但是突然(枢密顾问夫人新闻处的信息到达之后)就在九点三十分派门房来说他们可惜不能赴约了,都没有任何其他的解释。奇怪的是,当他们中午从梵·波伦夫妇的桌旁经过时只是冷淡地问候了一句,没有对这么晚取消约会做出解释表示歉意。"好奇怪,"梵·波伦夫人马上起了疑心,她对所有社交场合的事情都很敏感,简直到了病态的程度,"我们得罪他们了吗?发生什么事了?"又一件奇怪的事情,午餐后在大厅里——安东尼去作餐后小憩了——克里斯蒂娜在写字间写信——没有人坐到她桌旁来。平时金斯莱夫妇或者其他一些熟人经常都会过来愉快地聊一会,现在每个人都像约好似的待在自己的桌子旁,她一个人坐在她宽大的椅子里,孤零零地等待着,所有的朋友都不过来,那个自以为了不起的特伦克维茨都没过来道歉,她深感奇怪。

终于有人过来了,是埃尔金斯勋爵。就连他也和平时不一样,双腿僵硬,动作生硬、一本正经。勋爵奇怪地把他的眼睛隐藏在发红的疲倦的眼睑下面——平时看人他总是那么神情坦荡,目光清澈,他这是怎么了?他几乎拘泥礼仪地鞠躬致意:"我可以坐到您身边吗?"

"非常乐意,亲爱的勋爵。您还需要问吗?"

她又一次感到奇怪。勋爵的举止这么拘束,他万分仔细地看着他的脚尖,解开礼服的扣子,拉平衣服上的褶子;奇怪,奇怪。他到底怎么了,她想,勋爵这样就好像要发表一个演说。

终于这位老先生一下子果断地从沉重的眼睑里抬起明亮清澈的眼睛,真的就像一道光亮,就像一把利剑的闪光。

"您听我说,Dear mistress Boolen①,我很想和您谈点私事,在这里没人听见我们谈话。但是您必须给我畅所欲言的自由。我一

---

① 英文:亲爱的波伦太太。

直苦思冥想该如何跟您暗示这件事,但是事关紧要的大事,暗示毫无意义。而处理私人的和尴尬的事情,我们必须加倍认真,直截了当。是这样……我要完全没有顾忌地与您谈话,我觉得这是在尽一个朋友的责任。您允许我这样做吗?"

"当然,毫无疑问。"

但是这位老先生似乎并没有完全轻松起来,他犹豫了片刻,这时他拿出他的烟丝烟斗,慢条斯理地装满烟丝。做此事的时候他的手指——这是因为上了年纪还是因为在做动作——很奇怪地颤抖着。终于他抬起头来,一字一句地说:"我要跟您说的事情有关Miss Christiana①。"

他又一次犹豫了。

梵·波伦夫人心里一阵慌乱。这位年近七十的男人难道真的想要……她已经注意到勋爵心里有克里斯蒂娜,真的都到这个地步了,以致他……但是埃尔金斯勋爵已经抬起了宗教法庭般严厉的目光问道:"她真的是您的侄女②吗?"

梵·波伦夫人一副受到伤害的样子。"当然。"

"她真的姓梵·波伦?"

现在梵·波伦夫人当真糊涂了。

"不,不,她是我的外甥女,不是我丈夫的侄女,是我在维也纳的姐姐的女儿……但是我请求您,埃尔金斯勋爵,您说这个是出于对我们的友好吧,但这个问题是什么意思呢?"

勋爵凝神投入地看着烟斗,他好像特别感兴趣烟丝是否在均匀燃烧,他用手指慢条斯理地填好烟丝。然后才开始说话,就像对

---

① 英文:克里斯蒂安娜小姐。
② 英、德文中"侄女"和"外甥女"是同一个词。

着烟斗,完全弯着身体,几乎都没有张开薄薄的嘴唇:"是这样……因为现在这里一下子出现了一个特别奇怪的流言蜚语,就好像……我出于朋友的义务要彻底调查此事。在您告诉我她真的是您的外甥女之后,对我来讲所有这些闲话都已经了结了。我立即就确信克里斯蒂安娜小姐没有能力说假话,只是……怎么说呢……大家净在这里谈论这些稀奇古怪的事情。"

梵·波伦夫人觉得自己脸色一下煞白了,膝盖颤抖起来。

"什么……请您坦率告诉我……大家都说了什么?"

烟斗缓慢地燃烧着,出现一个红色圆圈。

"是这样,您是知道的,有那么个社交圈子,其实根本什么都不是,做起事情来比真的上流社会的人士还严酷无情。比如说那个冷漠的纨绔子弟特伦克维茨觉得和一个既不是贵族又很贫穷的人坐在一张桌子旁边就是对他个人的羞辱,看来,他和他老婆说得最多,说什么您和他们开了个玩笑,把一个小市民阶层的女孩用华丽衣裳打扮起来,并用一个假名介绍给他们——就好像这个头脑简单的家伙真的知道,一个真正的贵妇人是什么样子似的。我无须再向您强调,我对 Miss Christiana 的巨大敬意和巨大的……非常巨大的……诚挚的好感丝毫不会有所减少,就算她真的来自……生活窘迫一些的家庭……如果她像这帮爱慕虚荣的无赖一样被奢侈宠坏了,也许就根本不会有那么可爱的感激之情和欢乐之意。我个人根本不会小看您好心好意地向她馈赠您的衣物,相反,我之所以向您问个究竟,也仅仅是为了能够严厉地回敬这些卑鄙无耻的闲话。"

梵·波伦夫人受到的惊吓蔓延到全身,她吸了三次气才有力气平静作答。

"我没有任何理由,亲爱的勋爵,在您面前隐瞒一丝一毫克里斯蒂娜的出身。我的姐夫曾经是维也纳的一个大商人,一个最受人尊重的最富有的商人之一(这里她过于夸大事实),但是他,就像那些最诚实的人,因为战争失去了他的财富,这个家庭好不容易才支撑过来。他们认为自食其力比靠我们接济更加体面,因此克里斯蒂娜现如今担任公职,在邮政局工作,我希望这个不是什么耻辱。"

埃尔金斯勋爵微笑地抬起头,不再弯着身体:他明显地放松了很多。

"您居然向一个自己担任公职四十年的人提出这个问题。这要是个耻辱,我就和她分担这个耻辱。既然我们现在已经说清楚了,那么也要清楚地思考一下。我立刻就明白,所有这些恶意的尖酸刻薄的话都是卑鄙无耻的胡言乱语,上了岁数的人少有的几个好处之一就是,很少会看错人。我们对这事泰然处之吧:我担心Miss Christiana的处境,从现在起不会很轻松,没有什么能比那些特别希望自己挤进上流社会的小人更加报复心切更加别有用心的了。一个像特伦克维茨那样自以为是的无赖,十年都不会原谅自己曾经彬彬有礼地对待过一个邮政局的女工作人员,这比一只蛀牙更让这个老笨蛋恼火。其他人对您的外甥女做出什么出格的事情,也不是不可能。她至少会感觉到他们的冷淡和无礼。而我就是想阻止这些,因为——您也许已经注意到了——我对您的外甥女评价极高⋯⋯非常高,要是能帮她这么一个毫无戒心的女孩子省掉一些失望,我将感到荣幸之至。"

埃尔金斯勋爵停顿一下。他的面孔因为陷入沉思突然又变得苍老和灰白。

"我是否能长期保护她,这个⋯⋯这个我没法保证。这取⋯⋯这个取决于具体的情况。但不管如何我希望能让那些人清楚地看到,我对她比对那帮酒囊饭袋更为尊重。这么一种玩笑,我是不能容忍的,只要我在这儿,这些先生们最好当心点。"

他猛然站起身,神情坚决,腰板笔直,梵·波伦夫人还从未看到过他这个样子。

"请您允许我,"他正式地问,"现在带您的外甥女去兜风。"

"悉听尊便。"

他鞠个躬,然后——梵·波伦夫人目瞪口呆地目送着他——走向写字间,面颊绯红像被冷冽的风吹的,两手紧紧攥着拳头;他想做什么,梵·波伦夫人还很迷糊,诧异地想。克里斯蒂娜正在写信,没有听到勋爵进来。他从背后看着写信的姑娘弯着的脖子上面那金黄色的秀发,看着这个在多年后又在他心里唤起深深欲望的身影。可怜的孩子,他想,这样的无忧无虑,她还一无所知,但是他们肯定会用某种方式对付你的,而没人能保护你。他轻轻碰碰她的肩膀。克里斯蒂娜吃了一惊,马上充满敬意地起起身来:从第一时间起她就一而再、再而三地有强烈欲望,想向这位非同寻常的男人表示自己明显的敬意。勋爵强迫自己紧绷的嘴绽出一丝微笑:"我今天来有个请求,亲爱的克里斯蒂安娜小姐。我今天不舒服,从早上起就头疼,我没法读书,没法睡觉。于是我就想,也许坐车兜兜风,新鲜的空气对我会有好处,要是您能陪我的话,那就再好不过了。我已经得到您姨母大人的同意来请您,您要是愿意的话?……"

"那当然……这对我是个……愉快、是个荣幸……"

"那我们走吧。"勋爵郑重其事,特别讲究礼仪地把手臂递给她让她挽着。这让她很吃惊也很不好意思,但是她怎么能拒绝这样的荣耀!埃尔金斯勋爵坚定有力地和她一起缓缓穿过大厅。他用迅速、敏锐的目光逐一扫过每个人,这可不是他平常的习惯;一种明显的威胁在他的举手投足中一目了然:千万别招惹她!一般情况下他走路的时候很是亲切友善,彬彬有礼,就像一个安静的影子穿过人群,你几乎察觉不到他,而现在他挑衅似的盯着每个陌生的眼睛。所有的人立即就理解了这样手挽着手就是一种表态,也是强调他的敬意。枢密顾问夫人看得目瞪口呆,似乎知道了自己的过错,金斯莱夫妇如同受惊一般打着招呼,他们看着这位年迈的无畏的骑士,一头白发、目光冷凝地带着这位年轻的姑娘走过宽大的房间,姑娘充满了骄傲和幸福,根本没有想任何不愉快的事情,而将军嘴边显现一种坚强的军人特征,就像站在他的军团前列要下令去进攻一个堑壕后面的敌人。

当他们两人走出来的时候,饭店门前凑巧站着特伦克维茨;他不自觉地表示问候。埃尔金斯勋爵故意不正眼看他,把手半举到帽子边,又冷淡地把手放下;就像人们谢谢一个侍者的问候。这个动作中存在着不可名状的轻蔑,就像一记冷拳。然后他放下克里斯蒂娜的手臂,亲自为她打开车门,在帮助他的女士上车时,还脱帽致意:当年英国国王的儿媳访问特朗斯伐①,勋爵帮她上车时用的就是这同样毕恭毕敬的手势。

梵·波伦夫人对埃尔金斯勋爵谨慎的通报,感到的吃惊程度远比她流露出来的大很多,因为勋爵万万没有料到,竟撕开了夫人最敏感的伤疤。在那心灵半知半觉,不想再知道的朦胧层面的深处,在那自我根本不喜欢或者哆哆嗦嗦才敢进入的令人难堪的区域,也就是在那个早就市民化了的平庸的克莱尔·梵·波伦的心

---

① 特朗斯伐,十九世纪中到1902年是独立的南非共和国的一个行省。1902至1910是英国殖民地。

里，隐藏着一个多年来不可磨灭的恐惧，担心自己的过去被人发现。平日里这个恐惧只是有时出现在梦里，把她的睡眠撕得粉碎。当三十年前那个被人费尽心机从欧洲驱逐出去的克拉拉结识她的梵·波伦并且要结婚的时候，她没有勇气跟那个诚实正派，但有点心胸狭窄的小市民坦诚相告，她带进婚姻的那笔资本来路如何见不得人。她当时果断撒谎，说这两千美元是从祖父那里继承的，热恋中的男人毫不猜疑，在他们结婚这么多年中没有一分钟怀疑过她这话的正确性。对于他反应迟钝的好脾气不必有任何担心，但随便一个普普通通的偶然事件、一次不期而遇的重逢，一封匿名信件就会突然让这尘封已久的故事浮出水面，克莱尔心中有这样疯狂的想法，而随着她的资产越来越多，这个想法也就越来越具有可怕的威胁性。因此她多年来一直目的明确地坚决回避和她的同胞见面。当她的丈夫想要向她介绍一个维也纳生意伙伴时，她就表示拒绝，理由是自己已经听不懂德语，尽管她自己英语还说得并不流利。她与自己的家里断然断绝任何通信联系，就算在最重大的日子里也不发一份简短的电报。但是恐惧并没有减弱，相反，他们作为市民日益发迹，恐惧竟与日俱增，她越适应美国严格的习俗，那恐惧就变得越发神经过敏，随便一个不经意的闲话就有可能让炉灰底下那未灭的恶意火星再一次熊熊燃烧起来。只要一个客人在饭桌上讲述他曾经在维也纳居住过很长时间，克莱尔就整夜无法入睡，她感到火焰在心中灼热地燃烧。然后战争来了，它一下子把所有的往昔挤压回了一个近乎虚构的、无法企及的时代。当时的报纸都已腐烂，那边的人们有着不同的担忧和话题；事情过去了，已被遗忘。就像射进身体的子弹逐渐被吸收进了组织——只是在天气变化的时候还会隐隐作痛，然后就无知无觉地待在温暖的身体里，不再是个异体，就像这样她在无忧无虑的幸福中和从事的有益的活动中忘记了这段尴尬的往事；她是两个结实的儿子的母亲，偶尔在生意上搭把手，加入慈善社团，是关怀刑满释放人员协会的副主席，在整个城市里是个德高望重的人物；她拥有一个新家，上流社会中最出色的家庭都是她家的常客，她终于可以在这里尽情享受她长期被压制的虚荣心了。使她放下心来，起决定作用的是，她自己最终渐渐忘记了那段人生插曲。我们的记忆是可贿赂的，能被愿望所说服，那个把一切敌意的东西从自己身上排除的意志拥有一种力量，它缓慢地起着作用，但是最终能排斥一切；那位试衣小姐克拉拉终于死了，展现在世人面前的是棉花商人梵·波伦的那位无懈可击的夫人。正因为她已经很少想起这段插曲，所以她一到达欧洲，就立即给姐姐写信希望见面。现在她知道了有些人出于无法解释的恶意正在追查她外甥女的出身，调查那个可怜的亲戚的同时，不是很快就可能捎带着追究她自己的出身并且追查她本人吗？恐惧就像一面哈哈镜，每一个偶然的表情都会在它夸张的力量下被可怕地放大，变得漫画般清楚，想象力一旦被激起，就会去拼命追逐那最疯狂最不可思议的可能性。最荒诞的事情在克莱尔那里突然都变得可能；她惊愕万分地想道，饭店邻桌坐着一位来自维也纳的老先生，是贸易银行的经理，大约七八十岁，名叫洛维，她突然一下子觉得记忆中那位过世施主的老婆，娘家的姓也同样是洛维。她要是这位银行家的妹妹，或者堂妹该怎么办啊！这个老头（上了年纪的人最喜欢喋喋不休地诉说他们记忆中青年时期的那些丑闻轶事）要是带着任何一种暗示加入到流言蜚语之中该是件多么容易的事情啊。克莱尔突然感到太阳穴上渗出阵阵冷汗，因为恐怖继续在作怪并且突然诱发了一种想法，那个年迈的洛维先生和她施主的老婆看上去异乎寻常的相似，同样肉乎乎的厚嘴唇、同样弯曲的尖鼻子——在恐惧的幻觉狂热中她认为自己确信无疑,这个老人就是那个哥哥,不言而喻,此人会认出她来,会把那个陈年往事详详细细复述一遍,这对于金斯莱夫妇、古根海姆夫妇可是琼浆玉液和美味佳肴,第二天安东尼就会收到一封匿名信,此信会把他们蒙在鼓里三十年的婚姻一下子彻底粉碎。

克莱尔必须用手抓住扶手,有一秒钟,她担心自己就要昏厥过去;然后靠着绝望的能量她猛然从椅子上站起身。走过金斯莱夫妇的桌子并向他们致以友好的问候是件很艰难的事情。金斯莱夫妇完全友好地回应她的问候,脸上带着美国人典型的致意时的微笑,这微笑她自己下意识地早就学会了。但是克莱尔的恐惧妄想促使她觉得,他们的微笑多少有些不同,讽刺的,恶意的,知情的,背叛的,就连电梯小工的眼神突然在她看来也很别扭,打扫房间的女工,凑巧从她身边走过也没打招呼:就像穿越了厚厚的积雪,她终于筋疲力尽地逃进房间里。

她的丈夫安东尼刚刚午休完毕起床,在镜子前梳着薄薄的头发,裤子的背带横着耷拉着,衣领敞开,面颊还因为刚才躺着而被压出褶子。

"安东尼,我们必须谈谈。"她气喘吁吁地说。

"怎么了,出什么事了?"他在梳子上涂点润发油,为了把薄薄的头发分出头路。

"请快点。"她因为焦虑已经无法再忍下去了,"我们必须静下来好好思考一下。这涉及一些特别令人不快的事情。"

这个迟钝的丈夫早已习惯了妻子瞬息万变的脾气,很少会仓促地为这样的通知所动,还没有从镜子那边转过身。"我希望不是什么严重的事情吧。该不会是有狄基或者阿尔文的电报吧?"

"不是,你倒是快点啊!你可以待会再穿上装。"

"怎么了?"安东尼终于放下梳子,身子完全坐进靠背软椅里,"怎么了,出什么事了?"

"一件特别可怕的事情发生了。克里斯蒂娜肯定是很不小心或者做了什么愚蠢的事情,一切都暴露了,整个饭店都在谈论此事。"

"啊,暴露什么了?"

"就是那些衣服啊……说她穿着我的衣服,说她来的时候像个商店雇员,我们把她从头到脚打扮起来,当成一位贵妇人介绍给大家——那帮人说着各式各样的闲言碎语……现在你就知道了,为什么特伦克维茨夫妇不理睬我们了……他们当然很愤怒啊,因为他们对他们的儿子是有什么打算的,认为我们跟他们说了谎话。——现在我们在整个饭店的人面前出了丑。这个笨丫头肯定做了什么愚蠢的事情!我的上帝啊,这是什么样的耻辱啊!"

"为什么是耻辱? 所有的美国人都有穷亲戚。我可不想仔细去调查古根海姆夫妇或者甚至罗斯基夫妇,还有从科夫诺来的罗森斯托克夫妇的侄子;我敢打赌,他们肯定也很不相同。我不理解为什么我们体面地打扮她就该是个耻辱。"

"因为……因为……"克莱尔因为神经质嗓门越来越大,"因为他们说得对,这样的人不该到这里来,不属于上流社会……我认为,一个人……行为举止就不该这样的!让人看不出他是哪里来的……这是克里斯蒂娜的错,她要是没有那么引人注意的话,人们就察觉不了什么,她要是谦虚点,就像一开始的时候……但是总是哪儿哪儿都有她,总要冒尖,总是冲在最前面。和每个人一下就成为朋友……这样一来,人们最终会问,她究竟是谁,从哪儿来,当然这就不足为奇了,而现在……现在这个丑闻造成了。所有的人都以此为谈资取笑我们……他们到处都在说些可怕的事情。"

安东尼开心地大笑起来:"让他们说去吧……我无所谓。她是个乖女孩,我还是非常喜欢她的。她穷不穷,和任何人无关。我没有从这里的人那里抢过一分钱,我才不管他们是否认为我们高贵呢。谁要是看着我们不顺眼,随他去,我无所谓。"

"但是这对我不是无所谓的,不是。"

克莱尔的嗓音越来越尖厉,对此她根本没有注意到,"我可不让别人在背后说我让他们上当了,居然把一个穷女孩介绍成公爵小姐。我可无法容忍,我们邀请了像特伦克维茨那样的人,而这个粗野无礼的家伙竟然派个门房来通知,而不是自己来道歉。不,我不能这么等着,眼看着他们见到我们转身就走,我可受不了这个。上帝知道,我来这里是为了高兴而不是找气受或找不痛快。我无法容忍这些。"

"那你——"他用手挡住一个轻微的哈欠,"你想怎么办呢?"

"离开这里!"

"什么?"这个平时如此慢性子的人不由自主地站起来,就像谁踩了他的脚趾疼痛难忍。

"是的,离开这里,就是明天早上。这些人要是觉得我会在他们面前装腔作势,向他们解释怎么样和为什么,并且最后还向他们道歉,那他们就大错特错了。那必须是另一拨人不能是特伦克维茨这号人。这里的这伙人根本不合我的心意,除了埃尔金斯勋爵统统都是无聊平庸的乌合之众,我才不愿让他们胡说八道。本来这里对我就不好,海拔两千米的高度让我神经很紧张,夜里我睡不好觉——当然,你根本没有察觉,你一躺倒就睡着了,我希望能有你的神经一个星期之久,那就好了!我们在这里三个星期了——够了,真是足够了!至于那个姑娘,我们已经为玛丽尽了足够的义务了。我们邀请她来,她开心过了,也休息过了,甚至都过了头了,现在该结束了。我没什么好责备我自己的。"

"好,但是去哪儿呢……这么突然你想去哪里呢?"

"去因特拉肯①!那里海拔没有这么高,我们还能碰到林赛夫妇,我们在船上和他们有过好几次非常愉快的交谈。他们可真是很可爱的人,和这些鱼龙混杂的人截然不同,前天他们刚给我写过信,要我们过去。我们要是明天早上出发,午饭的时候就能和他们在一起了。"

安东尼还稍稍抗拒一下,"一切总是那么突然!我们明天非走不可吗?我们还有足够的时间呢!"

但是很快他就让步了。他总是让步,根据以往的经验,克莱尔要是强烈地想要什么,总要坚决贯彻她的意志,所有的反抗都是徒劳。另外这对安东尼来讲都是一回事。内心平静的人对外在环境的感受不太强烈;他是和林赛夫妇还是在这里和古根海姆夫妇玩扑克,窗前的山叫施瓦尔茨霍恩还是威特霍恩,是皇宫饭店还是阿斯托里亚酒店,对这个上了年纪、反应迟钝的人来说其实都无所谓,他只是不想争吵。所以他没有斗争很长时间,耐心地听着克莱尔打电话给门房,向他发出很多指示,开心地看着克莱尔匆匆忙忙风风火火地把箱子拿出来以不可思议的匆忙把衣服叠起来,觉得很逗,然后点上他的烟斗,出去找他的牌友,在他洗牌发牌的时候再也不想启程和他的妻子,最不想的就是克里斯蒂娜。

当饭店里亲戚们和陌生人围绕着克里斯蒂娜的到来和将要离去喋喋不休激动不已的时候,埃尔金斯勋爵的那辆灰色轿车,正闪耀着黄铜般的色彩飞驰在高山峡谷之间山风吹拂的蓝天之下,它大胆地拐过白色的急转弯向下开进下恩加丁:已经接近塔拉斯普

---

① 因特拉肯,瑞士伯尔尼州的疗养地。

城堡①。埃尔金斯勋爵邀请她,是想在一定程度上公开地把她置于他的保护之下,然后在一段短暂的兜风之后再把她送回去;当他把她安置在自己身边就座,看到她背靠在后面欢快地聊天,无忧无虑的眼睛里反映着整个天空,他意识到要是缩短给姑娘也是给他自己的温馨时间没有什么意义,于是他就给司机下了指令,一直往前开,一直往前开。就是别太着急回去,她怎么都还会够早地获悉那些事情的,这位老先生一边想一边用无法抗拒的温柔轻抚着她的手。其实应该及时警告她,为了保护她,悄悄地让她做好思想准备,知道那帮人会如何对待她,突然遭遇别人的冷若冰霜的举止,就不会那么痛苦。于是勋爵试着偶尔暗示一下枢密顾问夫人不怀好意的性格,还委婉地提醒姑娘留意她那小个子女朋友;但是这个善良的姑娘却对一切抱着年轻人热情洋溢的轻信态度,捍卫她最为阴险毒辣的敌人:她说她女朋友对她好得让她感动,那个枢密顾问夫人对一切都深表关切,那个小个子曼海姆女孩,埃尔金斯勋爵可能没有想到,竟然会那么聪明、快乐和风趣,可能在勋爵面前她的女朋友没有那么多勇气。总之,这里所有的人都这么妙不可言,对她都这么好,充满善意,真是,她有时都难为情,凭什么这些好事会发生在她身上。

　　老人眼睛低下看着他手杖的顶端。自从战争以来他对人和各个民族都没有好感,因为他认定他们全都自私自利,对他们施予别人的不公正毫无是非观念。他青年时代在约翰·斯图亚特·密尔②及他弟子的大学课堂上学到的相信人类的道德使命和白种人的心灵升华的理想主义最终都埋葬在依泊尔血腥的沼泽地和苏瓦

---

① 塔拉斯普城堡,位于下恩加丁,是著名名胜地。
② 约翰·斯图亚特·密尔(1806—1873),英国哲学家、经济学家、功利主义者,在当时是影响深远的思想家。

松(他儿子在那里阵亡)附近的一个石灰墓穴里了。政治令他作呕,俱乐部里冷淡的人际关系、公开宴会上矫揉造作的惺惺作态令他反感;自从他儿子死后,他避免结交新朋友;在他同代人那里顽固不化,不想认知真理的态度,还缺乏从战前转到新时代的再学习的能力使他生气,在年轻一代那里,那种狂妄轻率、自以为是、高人一等的样子,让他愤怒不已。可是在这个女孩身上他第一次重新看到了信任,看到了那种仅仅由于年轻这一事实而表现出来的模糊的、神圣的感激之情。在她在场的时候,勋爵明白,一代人痛苦地获得的生活中所有的不信任,幸好在下一代人那里是不被理解和无效的,随着新一代青年的出现,总会有新的开始。这个姑娘还能为微不足道的事情而感激,这是多好的事情啊,勋爵感到心醉神迷,同时心里激荡着一个愿望,比任何时候都强烈,近乎痛苦,这个愿望就是可以把这奇妙的温暖纳入他自己的生活,也许把这姑娘的命运完全和自己结合在一起。他心想,他能保护这姑娘几年,也许让她永远不会获悉,或者很久以后才会获悉这个世界如此卑鄙无耻,会在一个名字前面卑躬屈膝,会用脚跟践踏穷人。啊——勋爵从侧面注视着她:她刚孩子气地张开嘴吮吸着美妙的快速掠过的空气,同时闭着眼睛——只要让我再获几年青春,这对我就足够了。姑娘现在重新充满感激地望着他,快活地说着话,但是老人只用一只耳朵听着,因为一股勇气油然而生;他掂量着如何用最不明显的方式在这也许是最后的时刻做出求婚尝试。

在塔拉斯普城堡他们喝茶。然后勋爵坐在林荫道旁的一把长椅上小心翼翼、拐弯抹角地开始说。他有两个侄女在牛津,跟姑娘年纪相仿,她可以住在那里,前提是她若想去英国的话;邀请她去她们那里对勋爵来讲是件荣幸的事情,要是姑娘不嫌弃他作陪,当然是一个老人的陪伴,勋爵很乐意带她去看伦敦。只是他当然不知道,姑娘到底能不能下定决心离开奥地利去英国,家里是否有什么东西约束她——他的意思:内心的约束。这个问题就很明显了。但是克里斯蒂娜沉浸在她汹涌澎湃的激动之中没有明白这个问题。哦,不,她多想看看这个世界啊,英国肯定特别美妙,她听过那么多有关牛津和它的划船比赛的事情,只有在这个国家,体育能是如此巨大的快乐,年轻能如此精彩。

老人的脸阴沉下来。姑娘一句话也没有提及他,只是想着自己,想着自己的年轻。老人一下子丧失了所有的勇气。不,他想,把一个如此重视自己青春活力的年轻人关进一座古老的宫殿,陪着一个老人,这就是犯罪。不,别让自己被人拒绝,成为笑柄。告别吧,老头!过去了!太晚了!

"我们该往回开了吧,"勋爵问道,嗓音一下子变了,"我担心,要不然您的姨母大人该担心了。"

"好啊,"她回答道,然后激动地,"啊,这一切太美好了,这里所有的一切都美好得无与伦比。"

汽车里勋爵坐在姑娘身旁,话很少,老人在为她难过也为自己难过。但是姑娘猜不到,勋爵心里在想什么,她的身上发生了什么,亮闪闪的目光看着风景,血液在被风吹拂的面颊下面欢快地流动。

他们到达饭店前面时锣声刚刚响起。她感激地握握那位可敬的男人的手然后跑上楼去换衣服:这事她现在已经非常熟练,现在这对她是非常自然的事情了,而在开始的几天里梳妆打扮对她来讲每次都意味着恐惧、担忧,是件大费周折的事情,但同时又是一场欢快激动的游戏。她一再惊讶地观赏着镜子里面由她变成的那个人,那人化过妆,出乎意料,现在她知道,她每天晚上都很美,打扮得漂漂亮亮,这已是自然而然的事情。现在稍稍来几下,裙子就活泼轻巧色彩鲜艳地从高高耸起的乳房滑下,很有把握地在红唇上抹点口红,整理一下头发,披上一条围巾,她就准备好了,她现在已经在这个借来的奢侈里生活得如此如鱼得水,就像她生来就过这样的生活!再越过半个肩膀看看镜子:嗯,好!满意!她已经奔到姨妈那里去接她吃晚饭。

但是刚到门口她就目瞪口呆地站住了:一个乱了套的房间,所有的东西都清理出来,几个箱子已经装满一半,摊开在椅子上,床上和桌上散放着帽子、鞋和其他衣物,这个原本过分整齐的房间现在一片狼藉。姨妈穿着睡袍正跪在一个犟头倔脑的箱子上想把它盖上。"怎么……这是怎么了?"克里斯蒂娜吃惊地问道。姨妈故意不抬眼看她,而是继续红着脸使劲压着箱子,同时呻吟着解释道:"我们离……哦,混蛋东西!……你倒是关上啊……我们要离开这里了。"

"啊,什么时候?……怎么啦?"克里斯蒂娜的嘴一下子张开,全身动弹不得。

姨妈又捶打了一下箱子锁,现在咔嗒一下锁上了。她呼呼地喘着气直起身子。

"是啊,这其实很可惜,我自己也觉得非常遗憾,小克里斯特!但是我从一开始就说过,安东尼吃不消这里的高山空气,对老人来说这就不再合适了。今天下午他又犯了一次哮喘。"

"上帝啊!"克里斯蒂娜朝老先生走过去,他刚刚从隔壁房间出来,还完全蒙在鼓里。她温柔地一把抓住姨夫的手,她神情惊慌失措,身体因为激动而发抖。"姨夫,你身体怎么样?希望已经好一些了!我的上帝啊,我根本没有料到,否则绝不会出去兜风的!但是真的,我保证,你看上去已经很好了;是不是,你现在身体已经好很多了?"

她不知所措地看着姨夫,她的惊慌是真诚的和真实的。她完全忘掉了自我。她还没有明白她也该离开这里了。她理解的只是,这个好心的老先生病了。她的惊慌是为了姨夫而不是为她自己。

安东尼和平时一样身体健康,反应迟钝,非常尴尬地站在那里,为姑娘以动人的态度表达出来的真诚和充满感情的恐惧所感动。渐渐地他才弄明白自己卷入了一场何等令人厌恶的喜剧。

"没事,亲爱的孩子,"他嘟囔着(见鬼,克莱尔为什么拿我当借口!),"你是知道克莱尔的,她总是夸张。我感觉很好,要是由着我的话,我们就待在这里。"他的妻子撒的谎他不怎么理解,让他非常生气,为了发泄这股气他几乎粗暴地附上一句:"克莱尔,把可诅咒的收拾箱子的破事先放在一边,还有的是时间呢。我们还想和这个可爱的孩子好好度过这最后一晚呢。"尽管如此克莱尔还在继续忙碌着,不说话;看起来她害怕做出那不可避免的解释,安东尼又一次使劲看着窗外(让她自己给自己解围吧,我可不管她)。他们两人当中站着克里斯蒂娜,就像一件没用的碍事的东西,她一言不发、不知所措地站在这个空空荡荡的房间里。发生了什么事情,这个她感觉到了,是她不明白的事情。一道闪电已经刺眼地划过夜空,她现在心脏狂跳地等着那雷声,但它不来,不来,但肯定会来。她不敢问,她不敢想,但全身的神经都知道发生了可怕的事情。他们吵架了?纽约来了不好的消息了?也许股票、生意上有什么事情,一个银行倒闭?这样的事情不是每天都能在报纸上看到?还是姨夫真的犯病了,只是为了保护她才瞒着不说?他们为什么让我这么站着,我在这儿该做什么?他们什么都不做,沉默,沉默,只有姨妈在那里没必要地忙忙碌碌,姨夫在不安地来回踱步,自己的心脏在大声敲击,激烈跳动。

终于——解脱了!——有人敲门。客房侍者走进来,身后跟着另一位侍者,手里拿着白色的桌布。令克里斯蒂娜吃惊的是他们把桌上吸烟的家什收走,开始认真地把桌子铺得规规矩矩整整齐齐。

"你知道吗,"姨妈现在终于解释了,"安东尼认为今天晚上最好在楼上房间里吃晚饭。我讨厌和大家絮絮叨叨的告别,讨厌别人没完没了地问去哪儿啊,待多久啊,另外我几乎已经把所有东西都装箱了,安东尼的晚礼服也装进箱子了。再说了,是不是——咱们在这里可以安安静静舒舒服服地在一起待一会儿。"

几名侍者把滚轮桌子推进来,从镍制的保温盘中上菜。克里斯蒂娜心想,他们出去以后,姨妈总该跟我解释一切了吧,她怯生生地观察着他们两人的脸:姨夫弯着身子埋头冲着盘子,使劲用勺子舀着汤喝,姨妈显得面色苍白不太自在。最终她开腔了:"你肯定奇怪,克里斯蒂娜,我们这么快就做了决定!但是在我们那里一切事情进行起来都是很快的——这就是我们在美国那边学到的一些好东西,其中之一。就是什么事都不要没完没了地拖,老拖真没什么好处。一个生意要是经营不好,你就放弃,再开创一个新的,要是在一个地方觉得不舒服,就收拾行李走人,去随便什么地方。其实我们在这里觉得不舒服,已经很长时间了,因为你在这里休养得很好,才一直没有跟你说。整个时间里我都睡得很差,安东尼受不了这里稀薄的高山空气。今天正巧收到我们的朋友从因特拉肯发来的电报,我们就决定了,也许只是去那里几天,然后就去爱克思温泉①。是的,在我们这里——我知道这让你很吃惊——一切

---

① 爱克思温泉,法国的疗养地。

都进行得非常快。"

克里斯蒂娜冲着盘子低下脑袋:现在千万别看姨妈!她的语气里,在喷涌出来的絮絮叨叨的话语中有什么东西折磨着她,每句话都充斥着虚假的果断,特别做作。这背后肯定另有隐情。克里斯蒂娜感觉得到。肯定还得来点什么,还真的来了:"当然你要是能一起去的话那就最好不过了,"姨妈边继续说,边撕下鸡翅膀,"但是我觉得因特拉肯,你肯定不喜欢,那不是适合年轻人的地方,你肯定会问,为了这几天休假这样来回折腾真的值得吗,是否会因此反而浪费了你的假期呢。你在这里休息得特别好,这新鲜有力的空气对你特别有好处——是的,我总是说,高山对年轻人最合适不过了,狄基和阿尔文也该到这儿来一次,当然对于已经衰老受到损耗跳动无力的心脏来说,恰恰恩加丁就不合适了。好啦,就像我说的,我们当然很高兴你能同行,安东尼已经非常习惯有你在身边了,但是另一方面,来回都得花上七个小时,这对你来说肯定负担很重,再说了,我们明年还会再来的。但是当然了,要是你想跟我们去因特拉肯的话……"

"不,不。"克里斯蒂娜说,或者更多是动了动嘴唇,就像一个在麻醉中的人还在自动地继续说着话,而意识早已中止了。

"我自己认为,你最好直接从这里回家,从这里有一趟非常舒服的火车——我问过门房了,早上差不多七点开车,那你明天夜里晚些时候就到萨尔茨堡,后天就到家了。我能想象你母亲该多高兴,你现在皮肤晒成褐色,精神焕发,年轻,充满活力,气色好极了,你把这次休养完全新鲜地带回家去,这是最好的。"

"是的,是的。"克里斯蒂娜轻声地把这几个音节从嘴里发出来。她为什么还坐在这里?这两个人就想她走,马上走。但是为什么呢?肯定发生了什么,一定出什么事情了。她机械地继续吃着饭,每一口味道都像海索草一样的苦涩,她觉得,现在得说点什么,随便说些完全轻松的话,就是为了别让他们看出,她的眼睛因为痛苦而燃烧,咽喉因为愤怒而颤抖,随便说些客观的话,一些冷淡的无关紧要的话!

终于她想起了点什么。"我马上给你把衣服拿过来,这样我们就能立即把它们装进箱子里了。"她已经站起来。但是姨妈把她轻轻地推回座椅上。

"先别管它,孩子,这个还有时间呢。我明天早上才装第三个箱子呢。把所有的东西都放在你房间里吧,打扫房间的女工会把所有的东西给我送来的。"然后,突然有些不好意思:"另外,你知道,那件红色的裙子,这个你留着,嗯,我真的不再需要它了,你穿着特别合身,当然还有那些小东西,毛衣啊、内衣啊,这些你当然都留着。只是另外那两件晚礼服我在爱克思温泉还要穿,那里,你知道吗,空前热闹,是一家妙不可言的饭店,顺便提一句,是别人跟我这么说的,希望安东尼在那里感觉舒服一些,那里有温泉,空气更柔和,而且……"姨妈没完没了地说着。难关已经过去。她心平气和地让克里斯蒂娜知道,明天该走人。现在一切重新又简单松弛地在轨道上运作起来,她讲个没完,越来越轻松愉快地讲着那些最引人注目的故事,不是饭店中的就是旅行中的见闻还有美国的故事,克里斯蒂娜阴郁谦恭地坐在那里,但是神经被那尖厉的、痉挛式的不痛不痒的滔滔不绝的话语紧紧压迫着。但愿姨妈已经说完了,那该多好。终于她利用了一个空隙。"我不想现在再更长时间地耽误你们。姨夫该休息了,而你,姨妈,肯定也因为收拾箱子累了。我也许还能帮点什么?"

"不,不,"姨妈同样站起身,"这点东西我一个人很容易搞定的。你今天早点上床,这对你也是更好的。我觉得,你必须六点就起床,我们就不送你去火车站了,你不会生气的是不是?"

"不用,不用,要是送我那样就太过分了,姨妈。"克里斯蒂娜轻声地说,眼睛看着地面。

"你会给我写信告诉我玛丽身体怎么样,对不对,你一到家就给我写信。就像我说的,明年我们就又见面了。"

"是的,是的。"克里斯蒂娜说。谢天谢地,她现在可以走了,再亲吻一下那个奇怪地显得特别尴尬的姨夫,再吻一下姨妈,然后她就走了——只求迅速离开,只求迅速离开——走到门口。但是就在这时,在最后一刻,她手里已经握着门把了,姨妈匆忙赶过来。又一次(但这是最后一击)恐惧把它的锤子砸在她的胸口上:"但是,是不是,小克里斯特,"姨妈紧迫地激动地说,"你现在真的马上就回你的房间,上床睡觉好好休息。不要再下楼去,你知道,否则……否则……否则明天所有的人都来跟我们告别……我们不喜欢这个……我们最好就这么干脆利索地走掉,没有长时间来来回回的告别,宁可以后再给大家写几张明信片……我无法忍受送花啊……送来送去啊。好吧,是不是,你不再下楼了,而是马上上床……是不是,你答应我。"

"是的,是的,当然。"克里斯蒂娜耗尽最后的力气说道,然后关上房门。直到几个星期后她才想起,她在告别时竟忘了对这两位老人哪怕只说一句感谢的话。

刚把门在身后关上,克里斯蒂娜就一点力气也没有了。就像中了枪的野兽,趁关节还支撑着,还没倒地,又跌跌撞撞地挪动了几步,在运动中保持直立,就这样她手扶着墙壁拖着身子走进自己的房间;在那里她跌坐到椅子里,目光呆滞,身上发冷,一动不动。她不理解发生了什么。只感觉到麻木的脑袋从背后挨了一击,疼痛已极,却不知是谁打的。她身上发生了什么,有什么针对她的事情发生了。人家赶她走,她却不知道为什么。

她绞尽脑汁地思索。但是两个太阳穴之间的脑子是麻木的。那是一堆苍白僵硬的东西,不给任何答复。同样的僵硬围绕着她本人,就像一口玻璃棺材,比一口黑色的潮湿的棺材更加冷酷无情,因为它带着讽刺性的灯光通明,闪耀着奢侈的光辉,舒适当中一片嘲讽和寂静,而她的心中响着需要答复的问题:"我做什么了?他们为什么把我赶走?"这种强烈的冲击,这个来自内心的沉闷的压力让人无法忍受,就像整个巨大的饭店和住在里面的四百个人以及那些石头和横梁还有巨大的屋顶都压在她的胸口,同时还有这冷酷阴毒的白色灯光,这张床和床上的绣花鸭绒被子邀请你睡觉,家具邀请你愉快地休息,镜子邀请你幸福地往里面看;她觉得自己要是再在这把令人痛苦的椅子上坐着就要结冰了,或者突然在毫无意义的狂怒之下打碎窗上的玻璃,或者拼命地大声喊叫,哀号,痛哭以至于吵醒熟睡中的人们。赶快离开!赶快出去!赶快……她不知道要干什么。就是要离开,离开,为了不在这个可怕的没有空气的无声空间里窒息。

突然,不知道想要什么,她一跃而起跑下楼;她身后的门开着,摇晃着,在电灯光下黄铜和玻璃毫无意义地交相闪烁。

她跑下楼梯,像一个梦游者。壁纸、图画、器皿、台阶、电灯、客人、侍者、女用人,还有其他东西和面孔,都幽灵般虚幻地从她身边掠过。一些人诧异不已,有人致以问候,纳闷她不理不睬。但是她的目光被遮住了,她不知道她看见了什么,她要去哪里,她想要什么,只有她的双腿以无法解释的敏捷,匆忙地奔下楼梯。

平时理智地调节她行动的某一个变速器被拽了下来,她漫无目标地跑着,就是要往前,往前,被一种无名的、毫无意义的恐怖所驱使。在大厅的入口处她突然一下子停住了;有什么东西这时醒过来了,她回忆起:大家在这里坐着,跳着舞,笑着,愉快地在一起,她马上试着问她自己:"我为什么在这里?来这里干什么?"空间的冲击力就此打碎。她一下子不能继续向前,她还没有站稳,墙壁便开始摇晃,地毯开始移动,枝状吊灯开始画着疯狂的椭圆形一个劲地摇摆。我要倒下去了,她觉得,地板要在我脚下摇晃着移开。她本能地用右手抓住一块帷幔保住了平衡。但是力量从各个关节流失了。她既不能往前也不能往后。她目光呆滞疲劳,身体所有的重量都靠在墙壁上,闭着眼睛,站着,喘着气,不知道接下来该干什么。

就在这个时候德国工程师朝她走来,他刚想赶快到房间里去取些照片,来给一位女士看,这时他看到了一个奇怪的身影,靠着墙,一动不动,同时又沉重地呼吸着,眼睛睁着但是却什么也看不见;他第一时间没有认出克里斯蒂娜。但是接着他的声音马上又带上轻松愉快随随便便的腔调:"您在这里啊!为什么不去大厅?还是说您在悄悄侦查什么秘密?为什么……但是……怎么了……您到底怎么了……"工程师吃惊地盯着她。听到他的第一句话克里斯蒂娜吓了一跳,浑身颤抖,就像一个梦游者被一声突如其来的喊叫惊醒,活像中了一颗子弹。

她的眉毛可怕地高高竖起,她的目光惊恐万状不断痉挛,她举起手,像要挡开一击。

"您怎么了?身体不舒服吗?"说着工程师扶住她,这是最必要的时候,因为克里斯蒂娜奇怪地晃动着。她眼前突然一阵发黑。但是当她感觉到工程师的手臂,感觉到这人性的温暖的接触时,她立即激动地一跃而起。

"我必须和您谈谈……马上谈谈……但不是在这里……不是在这里当着其他人的面……我必须和您单独谈谈。"她不知道该和他说什么,就想说说话,和随便哪一个人说说话,说说心里话。

平日里她的声音那么平静,而现在却发出尖厉的声响,这让工程师目瞪口呆,暗想:她可能病了,已经被人送上床,因此她没有下楼来,现在她又偷偷起床——她肯定发烧了,从她的眼睛可以看出来。要不就是一次歇斯底里的发作,在女人那里什么样的事情他没经历过——不管怎样先让她镇静,镇静,别让她看出来你认为她病了,假装什么都理解。

"好的,好的,小姐,"——工程师对她就像对一个孩子讲话——"只是也许……"(最好别让人家看见我们)"也许我们到饭店前面走几步……到新鲜的空气里去……这肯定对您有好处……大厅里的暖气总是烧得过热……"只是先要让她镇静,镇静,工程师心想,他拿起克里斯蒂娜胳膊时似乎偶然触摸了一下她的手腕,想检查一下她是否发烧。不,手冰凉。奇怪,工程师心想,心里的不快增加了,奇怪的事情。

饭店前面,挂在高处的弧光灯刺眼地晃动着,左边就是被黑色笼罩的森林。昨天她就等在那里,这事好像发生在一万年前,她血液中没有一个细胞记得这事。工程师温柔地领着她走过去(最好马上进入黑暗,谁知道她怎么了),她顺从地由着工程师领着。先分散她的注意力,工程师思考着,谈些无关紧要的事情,不要进行任何讨论,就是随意聊天,这个最起镇静作用。

"这里环境好多了,是不是……披上我的大衣吧……您瞧这些星星……我们总是整晚整晚地待在饭店里,这其实真是挺傻的。"但是那个浑身发抖的女孩没有听到他说的话。什么星星,什么夜晚,她感觉的只是自己,只是她那多年来受压抑、遭排挤被欺压的自我,这个自我突然在痛苦中强悍地挣扎着站起,心胸几乎崩裂成碎片。一下子,完全不受意志所控制,她死死抓住工程师的手臂。

"咱们离开这里吧……明天我们离开这里……永远离开……我再也不回到这里来了,再也不……您听见吗,再也不……再也不……不,我受不了了……再也不……再也不。"工程师担心,她在发烧,她的身体在发抖,她病了,我必须马上去通知一位医生。但是她全身狂野抖动着,紧紧抓着他的手臂。"但是为什么,我不知道为什么……我得这么突然地离开……肯定发生了什么事情……我不知道是什么。中午他们两个人还对我和蔼可亲,只字未提,晚上……晚上他们跟我说,我明天必须走……明天,明天一早……立即,我不知道为什么……为什么我必须如此突然地动身离去……就这么突然走了……就这么走了……就像把不再需要的东西从窗户扔出去,就这样……我不知道为什么,我不知道……我不明白……肯定发生了什么事情。"

啊,是这样,工程师心想。他一下子茅塞顿开。就在刚才有人告诉了他有关那位梵·波伦小姐的闲话,他不由自主地吓了一跳;他差点向她求婚!现在他明白了,姨夫姨妈手忙脚乱地要把这个可怜虫赶走,别让她给他们再添什么麻烦。炸弹爆炸了。

现在千万不要掺和进去,工程师飞快思考了一下。分散注意力!分散注意力!他试着说些无关紧要的话,唉,这可能不是最终的结果,您的两位亲戚也许还会再认真想想,明年……但是克里斯蒂娜根本没有听,没有想,只是想把她的痛苦宣泄出来,狂野地,激烈地,跺着脚,大声地宣泄出一个无助孩子的怒火。"但是我不想!我不想……我现在不想回家……叫我在家里做什么呢,那种日子我再也无法忍受了……我不能……我要崩溃了……在那里我会发疯的……我跟您发誓,我不能,我不能,我不想……您帮帮我……您帮帮我吧!"

这是一个溺水者从水中发出的呼喊,声音刺耳,已经快要窒息,因为突然这个声音被淹没了,那个一下子爆发出来的痉挛式的啼哭深深攫住了她,工程师的身体都能感觉到那阵阵的抽搐。"别这样,"他请求道,他不由自主地深受感动,"别哭了!别这样哭了!"为了安慰她,工程师的胳膊不由自主地把她拉得更近。她屈从了,软弱无力,身子却沉甸甸地靠在他的胸口上。但是这样倒入怀中并没有任何欲念,只是极度筋疲力尽,只是无可言状的疲惫不堪。克里斯蒂娜感觉到的只是她可以靠在一活人身上,有只手在抚摸着她的头发,这样她就不会感到自己孤独得那么可怕、那么无助,完全被人抛弃。渐渐地她的哭泣减弱了,不再那么向外表露出来,不再是这种触电似的阵阵抽泣,而是微弱地轻声啜泣。

这个陌生男人觉得怪怪的。他突然站在森林的阴影里,可是离饭店只有二十步(人们随时都能看见他们,随时都会有人走过),手里抱着一个不断抽泣的年轻姑娘,他感觉到姑娘奉献出来的胸脯就像一股涌动的温暖波浪。怜悯之心油然而生,一个男人对一个痛苦中的女人的同情总是不由自主地变成柔情蜜意。让她镇静下来,工程师想,让她好好镇静下来!工程师用空着的左手(为了不至于倒下,克里斯蒂娜还一直握着他的右手)抚摸着她的头发,仿佛催眠一般。为了让她的抽泣变得轻声一些,他弯腰亲吻她的头发,接着亲吻鬓角,最后亲吻她抽搐的嘴。然后一阵喊叫从她身上毫无意义地爆发出来。

"您带上我,带上我……我们离开这里……您想去哪里都行,您想去哪里都行……就是要离开这里不再回来……不要回家……我无法忍受……随便去哪里,就是别回去……干什么都可以,就是别回去……您想去哪里都行,想去多久都行……就是要离开,就是要离开!"克里斯蒂娜发着高烧,使劲摇晃着他就像摇晃一棵树。"带我走吧!"

工程师吓了一跳。止住!这个务实的男人想,现在要迅速果断地止住。想个办法让她镇静,把她带回饭店,否则事情该变得无比难堪。

"好的,孩子,"工程师说,"当然,孩子……就是不能太着急……我们还得好好谈谈所有的事情。天明之前您先好好思考一下……也许您的两位亲戚还会做出不同的决定,他们感到歉意……明天我们看一切事物都会更清晰一些。"但是克里斯蒂娜急切地颤抖着:"不,不能等到明天,不能等到明天!明天我就得走了,一早我就得走,一大早……他们把我赶走……就像扔掉一个邮包,快,快,他们要把我快速运走……我不让他们这样把我打发走……我不让……"说着更急迫地拉着他:"您带我走……马上,马上就走……您帮帮我……我……我无法再忍受了。"

必须结束了,工程师暗自思忖。别让自己卷进去。她头脑不清醒,她不知道她在说什么呢。"好,好,好,我的孩子,"他摸摸她的头发,"当然,我明白啊……我们现在需要好好谈谈所有的事情,但是不是在这里,您不能在这里逗留太长时间……您该感冒了……没有大衣就穿着这么薄的衣服……您跟我来,我们现在进去,坐在大厅里……"说着,他小心翼翼地收回自己的手臂:"您现在跟我来,孩子。"

克里斯蒂娜凝视着他。抽泣一下子打住了。她什么也没有听见,也没有听懂他都说些什么。但是在极度绝望之中和她身体闪动的下意识里,她感觉到这个男人害怕地从她那里抽回他温柔的手臂。身体先理解了,接着是直觉,然后是大脑可怕地认识到,这个男人在从她那里撤退,他是个胆小鬼,小心翼翼,顾虑重重,这里所有的人都想摆脱她,所有的人都不要她。克里斯蒂娜从她的迷醉中清醒过来,猛的一下,她简短清晰,语调尖锐地说:"谢谢,谢谢,我可以自己走。很抱歉,我就是片刻不太舒服,姨妈说得对,这里的高山空气对我不是很好。"

工程师想说点什么,但是克里斯蒂娜挺起肩膀急促地走在他前面,根本没有顾及他。就不想再看到他的脸,不再看到任何人,离开,离开,离开,不再在这些盛气凌人、胆小如鼠、令人厌恶的人面前自轻自贱,离开,离开,离开,不再从他们那里拿任何东西,不再让他们送给自己任何东西,不再自我欺骗,不再向他们吐露心声,不再给任何人说心里话,给任何人也不说,离开,离开,离开,宁愿死,宁愿在角落里死掉。当她穿过那个深受崇拜的房子,穿过那个可爱的大厅,就像走过彩绘的石头那样走过那些人的时候,心中只有一个感觉:恨那个男人,恨这里的每一个人,恨所有的人。

整整一夜克里斯蒂娜就一动不动地坐在桌前的椅子里。她的思想迟钝地转着圈,就围绕着唯一的感觉,一切都了结了。这不是那种清晰的可以触摸得到的疼痛,而仅仅就是一种麻木感,在这种感觉里她痛苦地觉得隐隐约约地发生了什么事情,就像一个人做手术的时候,就算在麻醉状态还能模模糊糊地感觉到那火辣辣的手术刀在切割着自己的身体。就在她无声地坐在那里,眼睛像空荡荡的洞穴盯着桌子的时候,一件事情发生了,这是她的意识在瘫痪状态下无法理解的,这就是:一个新的,不同的人,这个在九天梦幻般的日子里人造的虚假的、双重的自我,那个既不真实但又真实的梵·波伦小姐,重新在她的身体里死去了。她还坐在那另一个人的房间里,身体也还是那另一个人的身体,她的珍珠项链围在那冻僵的脖子上,嘴唇上还留着一道清晰的胭脂红,肩上还是那件轻如蝉翼的可爱的夜礼服,但是穿在身上已经令她毛骨悚然,就像一块尸布盖着一具尸体。它已经不再属于她了,这里的东西、另一个人的东西、这个神圣的上层世界的东西都不再属于她,所有的一切都再一次变成陌生的,借来的,就像第一天那个样子。她身边是铺得平整的白色的床,床上铺着鸭绒被,特别柔软暖和,但是她没有躺进去:这已不再属于她了。周围家具在闪闪发光,地毯在无声地呼吸着,但是所有周围这些黄铜的、丝绸的和玻璃的东西她觉得都不再属于她自己,手上的手套、脖子上的珠链也都不是她自己的了——一切都属于那个人,那个已被谋杀的双身人,克里斯蒂安娜·封·波伦,她已经不再是那个人,但又还是。她一再试着撇开这个人造的虚假的自我,想到她真正的自我,她强迫自己想起母亲,想起母亲病了或者也许死了,但是不管她多么使劲地撞击她的感觉,她都感觉不到痛苦,感觉不到忧虑,一种感觉淹没了所有其他的感觉!一种愤怒,一种迟钝的、痉挛的、无力的愤怒,就是释放不出来,被锁在心里咕哝着,一种无法估量的愤怒——她不知道这个愤怒是针对谁的,是针对姨妈的、针对母亲的、针对命运的,这是一个遭到不公平待遇者的愤怒。她的饱受折磨的心灵只感受到人们从她那里夺走了什么,她必须从这个深受鼓舞的我,蜕变成一条迟钝地在地上乱爬的盲目的虫子;只能感受到一些东西结束了,无可挽回地结束了。

整整一夜克里斯蒂娜就这么坐在她那把木头椅子里,冰冻在自己的愤怒里。她没有通过垫了软垫的门听到这个房子里其他人的生活,听到入睡的人们无忧无虑的呼吸、情人们做爱时的呻吟、病人的叹息、无法入睡的人们不安的来回走动,她没有通过这扇关闭的玻璃门听到那已经在清晨围绕着这幢沉睡中的房子吹拂的风,她只感觉到自己,她在这间屋子、这幢房子、这个宇宙里的孤独,是一块呼吸着的抽搐着的肉,还像一个刚刚切下来的手指一样温暖,但是已经没有了意识没有了气力。这是一种残酷的在自己心里的死亡,一种一块接一块的冻结和冻死,她僵硬地坐在那里,就像在倾听自己的内心,倾听那欢蹦乱跳的炽热的梵·波伦的心脏何时在她心里停止敲击。仿佛过了千年,清晨来临。可以听见走廊里仆人在打扫卫生,下面花匠在把砾石铲平:真正的一天不可避免地开始了,结束了,上路吧。现在该收拾箱子,走人,变回另一个人,那个来自小赖夫林的邮政局助理霍夫莱纳,忘记那另一个人,她的呼吸曾经在这里卷起稀疏的小小的浪花,围绕着那些业已失去的珍宝而摇曳漂浮。

起来的时候克里斯蒂娜才感觉到她四肢僵硬头晕目眩浑身疲乏:走到柜子的四步路成了从一大洲前往另一大洲的旅行。枯死的关节没有任何力气,她艰难地打开柜子门,立即惊愕在那里:那条小赖夫林的裙子,还有那件她来时穿着的可恨的衬衫,像个被绞死的人似的在那里晃动,惨淡的,发着白色,摇摇晃晃地;当手指把裙子从衣架上拿起的时候,她因为强烈的恐惧浑身一哆嗦,就好像摸到什么腐烂的东西:她必须又进入这个死了的霍夫莱纳的身体中去!别无其他选择!她飞快地扯下那件晚礼服,轻如一张丝纸,从她的臀部沙沙地直滑下去,她把她收到的其他衣服、内衣、毛衣、珍珠项链、那十几个或者二十个迷人的小玩意儿一件一件放在一边:她只拿了那件姨妈一再强调的礼物,就是一小把,很容易地就进到了那个可怜的草制小箱子里。很快就装好箱了。

收拾完了!她又一次环顾四周检查一下。床上放着晚礼服、舞鞋、腰带、粉红色的衬衣、毛衣、手套,杂乱无章,横在那里乱七八糟,就仿佛封·波伦小姐,这一幽灵般的人,被撕成几百块碎片。

因为恐惧颤抖不已,克里斯蒂娜瞪着那幽灵的剩余部分,这个幽灵,刚才还是她自己。然后回头看看是否还有什么属于她的东西落下了。但是再也没有什么东西属于她了:别人将在这张床上睡觉,别人将通过这扇窗户瞭望金色的风景,别人将在这面磨得亮晶晶的镜子里梳妆打扮,她是永远不会了,永远不会了!这不是告别,这是一种死亡。

当她拎着那只破旧的小箱子走出去的时候,走廊里还空无一人。她自动地走向楼梯。穿着她的旧衣服,克里斯蒂娜·霍夫莱纳觉得自己不再有权利走那个一级级铺着地毯黄铜镶边的、供客人们专用的楼梯下楼,她宁愿怯生生地从厕所旁边那个仆人使用的铁制盘旋式楼梯走下去。在楼下那灰蒙蒙的收拾了一半的大厅里,打着瞌睡的门房跌跌撞撞地走过来,一脸怀疑。这是怎么回事啊?一个女孩,穿着一般甚至相当寒酸,手里拎着一个破旧的箱子,蹑手蹑脚地走向大门,像个影子似的,显然很难为情的样子,都没跟他打个招呼。哈罗,他飞快地上前一步,极有威胁性地用肩膀挡住了旋转门。

"请问您要去哪里?"

"我要坐七点的火车离开这里。"门房一脸惊愕:他第一次遇到这样的事情,这里饭店里的一位客人,还是一位女士,要自己拎着箱子去火车站。他立即觉得有些蹊跷问道:"请允许我问问您的房间号?"

直到这时克里斯蒂娜才明白了。啊,原来如此——这个门房把她当成入室行窃的小偷了——话说回来,他是对的,她是谁啊?但是这个怀疑没有让她恼怒,正相反,她产生了一种恶意的快感,想在经历了冰霜之余再受一次鞭打,在蒙受侮辱之中再次被人虐待。你们害我吧,你们难为我吧——这样更好!她异常平静地回答。"我住在286号房间,由我的姨夫结账,他的房间号是281,我叫克里斯蒂娜·霍夫莱纳。"

"请等一下。"夜班门房让开门,但是眼睛还盯着这个可疑的人(她感觉到了),不想让她在自己眼皮底下溜走,同时他翻着登记册。然后他的语调突然变了;尴尬的鞠躬,非常彬彬有礼地说:"啊,尊敬的小姐,请您海涵,我刚看到白天的门房已经得知您要离开的消息了……我的意思是,只是,因为太早了……再说……尊敬的小姐,您总不会自己拿着箱子走吧,汽车会在火车开车前二十分钟把箱子送过去。请您移步早餐室吧,尊敬的小姐还有足够时间可以用餐呢。"

"不,我不需要了。再见!"她走了出去,没有再回头看看那个门房,门房诧异地凝视了一阵之后摇着头重新回到自己的斜面桌那里。

我不需要了。说了这句话,她觉得很舒服。什么也不再需要,也不从任何人那里要什么。她向火车站走去,一只手拿着箱子,另一手拿着雨伞,眼睛使劲盯着路面。山峦已经明亮起来,云彩不安地涌动着,下一个瞬间,那美妙绝伦、深受喜爱的恩加丁湛蓝的晴空,就会尽扫浮云,一望无际。但是克里斯蒂娜病态地弯着腰,眼睛只盯着路面,她再也不想看见什么,再也不想从任何人那里得到任何赠予,哪怕是上帝的恩赐。任何东西她看都不想再看,也不想被提醒,从现在起直到永远,这些山峦都是为其他人而存在的,那些娱乐场所和游戏是其他人的,那些饭店和里面闪闪发光的房间、那隆隆作响的雪崩和那生机勃勃的森林,没有一个再为她而存在,永远不再!她移开目光不看路过的网球场,那里——她还知道——今天将有其他人,古铜色的皮肤,身着闪亮的白色球衣,嘴里叼着香烟,在球场上活动着他们轻巧灵活的四肢,自负地你来我往地打球;路过还关着门的经营上千昂贵物品的商店(都是为其他人开设的,为其他人!),手里拿着她廉价的雨衣和破旧的雨伞,她经过饭店、集市和甜点铺走向火车站,走向火车站。就是要离开,就是要离开。就是不想再看到任何东西,就是不想再记起任何东西。

在火车站她躲进三等车厢的候车室;在这个永恒的第三等人所在之处,世界各地到处都一样,没有软垫长椅,到处都是一副寒酸的不受重视的样子,在这里她觉得自己已经一半在家里了,直到火车进站,她才飞快地走出去:别让任何人看见她,别让人家认出她。但是这时——这难道是幻觉吗?——霍夫莱纳,霍夫莱纳,有人沿着整趟可恶的列车叫着她的名字(这可能吗?)。她哆嗦了一下。难道有人还想在她离开的时候嘲讽她一下吗?但是这个喊叫一再清楚地重复着,她于是把身体探出窗户:原来是门房站在那里,手里摇晃着一份电报。小姐,请您原谅,电报昨天晚上就到了,但是夜班门房不知道该给谁,他自己现在才知道小姐就要动身。克里斯蒂娜打开电报。"病情突然恶化,速归,富克斯塔勒。"然后火车就开动了……完了,一切全都完了。

每个物质都具有一定限度的张力,超越了限度,张力就无法增加,水不能超过沸点,金属不能超过熔点,就连心灵的元素也无法违背这个颠扑不破的法则。快乐达到一定程度,再增加快乐也不再感觉得到,同样,痛苦、绝望、沮丧、恶心和恐惧也是如此。内心的容器一旦满到边缘,就不能再接受任何一滴外部世界。

因此克里斯蒂娜在拿到那封电报时感觉不到任何新的痛苦。虽说她脑子里的意识一清二楚,现在我该惊诧,该害怕,该担心,但是尽管头脑清醒,感觉却不工作了:它根本没有注意到这个消息,没有回应。就像一个医生拿着一根针去扎一条坏死的腿:病人看到了针,他清楚地知道,这根针很尖很热:扎进去肯定很痛,非常痛,他已经绷紧全身,为了在那痛苦爆发的时候挺直所有的关节。那根灼热的针扎进去了,可是,因为肌体已经坏死,神经没有反应,这个瘫痪的人惊恐地认识到,他身体的下部有些地方完全没有感觉,他温暖的身体携带着一部分死掉的肌体。克里斯蒂娜感觉到就是这样的恐惧,她把那张纸读了一遍又一遍,自己完全无动于衷。母亲生病了,她的处境肯定很绝望,否则这些省吃俭用的人不敢花这么多钱发份电报。母亲也许已经去世,很可能是这样。但是在产生这个想法(这个想法昨天会把她彻底击垮)的时候,她的指头都没有震颤一下,那个控制她眼睑之间眼泪的肌肉都没有开闸放水。所有的一切都保持呆滞的状态,而这种呆滞从她身上蔓延到她周围所有的东西上。她没有感觉到,火车以咣当咣当的节奏行进着;对面木头长椅上坐着红脸膛的男人们,他们吃着香肠,大声说笑;窗外总有新的岩石拔地而起,又一再转换成鲜花盛开的矮小丘陵,山脚下升起层层白色的雾霭——所有这些景致在她上次坐火车来的时候,还被作为最生机勃勃的景象感受着,激动着各个感官,现在在她那呆滞的眼前都是死气沉沉的。只是到边境检查护照的官员例行公事摇晃她的时候,她的身体才感觉到一点:喝点热的东西。能稍微融化一下这可怕的冻僵状态,让那卡住的像肿胀起来的喉咙松弛一些,让她终于喘口气,终于把一切从身体里发泄出来。

她走到餐柜,喝了一杯加热朗姆酒的茶。这饮料一下子进入血液,就连脑子里最僵硬的细胞也都激活起来:她又可以思考了,她立即想起来该给家里发份电报告知到达的时间。就在右边拐角处,就是邮电所,车站门卫对她说,是的,是的,她还有足够的时间。

克里斯蒂娜去找打电报的窗口。玻璃板是放下来的。她敲敲玻璃。里面闷闷不乐的脚步慢慢地吧嗒吧嗒地蹭过来,玻璃板拉起来。"您有什么需要?"一个戴眼镜的女子问她,脸色发灰,脸上一股怒气。克里斯蒂娜吓了一跳,无法马上回答。这个瘦骨嶙峋、饱经风霜的老处女,浑浊的眼睛上戴着钢制镜框的眼镜,那酷似羊皮纸的手指机械地把表格递出来,她觉得这不就是十年、二十年后的自己吗,一张魔鬼的镜子把这个女人当成她邮政局助理的幽灵展示给自己;因为手抖得厉害她几乎无法写字。这就是我,我将是这个样子,她不断地战栗着,一再往那边瞥着那个干瘪的陌生的女人,那女人耐心地弯着身体在斜面桌前等候着,手里拿着铅笔——哦——她知道这些动作,知道这无聊的几分钟,你会在这样的每分钟里渐渐地枯萎,然后衰老,毫无用处,毫不幸福,就像镜中的这个幽灵消耗殆尽。克里斯蒂娜慢慢走回车厢,膝盖不停地颤抖。额上泛出滴滴冷汗,就像一个人在梦中看到自己被安置在棺材里,听到惊恐的一声大叫倏然惊醒。

在圣波尔滕,克里斯蒂娜挪动她那隐隐作痛的四肢走下火车,因为乘坐夜车没有睡觉而疲惫不堪,这时一个人横穿下车乘客的铁轨快步迎了过来:富克斯塔勒老师,他肯定在这里等了整整一夜。第一眼克里斯蒂娜就知道了一切——老师穿着黑色外套,打着黑色领带,克里斯蒂娜把手伸给他,他充满同情地握着摆了一下。克里斯蒂娜无须再问什么,他局促的样子已经说出了一切。但是奇怪的是,这并没有使她有任何震撼。她既感觉不到痛苦也感觉不到激动和惊讶。母亲去世了。也许死是件好事。

在去小赖夫林的客车上富克斯塔勒不厌其烦又很周到得体地讲述着母亲最后的时刻。他看上去睡眠不足,没刮胡子的脸上全是胡子楂,在灰蒙蒙的早上泛着灰色,衣服上沾着尘土皱巴巴的。为了她的缘故,富克斯塔勒每天都去看望老太太三四次,也常常在夜里为了她的缘故而醒过来。一位令人感动的朋友,克里斯蒂娜暗想。要是他能住口就好了,要是他能保持安静,让她也安静一会,不要露着修补得很差的一口黄牙,用这极度感伤的声音在她耳边不停地唠叨就好了;克里斯蒂娜对这个自己曾经有过好感的男人产生了一种肉体上的反感,她对这种反感自己感到羞愧,但是徒劳,她感觉这就像嘴唇上的胆汁。

克里斯蒂娜并不想对比,但还是把这位老师和那边的那些男人对比了一番,那些男人都是身材修长、皮肤褐色、身体健康、动作灵活的骑士,手都保养得很好,穿着紧贴腰身、非常合体的外套,克里斯蒂娜带着一种恶意的好奇看着富克斯塔勒这身丧服的各种可笑的细节,那明显翻新过的黑色外套,胳膊肘已经磨白,肮脏的廉价的衬衫上戴着一条现买来的黑色领带。无法忍受的小市民气,这个一身黑衣的瘦小男人让她一下子觉得可笑无比,这个乡村教书先生,长着一双苍白的招风耳,稀疏的头发,头路也没分对,他那眼窝发白泛蓝,眼眶发红的淡蓝眼睛戴着一副钢制镜框的眼镜、压扁了的黄色赛璐珞假领上一张羊皮纸般尖尖的老鼠面孔。而这个人想……这个……绝不,克里斯蒂娜想,绝不!根本不可能让他摸一下,根本不可能献身给这个披上伪装的教区主持候选人,他那颤巍巍的柔情蜜意没有勇气、没有尊严!光是这个想法就已经让她恶心至极,就好像要呕吐似的。

"您怎么了?"富克斯塔勒忧心忡忡地中止了自己的讲话。他发现克里斯蒂娜全身突然发出一阵抽搐。

"没什么……没什么……只是,我觉得我是太累了。我现在没法说话。我现在没法听任何话!"

克里斯蒂娜向后靠着闭上眼睛。她一旦不必再看着他,不必听到那安慰人的柔软的声音,她马上就觉得舒服多了。这个声音因为听上去低三下四,所以无法容忍。这是一个耻辱,她心想,他对我这么好,他牺牲了自己。但是我不能再看着他,不能再容忍他,我不能。再也不看这个男人,再也不看像他一样的那些男人!绝不!永远不!

神父飞快地在敞开的墓穴旁念着祷文,因为雨正垂直地密集地洒落下来。掘墓人手里拿着铁锹站在厚厚的泥土里,不耐烦地捯着脚。大雨如注,雨势越来越猛,神父也越说越快,终于一切都过去了,送这位老太太到教堂墓地去的十四个人一语不发,几乎跑着回到村里。克里斯蒂娜突然害怕起她自己来了,因为她在整个仪式过程中没有受到震撼,而是不由自主地净想到了那些令人反感的琐事:她没有穿雨鞋,去年她想买一双,母亲说没有必要,把自己的借给她。富克斯塔勒向上翻起的大衣领子边上起毛了而且磨破了。克里斯蒂娜的姐夫弗朗茨发福了,快步走的时候不由自主地呻吟。她嫂子的雨伞破了,必须再给它罩块布。那个女商贩没有送花圈,而是送的在屋前小花园里摘下来的几朵已枯萎的花朵,用铁丝缠了缠。面包师赫尔德里齐卡在她不在家的时候让人做了一块新招牌——尽是她被赶回去的那个窄小世界里可怕的、小气的、恶心的事情,都带着这个世界尖利的倒钩再给戳进她的身体,如此折磨着她以至于她都无法感觉那真正的内心痛苦。

几位参加葬礼的来宾在她家房前告辞,然后毫不拘束地跑回他们住的地方,脚上溅着烂泥,手里撑着宽大的雨伞:只有姐姐、姐夫、哥哥的遗孀和这位嫂子在哥哥死后改嫁的那个木工师傅爬上咯吱咯吱作响的楼梯去她的住处。房间里只有四个坐的地方,他们是五个人:于是克里斯蒂娜把座位让给了其他人。这个房间特别狭小阴暗给人特别压抑的不舒服的感觉。从挂着的湿淋淋的大衣和滴着雨点的雨伞那里散发出一股潮湿发霉的味道,雨水敲打着玻璃,死者的床空空的,灰暗一片,在昏暗中等候着。

没人说话。尴尬中克里斯蒂娜问道:"你们想喝点咖啡吧?"

"好的,小克里斯特,"姐夫说,"现在喝点热的挺好的。但是你得快点,因为我们待不了太长时间,我们乘的是五点的火车。"现在他嘴里叼着一根弗吉尼亚香烟,深深地吸了一口。一位性情温和、不拘小节的市政府公务员,战争中当辎重队中士时就已经有了小肚子,和平时期小肚子就过早地更突出了,他只有穿着衬衫待在家里才觉得舒服;整个葬礼期间他都艰难地做出一副难过痛苦的表情,直挺挺地站着,现在他稍稍解开一下黑色丧服的扣子,穿着这件衣服他看上去就像伪装起来一样,舒舒服服地靠到椅子里面:"我们没有带孩子们来还是挺明智的。奈莉本来认为他们无论如何都必须参加外婆的葬礼,但我马上就说,我们大人不该让孩子们看这些悲伤的东西,他们还无法理解呢。再说了,这来回坐火车多贵啊,得花一大笔钱,在现在这种时候……"

克里斯蒂娜使劲磨着咖啡。她刚回来五个小时,已经听到十次"太贵了"这几个可诅咒的可恶的字。富克斯塔勒认为,从圣波尔滕医院去请主任医师来太贵了,其实来也做不了什么,姐夫提到墓碑上的十字架,不要订石头的,"太贵了。"姐姐说的是追思弥撒,而现在姐夫讲的是路费,都太贵了。这句话一刻不停地从所有人的嘴里说出,就像外面的雨打在檐口上,冲走了所有的快乐。现在每天这句话都会一再地出现:太贵了,太贵了,太贵了!克里斯蒂娜战栗着,她生气地把她所有的愤怒都磨进这个吱吱作响的碾磨机:快走吧,快走吧,什么也不想再听,什么也不再想看! 其他的人在这期间安静地围着桌子坐着等着咖啡,东拉西扯地试着聊天。那个娶了哥哥遗孀的男人是个来自法沃里滕的木工师傅,他蜷缩着谦虚地坐在那些半拉亲戚当中,他根本就不认识刚刚去世的老太太;整个谈话在问题和回答中艰难地进行着,总是动不动就停下来,好像路中间挡着一块石头。终于咖啡打断了谈话,克里斯蒂娜摆出四个杯子——更多的她就没有了——然后她就再次走到窗前。那四个人令人难堪的沉默让她觉得压抑,奇怪的拖得很长的沉默,可以笨拙地隐藏着同一个思想。她知道现在该发生什么了,她的神经都能感觉到,在外面前屋里她看到每个人都带来了两个空的双肩背包,她知道,她知道现在会发生什么,一阵恶心直蹿她的喉咙。

终于姐夫开始说话了,用他那爽朗的嗓音:"这雨下得真够糟糕的!而奈莉,她忘性也真够大,连一把雨伞也没带。其实最简单的办法就是你把母亲的那把伞给她得了,小克里斯特!还是说你自己也需要它?""不。"克里斯蒂娜从窗户那边说,身上发抖。现在就该发生了,马上就要发生了;只希望快点,快点!

"其实,"就像约好了似的,姐姐插进来,"最明智的是我们现在马上就把母亲的东西分一下吧?谁知道我们四个人什么时候还能再聚在一起,弗朗茨有那么多公务,而您(她冲着木工师傅),肯定也是。再专门跑过来一趟,那不合适,那又得花钱。我觉得,我们最好马上就分一分,你同意吗,小克里斯特?"

"当然,"克里斯蒂娜的声音突然沙哑了,"我只请求你们,把所有的东西都分了吧!你们两个都有孩子,你们比我更用得上母亲的东西,我什么都不需要,我什么都不要,你们几个把所有的东西都分了吧。"

她打开柜子,拿出几件穿旧的衣服摊在(在这个狭小的阁楼里没有其他地方)死者的床上(昨天这里还是热的)!没有多少东西,就是几条被单、一件旧的狐皮大衣、一条方格花呢披肩、一根带着象牙柄的手杖、一个镶嵌花纹的威尼斯胸针、结婚戒指、一块带表链的小银表、一串念珠、一个玛利亚柴尔①珐琅圣母像,还有一些长筒袜、鞋、绒拖鞋、内衣、一把旧扇子、一顶皱巴巴的帽子和一本用旧了的祈祷书。她没忘记什么,这个老太太就只有这么点不时送进当铺的东西,然后她飞快转身走到窗前望着外面下的雨。她身后那两个女人开始轻声说起来,相互给每一件东西估估价,达成共识。属于姐姐的东西都放在死者床上的右边,嫂子分得的东西放在左边,这中间是一堵无形的墙壁和边界。

克里斯蒂娜在窗户那边沉重地呼吸着。她心里都听得到那你来我往的讨价还价,就算她们说话的声音再低,尽管她背冲着死者的床站着,她也看得见她们的手指,同情之心汇入她那极度的愤怒。"她们得有多穷啊,穷得让人可怜,自己还没有意识到。她们分的破烂其他人都不屑用脚碰;这些旧的法兰绒线团、这些穿破的鞋、这些可笑的破布,她们都当成宝贝!她们对这个世界有什么了解,她们都能猜到点什么!但是你要是根本不知道你自己有多穷,穷得多么令人厌恶,多么令人恶心,多么可怜,这样也许更好。"

姐夫走到她面前:"但是小克里斯特,所有的事情总得有个正确的说法,你要是什么都不拿是不可以的。你总得随便留下点什么作为对母亲的纪念吧——那个表或者至少那串项链。"

"不,"她坚决地说,"我什么也不要,什么也不拿。你们有孩子,那还有点意义。我什么也不需要——我真的什么也不再需

---

① 玛利亚柴尔,奥地利小城。据说圣母玛利亚曾在此显圣,因而是天主教徒的朝圣地。

要了。"

等她再转过身来的时候,一切都结束了,嫂子和姐姐把她们各自分得的部分都收拾好塞到她们带来的双肩背包里——现在死者算是完全下葬了。那四个人傻站在那里,有点难堪,不好意思;他们因为这件棘手的事情这么快速和默契地处理好了而很高兴,但是他们心里也不是特别自在。在火车开走之前,还得说点高兴的事情,这样也可以冲淡对刚才处理的那件事情的记忆,或者就像亲戚似的聊几句。最终姐夫想起来了就问克里斯蒂娜:"对了,你还没说过瑞士那边山上如何呢?"

"非常好。"她从牙齿里挤出这句话,坚硬得就像刀刃。

"这我相信,"姐夫叹口气,"我们这些人也该到那里一次,总而言之,就是旅行一下!但是带着一个女人和两个孩子就负担不起了,那就太贵了,况且还是去那么一个高级的地方。你们那里的饭店一天多少钱啊?"

"我不知道。"克里斯蒂娜用尽最后的力气说。她感觉她的神经马上就要崩溃了。他们要是现在已经走了该多好!幸亏这时弗朗茨看了看表。"喂,上车了,我们得去赶火车了。但是小克里斯特,不必过分拘礼了,你不必在这种天气送我们。你就待在这里,以后最好还是来维也纳!现在,母亲走了,我们应该和衷共济。"

"是的,是的。"克里斯蒂娜不耐烦地说,语气很陌生,她只送他们到门口。木头楼梯吱吱作响,每个人的肩上都背着或者手里都拿着点什么。终于他们走了。他们刚离开这所房子,克里斯蒂娜就一把打开窗户。屋里的味道令她窒息,这是冷却的香烟的烟味、蹩脚的饭菜、潮湿的衣服的味道,这是老女人那恐惧的、担忧的和呻吟的味道,这是可怕的贫穷的味道。必须在这里生活真是恐怖至极,这是为什么呢,这又是为了谁呢?为什么要日复一日地呼吸这些东西,明明知道外面某个地方是另外一个世界,真正的世界,而她自己心中是另一个人,这个人在这臭气熏天的地方就像一个中毒的人快要窒息而死了。她的神经颤动着哆嗦着。她一下子和衣扑倒在床上。牙齿咬住枕头为了不让自己因为那孤立无助和熊熊燃烧的仇恨而号啕大哭起来。她一下子憎恨所有的人和所有的东西,憎恨自己也憎恨他人,憎恨财富也憎恨贫困,憎恨那沉重的无法忍受无法理解的生活。

"这个自以为是的小娘们,白痴一个。"小商贩米歇尔·波安特纳在身后把门狠狠关上,发出砰的一声,"这个臭娘们胆敢这样,真是闻所未闻。真是个口出恶言的臭娘们。"

"别价,别价,谁在这儿这么激动啊,又怎么着了?"面包师赫尔德里契卡咧着嘴笑着安慰他,他此时正在邮政局门前等着他,"谁咬了你了?"

"千真万确。这么放肆,还真从来没有见过这么一个无耻的胡说八道的女人。每次她都有事找碴,不是这个,就是那个,全都不对。就是想折腾你,态度特别粗暴。前天我寄包蜡烛,写包裹单的时候用的复写笔,没用钢笔,她就很不爽,今天她训个没完了,说自己职责所在不能接收包装很差的包裹,她要负责任的。见他妈的鬼,我要她负责任。在这个蠢女人和她那放肆的臭嘴还在屎堆里到处乱拱的时候,我已经从这里寄出上千个这样的包裹了。她说话的时候用的什么腔调啊,一副高高在上的样子,说着那么'标准'的高地德语[①],不就是想告诉人家,我们这号人对她来说就

---

① 高地德语(Hochdeutsch)即标准德语,主要通用于德国、奥地利、列支敦士登、瑞士和卢森堡。

是垃圾吗。她这副样子摆给谁看啊？现在我可受够了。她甭想和我来这一套。"

那个胖乎乎的赫尔德里契卡开心地笑起来，一副幸灾乐祸的样子。"也许她恰恰对像你这样可爱的家伙有兴趣。你还真琢磨不透这些不情不愿的处女大小姐。也许她喜欢你，所以才对你百般挑剔。"

"别开这种愚蠢的玩笑了，"小商贩说，"我不是唯一一个她冲着发飙的人。就在昨天，那边工厂的主管还对我说，就因为他开了个小小的玩笑，她就把他骂得狗血喷头。'这我可不允许，我在这里也是有官职的人'，就好像那主管只配给她擦鞋似的。她真是魔鬼附体了，她肯定有什么事儿。但是请相信我，我肯定会把魔鬼从她身上赶出去的，她对我必须采用不同的语气，要不然有她瞧的，就是要我从这儿步行到维也纳邮政局的管理部门去告状，我也在所不辞。"

老实的波安特纳说得对，这个邮局助理克里斯蒂娜·霍夫莱纳肯定有什么事儿，两个星期以来整个村子都猜出来了。一开始谁也没说什么——上帝啊，这个乖女孩的母亲去世了；起先大家觉得这件事让她悲痛欲绝。神父为了安慰她，到她那里去过两次，富克斯塔勒每天都问她是否需要帮助，女邻居为了让她不那么孤独，也想晚上去她那里坐坐，那边"金牛"客栈的老板娘甚至向她提出建议是否愿意在她那里租个带膳食的房间，这样她就不必自己操持家务了。但是她对谁都没有一个像样的回答，每个人都马上感觉到她想把他们拒之门外。这个邮局助理克里斯蒂娜·霍夫莱纳肯定有什么事儿，她不再像以往一样每个星期去一次唱歌协会，她说嗓子哑了。她已经有三个星期没去教堂了，都没有让神父给母亲做台弥撒。富克斯塔勒想给她读点东西，她说她头疼，他建议一起散步，她说她累。没有人能够接近她，她去买东西的时候，不和任何人说话就像她要去赶火车。上班的时候,大家曾经认为她和蔼可亲乐于助人,现在经常很不友善,态度生硬,令人厌烦。

她自己也知道她身上有什么地方不对劲。自从她看到一切都那么邪恶,充满敌意以来,现在她看整个世界都是丑陋的、邪恶的和敌意的,她满怀怨恨开始每一天,就像有人在她睡觉的时候给她眼睛里滴了什么苦涩的、尖锐的和邪恶的东西似的。她醒来睁开眼睛看见的第一样东西就是阁楼那斜顶的熏黑的房梁。房间里所有的东西,那张旧床,破损的天花板、用草编织的椅子、盥洗台及那个裂了口的带把儿的水罐、变脆的壁纸、木质的地板,她厌恶这一切,她恨不得闭上眼睛重新遁入黑暗。但是闹钟不允许这样,在她耳边刺耳地响起。她怒气冲冲地起床,怒气冲冲地穿衣,穿上旧内衣,穿上令人讨厌的黑裙子。她发现袖子下面有个地方有个裂缝,但是这并不让她生气。她没有拿起针线缝补。补它干吗?为谁补啊?对这些泥腿子来讲她已经穿得太好了。就是赶快走,就是赶快出去,离开这个丑恶的房间,上班去吧。

但是上班的地方也已经不是以前的样子。不再是那间随随便便的安静的房间,时间在那里面就像踩着轮子一样缓慢地无声地向前滚动着。她扭动钥匙进入这个可怕的静悄悄的房间,这间房间像是在窥看着她,她不由得总想起一年前看的一部电影。电影叫《无期徒刑》。一个监狱看守,由两个警察陪着,满脸胡须,一脸强硬的样子,难以接近,他把一个柔弱的浑身发抖的男孩带进那间没有任何陈设装着栅栏的牢房。她当时和所有的观众一样觉得浑身毛骨悚然,她现在又一次感觉到这样的寒颤,这次进牢房的是她自己,看守和犯人是同一人。她第一次意识到这是装着栅栏的窗户,第一次感觉这个办公房间里光秃秃的涂成白色的墙壁就是监狱。所有的东西都有了新的意义:这把她坐着的椅子、那张她在上面堆放纸张的桌子、那块她为了开始营业而推上去的玻璃板,她都看了不下上千次。看钟的时候她第一次发现它不是向前走而是转着圈,从十二到一,从一到二,又退到十二,一直都是同样的路线,没有多走一步,总是一再为了上班而上弦,无法获得自由,总是监禁在同一个长方形的棕色罩子里。当克里斯蒂娜早上八点坐下来的时候,她已经疲倦了——不是因为完成了什么事情或者做出了什么贡献,而是因为预见到什么将会来临而疲倦:总是同样的面孔、同样的问题、同样的操作、同样的钱。一刻钟后邮差安德烈阿斯·辛特费尔纳准时送来信件进行分类,此人头发灰白,但总是高高兴兴的。以前克里斯蒂娜都是机械地给信件分类,现在她则长时间地盯着这些信件和明信片看,尤其是寄给居特斯海姆伯爵夫人府邸的信件。伯爵夫人有三个女儿,一个嫁给了一位意大利男爵,另外两位伯爵小姐还是未婚,常常在世界各地旅行。最新的明信片来自索伦特,蓝色大海,画着花树繁茂的弧线伸进陆地。地址是罗马饭店。克里斯蒂娜试着想象这个罗马饭店并在明信片上寻找。伯爵小姐给她的房间打了个叉,就在花园中间,白晃晃的带着宽大的露台,被橙子树环绕着。克里斯蒂娜不由自主地想着在那里晚间漫步是什么情景,大海泛着蓝色的波涛,清凉地涌过来,从那些石头上散发出白天的温暖,在那里散步和……

但是邮件必须分类,继续,继续。这里有一封来自巴黎的信,她马上知道是某某人的女儿的,大家说过不少有关这个女孩的不好听的话。她曾经和一个经营石油的有钱犹太人有过一腿,然后在某个地方当舞女,更让人不愉快的事情也许是,她现在又有了一个男人,这封信来自莫里斯饭店,用的是最高级的信纸。克里斯蒂娜把这封信生气地扔到一旁。然后是那些印刷品。她把给居斯特海姆伯爵夫人的那些杂志留下。《名媛》《高雅世界》,还有其他几本带图片的时尚杂志——伯爵夫人就算随下午那班邮件收到这些杂志也不要紧。等业务室里安静下来,她把这些杂志从信封里拿出来翻阅。她看着那些服装,还有电影明星们和贵族们的照片,英国勋爵们的那些维护良好的乡间别墅,著名艺术家们的汽车。她觉得这一切就像香水般钻进鼻孔,她回忆起所有那些人物形象,她看着那些穿着晚礼服的女士们,几乎狂热地看着那些男士们,这些精挑细选、在奢华中打磨得光鲜亮丽的或者被智慧映照得光彩夺目的面孔,她的手指神经质地颤抖起来;她把杂志放在一边,又一再拿起来读,看着这个她感觉遥远的同时又感觉联系在一起的世界,好奇和憎恨、快乐和嫉妒变幻无常地交织在一起。

要是在她正沉浸在诱人的图画的氛围里的时候,突然有个农民粗鲁地闯了进来,脚踩沉重的鞋,嘴里叼着烟斗,睁着一双睡眼惺忪的牛眼,想买邮票,那可真会吓她一跳,她就会完全不自觉地用某些粗暴的话语训斥他一番。"这儿禁止吸烟,您不识字是吗?"她就冲着那农民脾气温和、不知所措的面孔一顿粗暴地数落,或者做些其他什么不友好的举动。事情就这么发生了,她自己都不知道,这就像种内心的压力迫使她为这个世界的丑陋和卑俗找这个人报仇。事后她羞愧不已。这些可怜的人,他们因为他们的工作才这么难看,这么粗鲁、这么肮脏,淹没在他们村子的烂泥里,可对此他们又能怎样呢,她心想,我也没有什么不同,我自己也是这样。但是她的愤怒和绝望是如此紧密地连在一起,愤怒会违背她的意愿在每一个场合倾泻出来。按照永恒的能量守恒法则,她必须以某种方式释放她的压力,只有从这个唯一的权力点上,从这个可怜兮兮的斜面桌这里,她才能够把愤怒冲着无辜的人释放出来。在山上那个另外的世界里,她感觉她的存在在被追求和被渴望中得到了肯定,而在这里,她要是不生气,要是不玩弄一下赋予她这公务员的那点小小权力的话,她就根本不会被人注意到。她知道在这些一无所知规矩实诚的人面前神气活现是可怜、可悲和可耻的,但是她的愤怒总是通过这样恶毒的行为才能得到一秒钟的释放。这种愤怒深藏在她的身体里,她要是在人那里没有机会泄愤,愤怒就会冲着那些无声的东西发泄。一个合股线要是无法穿进针眼的话,她就把它扯断,一个盒子要是无法马上关上,她就使尽全力把它扔到柜子里去——邮局管理层发给她的托付有误——她写信给他们,不是礼貌客气地询问而是愤慨万分地质问。她打电话人家没有马上接通——她就威胁她的接线员同事要立即投诉;她知道这很可悲,她自己也是充满惊恐地观察着她的变化。但是她不可能是别的样子,她必须以某种方法把她的憎恨发泄到这个世界上,否则她会窒息而死。

一下班她就逃回她的房间,以前在母亲睡觉的时候,她经常散步半小时,或者和商铺老板娘聊聊天或者和邻居家的孩子们玩耍,现在她把自己关起来,也借此把她的敌意都关进她的房间里,这样她就不会像条被激怒的狗叱责大家。看到街上永远都是千篇一律的房子、住址和面孔,她无法容忍。那些穿着宽大的印花布裙子的女人在她眼里很可笑,她们的头发高高堆起,油乎乎的,她们的手上戴着粗笨的戒指;她无法忍受的是那些喘着粗气、大腹便便的男人,最叫她恶心的是那些学着城里人的样子,往头发上抹润发油的小伙子,不可忍受的是那个客栈,那里散发着啤酒的味道和难闻的烟味,那个红脸蛋的身体丰满滚圆的傻姑娘容忍着林业助理和宪兵队长动手动脚瞎开玩笑。她宁愿把自己关在房间里,但是她不点灯,为了不看见那些令人厌恶的东西。

她无声地坐在那里左思右想,想的都是同样的内容。她在回忆,记忆力令人吃惊强大和清晰,那些她原先在一片喧闹忙乱之中没有注意到和感受到的东西现在都显现出来,而且细节分明。她想起每句话和每道目光,一种令人吃惊的强大力量把她吃过的每道菜肴的味道都带回给她,她感觉得到唇上的葡萄酒和甜烧酒的味道。她回味着光溜溜的肩膀上那轻柔的丝质裙子的感觉和那白色大床的柔软。她想起了无数的事情:当时那个小个子英国人在走廊里奇怪地坚持不懈地尾随她,晚上一直站在她的房门口,曼海姆女孩沿着她的手臂温柔的抚摸突然让她的皮肤产生一种触电般的燃烧感,事后她想起曾经听说过,女人也可能爱上彼此的。她一小时一小时扼要地重述着当时的每秒钟和每一天,直到现在才知道那个时候充满着多少没有利用和没有预料到的可能性啊。她每天晚上就这样一声不响一动不动地坐着,梦想着回到当时的那个样子,同时心里清楚,她已不再是那个样子了,她并不想知道这个,但是又知道得一清二楚。有人敲门时——富克斯塔勒好几次试着来安慰她——她动也不动,等听到咯吱咯吱作响的楼梯上响起下楼的脚步声时才松口气,她做的那些梦是她现在唯一还拥有的东西,她不想把它们交出去。因为做梦而筋疲力尽,她躺倒在床上,她那被宠坏的皮肤躺在这么寒冷这么潮湿的地方总是大吃一惊。因为寒冷她浑身打战,必须把她的衣服和大衣都盖在被子上。晚些时候她睡着了,但是睡得不好,总是做着令人害怕的离奇的梦,在这些梦中她总是开车出去,在车里她风驰电掣般地快得可怕地山上山下疾驶着,她总是害怕掉下去同时又有对速度的快感,她身边总是坐着一个男人,那个德国人或者一个其他人拉着她。突然她惊慌失措地感到她光着身体坐在此人旁边,所有的人都已经围在她身边高声大笑,汽车停住了,她冲着他喊叫,要他再把汽车发动起来,快,赶快,使劲踩响油门,更加使劲,一直到她的五脏六腑她都感觉得到那终于飞速开动起来的马达的推动力,现在是那纯粹的涌动的快感,就像它在低空飞行掠过田野,冲进黑色的森林,她不再赤裸着身体,但是那人却压住她,紧紧地,越来越紧,她呻吟着,觉得快要无法自持。然后她就醒了,浑身无力,疲惫不堪,四肢疼痛,看着阁楼,看着那熏黑的被虫咬过的斜梁,屋顶上布满蜘蛛网,她躺在那里,疲惫、空虚,直到闹钟响起,那不停呼吸的无情传令官,她从那张令人憎恶的床上爬起来,穿上令人憎恶的旧衣服,开始令人憎恶的一天。

强暴、歹毒的寂寞造成的残忍病态过度紧张的状态,克里斯蒂娜足足忍受了四个星期。然后她不能再这样下去了,做梦的素材已经穷尽,每一秒钟度过的时光都已经重新回忆过了,过去的东西无法再提供力量。她去上班,疲惫不堪、筋疲力尽,太阳穴之间不停的疼痛,她迷迷糊糊,神志一半昏沉,一半清醒。晚上她睡不着,她的神经在这间棺材似的正方形阁楼的寂静里完全不能平静,自己的身体在这张冰冷的床上发烫。她实在无法再忍受下去。她想从另一扇窗户看另外的景致,不想再看到"金牛"客栈的招牌,她想在另一张床上睡觉,经历另一些事情,想有那么几个小时是另一个人。这些渴望变得难以忍受。突然她产生了一个想法:她从抽屉里取出姨夫赢来的那些钱里给她的那两张一百瑞士法郎的钞票,拿出自己最好的衣服和鞋,星期六一下班就直奔火车站买了一张去维也纳的车票。

她不知道为什么要去城里,也不清楚她想要什么,她就想离开,就想离开这个村子,就想离开工作岗位,就想离开被判定要待在这里的那个自己。就想再一次感觉一下车轮在身下的滚动,就想再看一下灯光,就想再看一下其他更靓丽,打扮得更时髦的人。就想再一次新奇地面对着偶然,不要在这里像一颗石子,结结实实地踩在石头路面上。就想再活动一下,感觉一下这个世界,感觉一下自己、一个不同的自己,而不是那个相同的自己。

克里斯蒂娜到达维也纳的时候是晚上七点钟,她飞快地把箱子存放在玛利亚利弗大街的一家小旅馆里,在理发店刚要打烊的时候,快速冲进去理发。驱使她的是一种重复经历的强迫症,就想做和当时同样的事情,以便成为另一个人,一个疯狂的希望,就想通过一双灵巧的手,在她脸上涂点胭脂口红,让自己再一次成为她以前曾经做过的另一个人。她再一次感觉到温暖的波浪流淌下来,伶俐的手抚弄着她的头发,在那张苍白的带着倦意的脸上,一支熟练的画笔在先前那个曾经被人如此渴望和亲吻过的嘴唇上重新涂抹着,给她的面颊添加一些色彩,深色的粉底魔术般令人记忆起恩加丁被阳光晒成的棕色。她起身的时候,全身弥漫着一团芬芳,她再一次感觉到膝盖有力。走在街上身体挺得笔直,更加自信。她心想,要是对自己的衣服也有把握,她简直觉得自己就是封·波伦小姐了。九月的晚上还泛着一丝亮光,在这晚间的清凉里走一走感觉很好,她有几分激动地感觉到不时有友好的目光掠过她。我还活着,她呼吸一下,我还在这儿。有时她在一个商店外面驻足,观看那些皮大衣、裙子、鞋子,她的目光在玻璃镜子里面闪耀着光芒。也许还是可以再有一次的,她想着:重新有了勇气。她沿着玛利亚利弗大街穿过环形大道,她看着那些一面聊天,一面无拘无束地在那里散步的人,有些人带着真正优雅的举止。她的眼睛变得越来越明亮。他们就是那些同样的人,她心想,你和他们也只隔着一个狭小的空间。某个地方有个看不见的台阶,你必须走上去,就是一步,就是唯一的一步。她在歌剧院旁边停下来,演出好像马上就要开始,因为汽车开过来,蓝色的、绿色的、黑色的,车窗的玻璃反着光,车身上的漆闪闪发光,一个穿着制服的侍者在入口处迎接着。克里斯蒂娜走进前厅想看看那些客人。奇怪,她想,他们在报纸上谈论维也纳文化、谈论具有艺术修养的民众和他们建造的歌剧院,我,二十八岁,我的一生都是在这里度过的,现在是第一次站在这里,但是也只站在外面,也只站在这里的前厅里。两百万人中只有十万人看到过这座歌剧院,其他人都是在报上读着相关报道,让别人讲述,看着图片,永远不会真正允许他们进来。其他人是谁呢?她不安起来,同时又愤怒地看着那些女士。她们没有比我当时更好看,走起路来也没有我当时那么轻盈自如,只不过她们有这么一条裙子,就是那看不见的安全保障。就向上走一步,和她们一起迈着唯一的一步走进去,走到大理石台阶上面进入包厢,进入音乐的金色大厅,加入那些无忧无虑的人们的圈子,进入那享受的氛围。

　　信号铃声响起了,最后到来的人们加快步伐,边走边脱下大衣,飞快走到衣帽间,前厅再一次空了下来,现在里面开始静下来,在那中间狭窄的空间,那无形的墙再一次升起。克里斯蒂娜继续往前走。路灯把它的白色光环倾洒在环形大道上,披着盛装的大街上还很热闹。克里斯蒂娜随着人群漫无目的地沿着歌剧院大道走着。在一个雄伟的饭店前面她站住了,像被吸铁石吸引。刚刚开过来一辆汽车,穿着制服的小厮们涌出来,帮着一个东方人模样的女士拿箱子和皮包,旋转门转动着把他们吞了进去。克里斯蒂娜不能继续往前走,大门喇叭筒似的吸住她,她有个不可抗拒的要求想至少看一分钟这个期盼的世界。我要进去,她想,如果我问门房,纽约来的梵·波伦夫人是否已经到达,他们又能把我怎样,况且这也完全是可能的。就看一眼,唯一的一眼,重新回忆一下,更强烈地回忆一下,重新做一秒钟另一个人。她走进去,门房正在和那位新到的女士商谈着什么,所以她可以不受阻止地穿过前厅,饱看所有的一切,那些靠背椅,里面坐着抽烟聊天的男士们,都身穿裁剪合体的时髦旅行服装或者晚礼服,脚上是秀气的漆皮鞋。里间坐着一帮人,三位年轻的女士在用法语大声说服两位年轻男士,说着,扬声大笑,那是无忧无虑的轻松的笑声,是那些无忧无虑的人的音乐,能使他们自己陶醉。后面还有一个宽阔的大厅,里面的柱子都是大理石的,那里是餐厅。穿着燕尾服的招待在入口处守着。我可以进去在这里吃饭,克里斯蒂娜心想,不自觉地摸一下皮包,看看她带来的钱包是否还在,那里面装着二百法郎钞票和七十先令。我可以在这里吃饭,这又能花多少钱呢?就再一次在这样一个大厅里坐着,被人伺候,被人关注、被人欣赏、被人娇惯,还有音乐呢,这里人们也听音乐,来自内部的,轻快而又低声的音乐。但是以往的恐惧又袭来了。她没有那身衣服,没有那件打开这扇门的护身符。她觉得心里不踏实,突然在这里也高高竖起了那堵看不见的墙,那是恐惧、具有驱魔能力的五角星形符咒①,她不敢跨越它。她的肩膀颤抖着,她快步走出饭店就像逃走一般。没有人看着她,没有人拦着她,这种不被注意的感觉让她比方才进来的时候更加虚弱。

再一次继续往前走,沿着马路。去哪里呢?我到底来干什么?马路渐渐冷清下来,几乎没人了,几个人匆忙地从她身边走过,看得出他们想去吃晚饭。我要去吃饭,克里斯蒂娜想,到随便哪家客栈去,而不是到一家如此高级的饭店去,那里每个人都看着我,就随便去一个敞亮的有人的地方就行。她找到了一家走进去。所有的桌子几乎都客满了,她找到一个没人的桌子坐下。没有人注意到她。侍者给她拿来吃的,她慢慢咀嚼着随便一道什么菜肴,漫不

---

① 一笔画成的五角星,被视为符咒,具有驱魔能力。

经心地,还有点神经紧张。我就是为了这个到这里来的,她想,我在这里干什么?就坐在那里盯着白色的桌布令她百无聊赖。你总不能老是吃着,总是点菜,你也该站起来继续走。但是去哪里呢?现在才九点。一个卖报纸的走到桌前——很受欢迎的打岔——递给她几份晚报,她买了两三份,不是为了阅读,而只是为了看上几眼,也显得她有事可做,显得她在等人。她漫不经心地翻看着那些新闻。政府组阁遇到困难、柏林抢劫杀人案、交易所广告,所有这些和她有什么关系,还有有关歌剧院女演员的传闻,她是否留下,到底一年出场二十次还是七十次,我反正永远也不会听她演唱。她已经把报纸放下了,但最后一页"娱乐"一栏里的粗体字映入她的眼帘:"今天我们去何处?"里面有娱乐、话剧、跳舞场所和酒吧的信息。她神经质地拿起报纸读起那些广告。"舞蹈音乐,牛津咖啡馆""弗雷蒂姐妹,卡尔顿酒吧""匈牙利吉普赛乐队""著名黑人爵士乐队,演奏到夜里三点,维也纳最好的社交圈的幽会场所!"再一次出现在消遣的场合,跳舞,尽情欢乐,冲破自我封闭,驱散积郁在胸中无法忍受的东西。她记下一两个地方,按照侍者的解释都离这里不远。

她把大衣交到衣帽间,从身上去除了这令人厌恶的装束后她现在觉得身上轻盈多了,音乐从下面刺耳地快速地传上来,她走到位于地下室的酒吧。但是大失所望,那里一半是空的。乐队那边几个身穿白色夹克的小伙子敲打着乐器,好像要使劲把那几个尴尬地坐在桌旁的人赶去跳舞,但是只有一对在跳舞,一个很明显是职业领舞人,此人眼睑下涂了一些深色眼影,头发梳得过于讲究,跳舞过于做作,领着一个酒吧女在中间正方形的舞池里来来回回地跳着,没有什么激情。酒吧里二十张桌子中有十四张或者十五张是空的。一张桌旁坐着三个女人,无疑是职业坐台女,一个把头发染成烟灰色,一个打扮得非常男性,黑色连衣裙外面套着一件外套,看着像燕尾服,第三个是个肥胖大胸的犹太女人,在慢慢地用吸管吸着威士忌。三个人都带着居高临下的惊愕的眼神上下打量着她,然后轻声笑起来还窃窃私语,凭着她们常年从业、训练有素的眼光她们猜测她是个雏儿或者乡下妞儿。分坐在不同桌子旁的男人们,看着像是出差在外,没有好好地刮胡子,一副疲惫不堪的模样,像是在等着什么东西能把他们从冷漠迟钝的状态中刺激起来,他们零散地懒洋洋地坐在桌旁喝着咖啡或者一小杯烧酒。克里斯蒂娜进来的时候觉得自己就像一个人走下一节台阶,踏入一片虚无。她真恨不得掉头就走,但是侍者已经飞快地扑到客人面前,巴结地询问这位尊敬的小姐想在哪里就座,于是克里斯蒂娜就随便找个地方坐下,然后和其他人一样在这间毫无娱乐可言的娱乐场所等待着那该来的但是没有来的东西。有一次一位先生(还真是一位来自布拉格的工厂代理人)笨重地站起来,拉着她在舞池里跳了一会,然后又把她放下,显然他没有勇气或者兴致,他也感觉到这个陌生女人身上的"一半和一半的样子",奇奇怪怪的和没下决心的神气,一半愿意和一半不愿意的劲头,对于这位工厂代理人(他明天早上得坐六点半的快车继续去阿格拉姆)来讲这可太复杂了,但是不管怎样克里斯蒂娜在那里坐了一个小时。这期间两个新来的男人坐到那几个女人那边聊天去了,就剩下她一个人坐在那里。突然她招呼侍者结账,然后就起身离开,满腔愤怒,愤愤不平,心灰意冷,其他人从背后向她投来好奇的目光。

又到了街上。现在已是深夜。她行走着不知去往何处。一切都无所谓了。现在一切都无所谓了,就算有人把她抱起来扔到多瑙河运河里,就算那辆想横穿马路但刚好停在她这个漫不经心的人身边的汽车要碾过她的身体——一切对她都无所谓了。她突然发现一个警察奇怪地盯着她想追上她,好像要问她点什么,这时她猛然意识到她肯定被当成那些在阴影里来回踱步跟男人们搭讪的女人了。她继续走着。我最好现在回家去,但我回去干吗呢,有什么可以做的呢?她突然觉得身后有脚步声。一个影子挪到她身边,这个影子的主人随后跟上,目光犀利地看着她的脸:"别呀,小姐,真的现在就回家了。"克里斯蒂娜不予理睬。但是那人没有从她身边走开而是开始说话,很迫切,很诙谐,这让她不由自主地感觉很舒服。那人问她是否愿意再去个地方?"不,绝不可能。""可是谁现在就回家啊?就去一个咖啡馆。"她最终妥协了,就是因为不想一个人待着。此人很可爱,如他所说是个银行职员,但肯定结婚了,她这样想。可不是,他手指上戴着戒指。但是无所谓,克里斯蒂娜对他一无所求,就是不想现在一个人待着,情愿听他讲点有趣的事情,哪怕这个耳朵进那个耳朵出。有时她会偶尔注视一下这个男人,他已经不年轻了,眼睛下面有皱纹,一副劳累过度、疲于奔命的样子,本人就像他的西装有点被压扁了,皱巴巴的。但是他聊起天来很舒服。克里斯蒂娜又一次和一个人说话,或者让他说话,其实心里知道这并不是她想要的。此人欢快的情绪让她有些痛苦。他讲的话有些很有趣,但是克里斯蒂娜感觉她的喉咙被苦涩所侵蚀,渐渐的她对这个陌生男人产生了憎恨,他那么高高兴兴无忧无虑的,而自己对一切都恨之入骨。他们离开咖啡馆,他挽住她的胳膊,紧紧捏着。这和那边饭店里的那个人做的是同一个动作,但是她身边这个说个不停的矮个子男人并没有带给她那种让她燃烧的激动,这个激动是那个男人带来的,来自一种回忆。她突然被恐惧攫住了。最终她可能会向这个陌生人完全妥协,会投入一个她根本不愿意的男人的怀抱,仅仅是出于愤怒,仅仅是出于迫不及待——正在这时开过来一辆出租车,她突然举起手,挣脱了那个茫然不知所措的男人一下跳进车里。

然后她还头脑清醒地在陌生的房间里躺了很长时间,听着外面汽车开动时车轮的响声。结束了!你不可能跨越过去,你不可能穿越这道看不见的墙壁,她就这样躺在床上惴惴不安地呼吸着,整夜未眠,不知道为什么这样呼吸。

星期日上午也跟那个迷茫的无眠之夜一样漫长。大多数商店都不开门,把它们的诱惑都藏在拉下来的百叶窗后面。为了打发时间,她坐在一家咖啡馆里翻着报纸。她已经不再知道她曾经对什么有所期待,她忘记了来维也纳是为了什么,这里没人等着她,没人想要她。她突然想到她该去拜访一下姐姐和姐夫,这是她答应过他们的,也理该如此。最好一吃完饭就过去,绝不能更早,否则他们该认为她是冲着午饭去的。姐姐自从有了孩子变得特别古怪,一心想着自己,节省得不得了。时间还早,还有两三个小时才能到姐姐家去,她纯属偶然地穿过环形大道发现油画画廊今天免费对外开放;她漫不经心地穿过各个展厅,坐在一张丝绒面长椅上观察着过往的参观者,接着继续走,又到了一个公园,随着时间的流逝,她的孤独感也在增长。等她两点去姐夫那里的时候,她已经相当疲惫,仿佛艰难地踏着深深的积雪而来。就在大门口她遇到了一大家子人,姐夫、姐姐和两个孩子,明显地都穿着星期日的盛装,都真心实意地为她的到来而高兴(这点让她特别开心)。"好啊,这可真是个惊喜!上星期我还对奈莉说,我们该给妹妹写封信,她怎么不见人影了,真的,你该午饭时就来,但是你现在跟我们一起走是不是,我们想去美泉宫①,带孩子们去看看动物什么

---

① 又译旋不隆宫,为奥地利皇家的夏宫。维也纳的旅游胜地。

的,今天的天气多好啊。""非常乐意。"克里斯蒂娜说。能够知道去哪儿真好。能和人在一起真好。一路上姐夫挽着她的胳膊给她讲各种各样的事情,而姐姐则领着孩子们。这张善良的脸上,嘴说个不停,姐夫还亲热地拍打她的胳膊。你能从两百步以外就看出他过得挺滋润,很满足,也天真地享受着这种满足感。他们还没走到电车站,姐夫就已经把一个天大的秘密告诉她,明天他就要被他的党推选为地区领导,对此他是有充分权利的,他刚从战场上回来就已经是党内受信赖的人了,要是一切顺利,能够把那些黑衫党干下去,他就能进入下一届区议会。

克里斯蒂娜走在他身边友好地听着他说话。他一向都很可爱,这个单纯的小个子男人,能够为了一些小事就高兴得不得了,是个好人,招人喜欢,容易信赖别人,自己也可以信赖。克里斯蒂娜理解他的同志们很乐意推选他到这个简朴的位置上,他当之无愧。可是当她从旁边悄悄地看他一眼,看到的是一个小个子,脸膛红润,一副悠然自得的样子,下巴下面肥肉叠起,每走一步鼓起的小肚子就震颤一下,她惊愕地想到她的姐姐:她怎么能……我肯定无法容忍被这样一个男人抚摸。大白天在许多人中间和这个人在一起还是挺好的。在动物园的栏杆前和孩子们一起,他自己也变成了孩子。克里斯蒂娜暗怀一丝羡慕想道:还能够再一次为这些如此微小的事情而高兴,而不是只渴望那些不可能的事情。到五点的时候(孩子们必须早早上床睡觉)决定启程回家。大人先把孩子们塞进星期天拥挤不堪的电车,然后再自己挤进去,人挤人地站在发出匆忙的嘎啦嘎啦声响的车厢里。克里斯蒂娜不由自主地想起那锃光瓦亮的汽车,在清晨的阳光下一尘不染,空气散发着香味掠过太阳穴,那有弹性的座椅,瞬间驶过的景致。在拥挤的人群中,她闭着眼睛飘荡在陌生的空间。她不知道这过了多久。然后姐夫轻轻拍打了一下她的肩膀提醒道:"我们该下车了,在你的火车开车前去我们家喝杯咖啡。等一下,我走在前面给你们开路。"

姐夫向前移动着,他这个人是小个子、胖胖的、很结实,他当真伸出胳膊肘从那些艰难地直往后挩的肚子、肩膀和后背当中成功地挤出一条狭窄的通道。他已经到车门旁了,突然爆发了一场争吵。"您都撞到我的胃了,蠢家伙。"一个披着斗篷的瘦高个子男人冲着他生气愤怒地喊道。"谁是蠢家伙啊?你们大家都听到了是不是?"姐夫暴躁地叫起来。"谁是蠢家伙?"那个夹在中间披着斗篷身材瘦削的男人艰难地挤过来,其他人都眼睛盯着。一场舌战即将开始,这时姐夫愤怒的声音变了调:"斐迪南,不,竟然会是这样,太有意思了,我差点和你吵起来。"另一个人也吃了一惊笑起来。突然这两个男人握住手直视对方的眼睛。他们根本不想分开,售票员不得不提醒:"要是二位想下车的话,就请快点!我们没有时间了。""来,你必须和我们一起下车,我们就住在旁边,不,竟然会有这种事!来吧,来!"那个披着斗篷的瘦高个男人脸上绽出笑容。他从上面把他的手放在姐夫的肩上。"非常乐意,小弗朗茨,我当然跟你走。"他们两个人都下了车。在车站姐夫站住不走了,因为惊喜而气喘吁吁,整个脸上泛着光就像涂了板油。"不,竟然会有这种事,我们这辈子还能再见面,我多少次想着你在哪儿,一再打算往你住的旅馆给你写封信。但是你知道的,人们总是忘性大,什么事都一拖再拖。现在你又在这儿了,没想到,竟然会有这种事,我真是太高兴了。"

站在对面的那个陌生人也很高兴,这点可以从他嘴唇细微的颤抖中看出来。只是他更年轻,也更有自制力。"好了,好了,就这样吧,我信你说的,小弗朗茨,"他说道,从上向下敲着这个小个子男人的肩膀,"现在给我介绍一下女士们吧,其中一位肯定就是奈莉,你太太,你可是一再跟我讲起她。""当然,当然,等一下,我实在是太吃惊了。不,真的,我太高兴了,斐迪南!"然后他对其他人说:"你是知道的,斐迪南,那个姓法尔纳的,我跟你一再提起过的那位。我们两个人在西伯利亚同一个棚屋里待了两年时光。他是唯一的一个——是的,真的斐迪南,你知道的——人们把我们和那帮鲁提尼人①和塞尔维亚人放到一起,他是他们中间唯一的一个老实人,是唯一的一个可以说上话可以信任的人。不,竟然会有这种事!现在马上跟我们回家去,我太想知道你的一切了。不,竟然会有这种事,今天要是有人跟我说,我今天还会有这件喜事,我还真不会相信呢——我要是坐了下一班电车,我们这辈子可能都见不到了。"

克里斯蒂娜从来没有看到过这个贪图舒适反应迟钝的姐夫这么激动这么兴奋过,他简直是一口气跑上楼梯,把那个朋友第一个推进屋去,他朋友宽厚地轻声笑着,带着一种优越感,不得不顺从他那战友不断爆发出来的兴奋。"现在脱下外套,请便,来这,坐在这把靠背椅上——奈莉,给我们拿咖啡来,还有烧酒和香烟——好了,现在让我好好看看你。你没有变得更年轻,但是你看上去瘦得要命。真该好好喂喂你。"这个陌生人顺从地任他打量着,这样孩子般的高兴劲很显然让他觉得非常舒服。他的前额突出,像凿出的颧骨隆起,他那坚毅的紧绷的脸孔渐渐舒展开来。克里斯蒂娜也端详着他,努力想让自己回忆起今天上午在画廊看到的某一幅画,这是一个西班牙画家画的一幅僧侣的画像,她想不起名字了,就还记得那同样苦行僧般的,骨瘦如柴,几乎没有一丝肉的脸庞和鼻翼两边紧绷的线条。这个陌生人情绪很好地用手拍打着姐

---

① 鲁提尼人,指奥匈帝国内的乌克兰人。

夫的胳膊。"你说得对,我们应该还跟当时分罐头一样继续平分东西,你可以匀给我一点你的脂肪,这对你不是难事,我希望,你太太不会反对。"

"现在讲讲,斐迪南,我已经好奇得不得了了:当时我们被红十字会运走的时候,我是第一批,你和其他七十个人该在第二天随后到达。我们又在奥地利边境坐了两天。火车没煤了。这两天里我每个小时都在等着你的到来,我们去了车站站长那里不是十次就是二十次,叫他打电话,但是当时一切都乱成一锅粥了,两天后我们才继续坐上火车往前走,从捷克边境到维也纳开了十七个小时。那你呢,你们怎么了?"

"是这样,你得在边境坐两年等着我们,你们算是走运,我们却成了牺牲品。运你们的车走了半小时后我们接到电报:铁路线被捷克军团给炸了,然后我们就又回到了西伯利亚。这可不是好玩的,但我们没把此事看得太严重。我们觉得也就是一两个星期、一个把月的事儿。但是这一下子就是两年,这可没人想到,最终我们七十个人中也就有十二个人活了下来。红军、白军、伏朗格尔①不停地打仗,总是冲前退后,总是来来去去,人们把我们就像麻袋里的谷粒那样甩来甩去。直到一九二一年红十字会才把我们通过芬兰接回来:唉,我亲爱的,我什么都干过,你这就知道我不可能长什么脂肪了。"

"这么倒霉,你听听,奈莉!就因为差半个小时。对此我一无所知。我完全没有预料到你们在那里会那么糟,恰恰是你!恰恰是你!你那两年都做什么了?"

---

① 彼耶特尔·尼可拉耶维奇·伏朗格尔(1878—1928),男爵,沙俄将军,在国内战争时期为南俄反布尔什维克的白军司令,1920 年战败后流亡国外。

173

"我亲爱的,要是我把所有的事情都告诉你,我们今天就讲不完了。我认为我做了一个人能做的所有的事情。帮着收割,帮着建造工厂,我还送过报纸,在打字机上打过字,红军打到我们的城市的时候,我们在红军那里战斗过十四天,农民进到城里的时候,我们向他们乞讨过。唉——我们不说这些了;今天我想到这些的时候,我自己都不理解我能坐在这里,还能抽着烟。"

姐夫特别激动。"不,竟然会有这种事!不,竟然会有这种事!我们根本都不知道,我们有多幸运,要是让我想象,你们还得在这儿孤零零地等两年,你和孩子们,这根本是不能想象的事情,像你这么正派的人,真是挨了当头一棒!不,竟然会有这种事!不,竟然会有这种事!谢天谢地,你至少没缺胳膊少腿,你能毫发无损也真是不幸中之大幸。"

这个陌生人拿起燃着的香烟,恶狠狠地掐灭在烟灰缸里。他的脸色突然阴沉下来。"是啊,我的确运气很好——我是毫发无损,或者说几乎是,就是这里的两根手指断了,这就发生在最后一天,是的,我的确运气很好。好运轻轻碰了我一下,赶上了。这是在最后一天,我们都再也坚持不住了,最后一些人全都集中到一个驻地,在火车站腾出一辆运粮车就是为了能往前走,原来规定一个车厢装四十个人,但实际却装了七十个人,一个挨着一个,根本无法转身。谁要是内急——唉,当着女士的面我都说不出口。但是不管怎么样,我们还是出发了,并且为此非常高兴。到了下一站又上来二十个人。他们拿着枪托相互厮打,谁首先挤到前面来,一个接一个地挤进来,总是又上来一个又上来一个,尽管人们已经把五六个人踩在脚下了,我们就这样开了七个小时,这期间呻吟声、喊叫声、痰喘声不断,汗味和臭味弥漫。我脸冲着墙站着,把手指在我身前张开,以便他们不把我的胸腔挤压在坚硬的木头上,两根手指就这样断了,肌腱撕裂,我就这么站了六个小时,胸中没有一丝空气,人都半窒息了。下一站情况好一些,因为人们把五个死人扔了出去,两个踩死的,三个窒息而死,我们就这样一直继续坐火车往前走直到晚上。是的,我的确运气很好,就只是肌腱撕裂,两根手指断了——小事一桩。"

他举起手给大家看:第三个手指耷拉着不能弯曲了。"小事一桩,是不是,一场世界大战和四年西伯利亚,就只伤了这唯一的一根指头①。但是你们不知道这样一根坏死的手指对一只活生生的手的影响。你要是想当建筑师,就再也不能用这只手制图了,你不能用这只手在办公室里打字,你也干不了任何重活。不就是一个肌腱上的一根筋吗,就像细细的一根线,而整个仕途就系于这根线。这就好比你把一个房子的平面图画错了一毫米——就是小事一桩——可整个房子就坍塌了。"

弗朗茨万分震惊,他一再重复着他那无助的惶恐的话:"不,竟然会有这种事!不,竟然会有这种事!"看得出来弗朗茨想去抚摸他的手,女士们也严肃起来,颇感兴趣地看着这个陌生人。最后姐夫镇定下来问道:"那继续讲吧——你回来之后都做什么了?"

"就是我一直跟你说的事啊。我想继续上大学学技术专业,在哪儿断的线,就在哪儿接上,二十五岁了,重新回到学校去,坐到我十九岁的时候坐的板凳上。最后我也完全可以学会用左手绘画,但是又有什么挡在了路上,又是小事一桩。"

"啊,是什么呀?"

"嗯,这个世界就是这样的,上大学哪儿哪儿都要花钱,而我恰恰没钱——总是这些小事。"

---

① 前面是两根指头,这里是一根。原文如此。

"啊,怎么会呢?你们家不是一直很有钱吗,你在梅朗①不是有个房子,还有土地、小酒店、香烟店、食品零售店……以及……你不是跟我提起过所有这些吗……还有你那位祖母,她一直省吃俭用,一个子儿也不愿意拿出来,总是在寒冷的屋子里睡觉,因为她舍不得点火的刨花和纸张。她怎么样了?"

"是的,她还拥有一个美丽的花园和一座美丽的房子,简直就是一个宫殿。我刚才就是从那里上的电车,从郊区赖因茨那边的养老院,真是好说歹说那里的人才接纳了她。钱她反正是有的,整整一大堆呢,满当当放在钱匣子里。里面有二十万克朗呢,都是一千克朗一张的旧钞。白天她把它们放在箱子里,晚上放在她床下。所有的医生都嘲笑她,那些护理也取笑她。二十万克朗,她真是个好奥地利人,变卖了家乡那边所有的东西,葡萄园、农庄和香烟店,因为她不想成为意大利人,把一切都存成了好看的簇新的一千克朗纸钞,战争期间人们是如何开足马力使劲印刷啊。唉,她现在把它们藏在床下她的钱匣子里,并且发誓担保这些钞票有朝一日会很值钱,她曾经拥有二十或者二十五公顷②土地,一幢美丽的石砌的房子还有那些(从祖先那里)继承的特别精致的老式家具以及四十年或者五十年的辛劳,她觉得这一切绝不可能永远一文不值。这个善良的老人在她七十五岁的年纪已经无法再理解这些了。她只是依然还一直深信着她亲爱的好心的上帝以及他尘世的公正。"

他从口袋里掏出一个烟斗,使劲装满烟丝,猛烈地抽起来。克里斯蒂娜立即就感觉到这个动作中的愤怒。她非常熟悉这种冷漠

---

① 梅朗,原为奥匈帝国城市,意大利文为梅拉诺,现属意大利的南蒂罗尔省。
② 一公顷等于一万平方米或者一百公亩。

激烈,充满嘲讽的狂怒,这让她心中涌起一股同是天涯沦落人的感情。姐姐生气地看着旁边,显然对这个男人的不满在不断增长,此人毫无顾忌地抽着烟,把房间弄得乌烟瘴气,对待她的丈夫就像一个小学生。自己丈夫对这个衣着破烂、满怀仇恨——她从整个气氛中感觉到——充满造反精神的男人的那种卑躬屈膝的样子,她看了非常生气,觉得此人搅乱了她舒适惬意的生活。而弗朗茨自己就像被麻醉了似的,只是一直盯着他的战友看,充满善意同时又惊讶不已,总是结结巴巴地说着他那句苍白无力的话,"不,竟然会有这种事!不,竟然会有这种事!"他需要一些时间镇定下来,然后一再从头开始。"但是,那以后呢——你倒是继续讲啊,然后你做什么了?"

"这儿那儿的什么都做,一开始我还认为如果我兼职干点什么挣点钱都够我继续上大学了,但是钱就总是不够,都难保证一日三餐。唉,我亲爱的小弗朗茨,那些银行和机关及商行可不会等着我这个毫无必要地在西伯利亚休假了两年后回来的人,而且我还只有半个手能工作。到处都是:'遗憾,遗憾',所有的职位都被那些有着胖胖的屁股和健康手指的人所占据了。因为我遇到的'小事'使我处处都处于不利的境地。"

"但是——你有权利申请残疾金啊,你不是没有工作能力或者工作能力有限吗,那你就该得到补助,对此你是有权利的。"

"你这么认为?是啊,我本来也这么认为。我也认为,要是一个人丧失了房子、葡萄园和一只手指以及整整六年时光,国家有一定的义务帮帮他。可是,我亲爱的,在奥地利一切都不在正道上,我也认为够条件了,就去伤残者办公室给他们看我都在这儿和那儿服役过,也给他们看了我的手指。可是,不,有一条规定,我必须拿出证明,证明我是在战争中受的伤或者是战争后果造成的伤残。

这不是件简单的事情,因为战争是一九一八年结束的,而我是一九二一年的那些情况下受的伤,那时谁也没有做过记录。但是最终这还是有可能办成的。只是那些先生后来又有了一个巨大的发现——唉,弗朗茨,你肯定会大吃一惊的,他们发现我根本不是奥地利公民。按照洗礼证书我是在主要行政区梅朗出生的,归那里管辖,要想成为奥地利公民,我当时该及时做出选择,既然没有选择国籍,那一切全都完蛋了!"

"是啊,但是为什么——你为什么真的没有做出选择呢?"

"见鬼了,现在你也提出和那些家伙一模一样的愚蠢问题。就好像那些人一九一九年在西伯利亚的草棚和棚屋里公布了德国-奥地利官方文件似的。我亲爱的,在我们待的那个鞑靼人村子里我们可不知道维也纳究竟是在波希米亚或者意大利,这些对我们也都无所谓,我们关心的只是哪里能得到一片面包塞进嘴巴,怎么能把皮大衣上的虱子去掉,如何走上五小时搞到一盒火柴或者一点烟丝。太逗了——那时我该选择奥地利国籍。不过,后来他们至少给了我一张破纸,上面写着,要是根据一九一九年九月十日签署的《圣日耳曼和平协议》①的第六十五款,以及第七十一款和第七十四款,我可能是奥地利公民。我还不如把这张废纸卖给你换包埃及香烟呢,因为我在各个机构都把它拿出来,连一个铜板都没得到。"

现在弗朗茨有动静了。他突然感觉好起来因为他觉得在这点上他能帮上忙。"这样,这事我给你办,相信我。这事我们能搞

---

① 《圣日耳曼和平协议》,第一次世界大战结束后,1919年9月10日在巴黎的圣日耳曼宫签订的和约。奥地利及其盟国承担全部战争罪责。原来属于奥匈帝国的部分领土得以宣布独立,或者划归意大利、波兰,或新成立的塞尔维亚王国。

定。要是需要有人证明,我就证明你在战争中当过兵,通过我的党,我认识一些议员,他们会为我办事的,从市政府你会得到一封推荐信——好了,这事我们能办成,这点你放心好了。"

"谢谢你的款待,亲爱的朋友!但是我再也不采取任何行动了。我受够了,你都不知道我得到处带着多少证件,士兵证件、平民证件、不是市长办公室就是意大利公使馆发的,还有无经济来源证明,我不知道还能有什么狗屁证明。我在图章和邮资上的花费远远比一年乞讨所得还多,跑了那么多路腿都快跑断了。我去过联邦总理府,去过陆军部,去过警察局,去过市政府,到处都碰一鼻子灰,没有我没有爬上爬下过的楼梯,没有我没有吐过痰的痰盂。不,我亲爱的——我宁愿死也不愿意再走一遭从一个衙门到另一个衙门的愚蠢道路了。"

弗朗茨惊愕地看着他,就好像他在做什么不正当的事情被人抓住。可以感觉到,他自己过的惬意的小日子,就像个罪孽一样压迫着他。他更加挨近斐迪南:

"嗯,那你现在做什么呢?"

"什么都做。手边有什么就做什么。前一阵我在弗洛里达村一个建筑工地当技术监理,一半是建筑师,一半是监管。可工钱少得可怜,他们想留我在那里直到建筑完成的那天或者公司倒闭的那天。然后我又得再找其他的事情,我并不担心。但是我跟你在那边躺在我们木板床上说的话,想要成为建筑师,建设桥梁什么的,这是没戏了。我在那边铁丝网后面打瞌睡,抽烟和发傻浪费的时间是找不回来了。学术大门已经关闭,我无法再打开它,他们在战争开始的时候用枪托从我手中打落了钥匙,现在躺在西伯利亚的污泥里了。我们不提这些,最好再给我一杯白兰地——喝酒和抽烟是咱们在那边的战争中唯一学会的东西。"弗朗茨顺从地给他斟满酒杯,他的手在发抖。"不,竟然会有这种事,不,竟然会有这种事!像你这样勤奋这样聪明这样正派的人要到处疲于奔命。这真是丢人,真的,我曾经担保,你肯定会飞黄腾达,要说谁当之无愧那就是你了。你瞧着吧,事情还会有转机的。肯定还会有什么办法。"

"肯定会有办法?真会这样!我回来整整五年了,也是这么相信。但是这肯定是个硬核桃,就算你再使劲摇晃它也不会老从树上掉下来。这个世界已经和我们在教科书上学来的有些不同了,书上说:要永远忠诚和正直……我们不是壁虎,尾巴就算被拔掉了也会迅速长出来。我亲爱的,一个人要是被从活生生的身体上切下从十八岁到二十四岁这六年最好的年华,他就是个残废了,就算像你说的他有运气,他幸福地回到了家里。我去找工作都比不上有点本事的学徒工,或者一个虚度光阴的高中生,我照镜子的时候觉得我自己看起来像四十岁。不,我们出生在一个糟糕的时代,没有医生能帮我们愈合这个伤口,我的六年青春硬从身体里撕了下来,谁又补偿过我什么?国家?这个顶级无赖,这个头等窃贼?你跟我说说你们那四十个部里,有负责司法、民政、贸易的,负责和平时期和战争时期的变迁的,给我看看哪个是负责正义的。他们吹奏着《拉德斯基进行曲》①,说着'上帝保佑你们'的话,把我们赶进战争里,现在他们又给我们吹着其他的曲子。唉,我亲爱的,从粪土的角度看,这个世界看上去真不怎么可爱。"

弗朗茨一脸惊愕地坐在那里,他注意到了他太太生气的目光,出于尴尬他开始向他的朋友致歉。"不是像你说的那样,小斐尔德尔②,我都快认不出你了。你们真该看看他在那边的样子,这个

---

① 《拉德斯基进行曲》,老约翰·施特劳斯所写的著名进行曲,经常在节庆日里演奏。
② 斐迪南的爱称。

所有人当中唯一正派,最有耐心的人,是我们这帮坏蛋当中最老实的一个。我还记得他被他们带进来时的样子,一个瘦里巴叽的小伙子,当时十九岁。其他人觉得对他们来讲这场骚乱总算已经结束,都高兴得要命,只有他气得脸色煞白,恨他们把他从撤退的队伍中截了下来,是从火车车厢里抓下来的,这样他就无法为祖国战斗和牺牲了。第一天晚上,我还记得,这场景我们从来没有看到过,他是新近直接从神父和妈妈那里来到战场的——他跪下祷告起来。谁要是开皇帝或者军队一点玩笑,他就会把他掐死。他就是这么个人,我们当中最老实的一个,他那时还相信报纸上和军团命令中写的一切,而现在他这么说话!"

斐迪南阴沉地盯着他:"我知道我曾经像个小学生似的什么都相信。但是是你们让我不再相信的!你们不是从第一天就跟我说,所有的一切都是骗人的,我们的将军都是笨蛋,军需官行窃起来都像乌鸦一般,谁不把手高高举起,就是蠢驴?在那儿谁是最高布尔什维克啊,我还是你?谁啊,不就是你这个家伙,老是做有关世界社会主义和世界革命的演讲?是谁第一个拿起红旗冲到军官营地从军官身上扯下圆形花饰?怎么样,好好回想一下吧!是谁在总督府里站在苏维埃政委身旁长篇大论地说,被俘的奥地利士兵不再是皇帝的战士,而是世界革命的斗士,他们开拔回家就是为了摧毁资本主义的秩序,建立秩序和公正的王国?怎么样,当你再一次得到你挚爱的蹄髈肉和一大杯比尔森啤酒的时候,那些清扫旧制度的雄心壮志又都到哪儿去了?最高社会主义者先生,我能斗胆问一句,你们在哪里从事过你们的世界革命呢?"

奈莉猛地站起身开始收拾餐具。她的丈夫竟然在自己家里被这个男人像个小男孩一样的训斥,对此她不再掩盖她的愤怒。克里斯蒂娜也察觉到姐姐的愤怒了,奇怪的是她却感觉良好,看到她的姐夫,未来的地区领导完全蜷缩着身子坐在那里,最后还尴尬地道歉,她恨不得大笑起来。

"我们做了所有该做的事情。你不是也看到了,就在第一天我们就进行了革命……"

"革命?请你再给我一支香烟以便我能歌颂一下你们的小羊羔革命。你们把那个奥匈帝国(k.k.)企业的招牌翻了过来,重新油漆一遍,但是在小店内部你们顺从地充满敬意地把一切保持原样,上层还是上层,下层还是下层,你们严防自己,在那里用拳头彻底打进去,打它个底朝天。你们演了一场奈斯特洛依①的喜剧,但是没有进行革命。"

他站起身,在屋子里急促地走来走去,然后他突然站在弗朗茨前面。"你别误解我,我不是红旗那派的,我在极近的距离看到过什么是内战,就算是把我的眼睛给弄瞎了,我也无法忘记。当时苏维埃军队又夺得了一个村子——这个村子已经在红军和白军之间易手三次了——我们被召集在一起掩埋尸体。我亲手埋葬了他们,烧黑了的、残肢断臂的尸体,有孩子、女人和马匹,都混在一起,恐怖至极,臭气熏天;从那以后我就知道什么叫内战了,我要是知道,为了能从天上取回永恒的公正,就要把活生生的人糟蹋成这样,那我是怎么也不会再跟着干的。什么也与我无关了,我没有兴趣了,我不再拥护布尔什维克也不反对他们,不再拥护共产党人或者资本家,对我来说一切都无所谓了,我在意的只有一件事,我这个人,唯一想服务的国家就是我的工作。但是如何使下一代人幸福,是这样还是那样,是共产主义、法西斯主义还是社会主义,对我

---

① 约翰·奈斯特洛依(1801—1862),奥地利喜剧作家、演员,极有喜剧天才,作品针砭时弊,辛辣犀利。

来说都无所谓了,我管得着他们如何生活和将如何生活吗,我关心的只是,我最终将把我支离破碎的生活重新归置起来,过上我生下来想过的日子。我要是到了我想要去的地方,我要是重新又有时间呼吸,也许,我自己的生活井然有序了,然后我也许会在晚饭之后思考一下,该如何把这个世界治理好。但是首先我必须知道我的位置;你们有时间关心其他的事情,我可只能关心我自己的事情了。"

弗朗茨动了一下。

"不,弗朗茨,我说这些不是针对你的。我知道你是个好人,我对你了如指掌,我知道,要是可能的话你会为我把国家银行洗劫一空并让我当上部长。我知道你好心,但这就是我们的不对、我们的罪过,我们这么好心,这么轻信,正因为如此其他人对我们就为所欲为。不,我亲爱的,这在我这儿已经结束了,我不再让别人欺骗我说,其他人过得更不好,我不再轻信别人说的,就因为我还身无大病,还没有拄着拐走路就是有运气。我不再轻信,一个人呼吸着,也有饭吃,这样就够了,一切就都没问题了。只要我没有感觉到我得到了我的权利、我对生活的权利,我就什么也不信了,不再信上帝、国家和世界的意义,只要我没有得到这个权利,我就会说,我被偷盗了被欺骗了。在我感觉到我真正开始我自己的生活,不再靠着别人扔出来的或者享用够了的残羹冷饭生活之前,我是不会让步的。你能理解吗?"

"能!"

所有的人都猛地抬起头来看。有人大声地激动地说出了"能"。克里斯蒂娜发现大家都看着她,脸红了。她只是意识到,想到了"能",内心也有强烈的感觉;但自己也不知道,这个字就从嘴边漏了出去。现在她不好意思地坐在那里,一下子成为众人好奇的中心。一时，一片沉默。这时奈莉一跃而起。现在她终于有了发泄愤怒的机会。

"你说什么呢？你知道什么啊，就好像这场战争和你有什么关系似的！"

这个房间一下子充满了活力。克里斯蒂娜也为能发泄自己愤怒而高兴。"什么关系也没有！就是我们破产了。你已经忘了我们曾经有个兄弟，忘了父亲是怎么崩溃的，所有这些……所有这些……"

"但是你没有，你没缺什么，你有你的好工作，你该高兴才对。"

"是吗，我该高兴。能坐在外面那个倒霉的地方，我该感激涕零。你好像不是太高兴，因为你只是偶尔过去看看母亲。法尔纳先生说的都是对的。我们被偷走了好多年的时间还一无所获，没有得到过片刻的安宁、快乐，没有假期，没有休息。"

"什么，没有假期。她可是从瑞士回来的，从最高级的饭店来的，可她却在抱怨。"

"我没有在任何人那里抱怨，可我倒是在整个战争期间一直听你在抱怨。瑞士的事情……正因为我有所亲眼目睹，才能有发言权。只到现在我才知道——别人都从我们这里夺走了什么——别人是如何摆布我们的生活的……我为了……"

克里斯蒂娜一下子变得很没有自信，感到那个陌生人直勾勾地看着她，很受启发的样子。她觉得很尴尬，觉得自己也许透露得太多了，她压低嗓音："我当然不想和别人相比，其他人当然做得更多。但是我们中的每个人都做了足够的事情，每个人都尽了自己的力。我从没说过什么，从没成为任何人的负担，从没抱怨过。但是要是你跟我说……"

"安静,孩子们!别吵架啊,"弗朗茨挤了过来,"你们这样吵来吵去又能有什么结果啊,我们四个人在这里无济于事。千万别谈政治,一谈马上就对立起来了。我们谈点别的吧,尤其给我留着这份高兴劲。你们根本不知道,我又看到他在我身边有多高兴,他就是再这么骂我,再这么训斥我,我也高兴。"

这几个人又心平气和了,就像风暴后空气更清爽了。

大家都享受了片刻的沉默和情绪放松,然后斐迪南从椅子上起身:"我现在得走了,把你的儿子们叫来,我还想再好好看看他们。"

孩子们被带进来了,他们好奇地吃惊地看着这个陌生男人。

"这是罗德里希,战前生的。我知道他。这边是老二,小儿子,就是所谓晚些时候生的,他叫什么?"

"约阿西姆。"

"约阿西姆!他难道不该叫另外一个名字吗,弗朗茨?"弗朗茨吃了一惊。"我的天啊,小斐尔德尔。我完全忘了此事了。你看看,奈莉,我没想起这件事,我们相互承诺,有朝一日我们回来要是有了孩子的话就互为教父。我把此事忘了一干二净。你不会生我的气吧?"

"我亲爱的,我觉得我们两个人永远也不会彼此生气的。我们要是想吵架的话以前有的是时间,但是你看,就是这个原因。我们都把那个时候给忘了,这事就了结了。也许这样更好呢,"——他抚摸着男孩的头发,眼里闪着善良的光芒,"也许这个名字不会给他带来什么好运。"

斐迪南现在完全平静下来。自从他接触了孩子,他脸上孩子般的表情就苏醒过来。他带着和解的意愿,没有一丝焦虑,走到弗朗茨的太太面前:"别见怪……太太,我知道我不是个讨人喜欢的客人,我已经注意到了,看到我这样和弗朗茨讲话您不怎么高兴。但是我们两个整整两年互相从头发里抓虱子,互相刮胡子,在同一个槽子里吃饭,在同一堆污泥里睡觉,我们要是相互客客气气彬彬有礼地讲话,那才是骗人的把戏呢。一个人要是遇到了一位老战友,以前的老话题还在,就算是我稍稍骂了他几句,那也是因为我一时不高兴。但是他和我都知道,我们永远不会真的疏远的。我就是想请您原谅,我明白,我要是现在走下楼梯,您会很高兴的。我敢保证,我理解您。"

奈莉掩饰着不满。斐迪南恰恰说出了她所想的。"哪里,哪里,不管您什么时候来,我都高兴,有人来对他是好事。您哪个星期天来吃饭吧,我们大家都会很高兴。"

但是这"高兴"二字说得有气无力,听起来也很假,斐迪南握住的手也是冷淡的陌生的。然后他无言地和克里斯蒂娜告别。有那么一秒钟她感觉到斐迪南的眼睛,好奇,温暖,然后他走向大门,弗朗茨跟着他。

"我送你到大门口。"

他们还没到外面,奈莉就猛的一下子打开窗户。"他们把这个屋子弄得这么乌烟瘴气,人都快要窒息了。"她带着歉意,对克里斯蒂娜说,一面在窗户板上敲着满是烟灰的烟灰缸,弄出很尖厉的声响,就像她的嗓音。克里斯蒂娜理解她的动作,她想随着打开这扇窗户把这个男人带进来的所有的东西全都留在外面。克里斯蒂娜看着眼前的姐姐感觉像个陌生人:她变得这么生硬,人特别瘦,特别单薄,她以前是多么轻快灵敏啊。这些都来自贪婪,现在她死死抓住这个男人就像抓着金钱。她都不愿意把她丈夫的什么拿给一个朋友一点点。丈夫必须完全属于她,顺从谦卑老老实实地干活攒钱,以便让她很快成为地区主席的夫人。克里斯蒂娜生平第一次带着鄙视和愤恨看着她以前一直非常尊敬和服从的姐姐,因为姐姐不理解她不想理解的东西。

幸好现在弗朗茨回来了。姐妹俩之间的寂静无声已经在房间中变得危险和凝重。他毫无把握地走近这两个女人。步伐很小,很轻,就像一个人踏进不安全的地面。

"你在楼下又和他嘀咕了很久,是吧,我的感觉是对的,我们恐怕要经常有这种享受了。一个人如果沦落到这个地步,就很想顺着楼梯爬到别人家里。"弗朗茨目瞪口呆地站在那里。"但是奈莉……你这是怎么想的啊,你根本不知道他是个什么样的人。他要是想捞点什么,他早就来了。从主管部门的日志中他完全可以得到我的地址。你难道不明白,恰恰因为他过得不好,他才没有来找我。他知道,他需要的一切我都会给他。"

"可不,只要有这些人,你就是大施主。我无所谓,你完全可以去见他,我不禁止你。但是在家里,我可受够了,你看看这,这个他用香烟烧的洞,看这地上,你朋友他都没有好好擦擦他的靴子,这必须得好好扫扫。行啊,要是你高兴和他来往,我不阻止你。"

克里斯蒂娜攥起手指,她为姐姐感到羞耻,她为姐夫感到羞耻,他就这么低三下四地站在那里,想冲着他老婆生硬的后背解释点什么。空气变得无法忍受。她站起来。"现在我也得走了,否则就赶不上火车了,你们别生气,我耽误了你们这么长时间。"

"哪儿的话,"姐姐说,"有空就来吧。"

她说这句话就像跟个陌生人说白天好晚上好一样。她们两人之间存在着一些陌生的东西,一个憎恨造反,另一个憎恨对方那里的安逸舒适。

克里斯蒂娜下楼的时候有种不确定的感觉,觉得那个陌生男人可能在楼下等着她。她徒劳地想把这个想法赶走,那个男人只是匆匆地好奇地看了她几下,没有和她说一句话——她完全不知道她是否希望这个举动,但是这个想法特别坚定,牢固得出奇,怎么也摆脱不掉,随着她走下一级一级台阶,这想法在她心里几乎越来越深地变成了一种坚信不疑。

她到楼下刚走出大门,那个灰色的斗篷就飘过大街,这个陌生男人站在她面前,一脸的不安和羞怯,对此她一点也不觉得吃惊。

"请原谅我在这里等您,小姐,"他突然说起话来,用的是一种不同的,好像是第二种声音,怯生生的、不好意思、相当克制,不像先前带着生硬、坚决、咄咄逼人的腔调——"但是我一直在担心,不知您……不知您姐姐是否会生您的气……我的意思是,因为我和弗朗茨说话的时候那么粗鲁,而您……您觉得我是对的……我真的非常遗憾对他使用那么强硬的语气——我知道你要是去一个陌生的家里,面对陌生的人是不能这样的,我发誓,我绝没有恶意,正相反……他是一个这么善良、老实的人,一个如此出色的朋友,一个特别特别善良的人,很难再找到这样的人……真的,就这么突然看到他站在我面前,我真是大吃一惊,我真想一把抱住他,亲吻他,或者向他显示一下我的高兴什么的,就像他展示给我看的……但是,您必须理解,我觉得特别不自在……在您和您姐姐面前不自在,在其他人面前表现得多愁善感,这看上去很滑稽……就因为我觉得不自在,就因为如此我才这么愚蠢地表示和他势不两立似的……我控制不住自己,我真的控制不住自己。我看他坐在那里,对他的大肚子、他的一杯咖啡、他的留声机一副心满意足的样子,就违反我的心意,忍不住非惹惹他激激他不可……您不了解他在外面的样子,曾经是个极端愤世嫉俗的人,从早到晚满嘴都是革命、摧毁旧制度和建立新秩序,现在我看到他那么老实地坐在那里,一副安居乐业、吃饱喝足的样子,对他的老婆、孩子、他的党和他那阳台上长着鲜花的公共住房一副心满意足的样子,散发出浓烈的小市民气……这就刺激我想折磨一下他,让他难受难受。您姐姐肯定以为我是因为他过得这么好而嫉妒他……但是我向您发誓,他过得这么好我只是为他高兴,就算我猛剋了他几句……这是因为……这恰恰是因为我很有兴致想捶捶他的肩膀或者挽起他的胳臂或者敲敲他的肚子,这个小弗朗茨,我就是在您面前觉得特别不自在……"

克里斯蒂娜不由得想笑出来。她理解这一切,也理解那个在老实的胖胖的姐夫的小胖肚子上善意而又有点讥讽地敲一敲的兴致。"不,"她说,想安慰一下斐迪南,"这些我立刻就理解了。我姐夫高兴的时候那么兴高采烈,真有点令人难堪,他恨不得把您裹在棉花里面,别让人家碰伤了您,我理解任何人都会不自在的。"

"这……您这么说让我很高兴。您姐夫一看见我就立马变成了另一个人……这是您姐姐根本不认识的人,她也不知道,我们像两个犯人似的白天黑夜一起关在一个牢房里,从那个时候我们就知道彼此那么多事情,自己的老婆都不知道那么多,要是我愿意的话,我随时都可以让他干任何事,他也能让我干一切事情。这点您的姐姐,她没有意识到,或者她也许没有正确意识到。她只是有所感觉,尽管我想把这些隐藏起来,假装我对他有火气或者嫉妒……我也许有很多火气,这是真的,但是我对任何人都没有嫉妒,我想说我指的是那种嫉妒,就是我想过好日子,而别人都该过得不好……我乐意看到每个人都快乐,只是当然……有人有时对自己说,看到别人穿着羊毛衣暖洋洋的……为什么我不能也这样呢……我没有办法,没人能有办法,对此您能正确理解我……我不是说,为什么不是我而是他……只是,为什么我不能也这样呢。"

克里斯蒂娜不由自主地站着不走了。她身旁的这个男人正好已经说出了她一直以来所想的一切。他把她只是模模糊糊感觉的都清清楚楚地说出来。不是从别人那里夺走什么,只是要求得到自己的权利,自己的生活,别人在屋里坐着的时候,自己别一直站在外面和下面,脚踩在雪地里。

斐迪南误解了她站住不走的意思,以为她不想他再陪着她了,以为她想和他分手了。他举棋不定地站在她面前,已经做了个动作想去摘帽子。克里斯蒂娜从头到脚看着他,追随着他做出的举动,然后飞快一眼就看到了他那双穿破的劣质鞋子、没有熨烫过的裤边已经开线的裤子,知道就是这一身破旧的衣服和贫困使得这个活力无限的男人在她面前如此不自信。就在这一秒钟她看到自己在饭店前面,感到当时她拎着箱子的手的颤抖,她理解斐迪南的不自信,就好像他们交换了身体。她马上产生了亲自去帮助斐迪南的需求——也就是通过这个人帮助她自己的需求。

"我现在得去火车站了,"克里斯蒂娜说,察觉到斐迪南惊了一下,这让她有点小小的自豪,"您要是想陪我的话……"

"哦,好啊,非常乐意。"声音里透着喜出望外,这让她感觉甚好。

现在斐迪南可以走在她身旁。但是他还在一再道歉。"我真够蠢的,我气我自己,不该那么做。不该当着您姐姐的面那么不着边际地说话,不着边际地想这想那的,她毕竟是他的太太,我跟她又不熟。照理我该先问问孩子们,他们成绩如何,上几年级了,就该说点和他们都有关系的话题。但是我看到您姐夫的时候如此震惊,把一切都忘了,心里一下子觉得充实,暖洋洋的,说起来他是唯一的一个了解一些我的身世和理解我的人……不是说我们特别合得来……他和我迥然不同,比我好多了,正派多了……我们的背景完全不同,他其实不理解我想要做什么和真正喜欢什么……但是我们就是被命运拴在一起,两年里一天又一天一夜又一夜,就像在一个孤岛上完全与世隔绝……我也许没法跟他解释所有和我有关的一切,但是他就是比任何其他人都能更好地感觉这一切。我们根本无须相互说话,我们只需面对面坐在一起。我走进屋子的那一刻就了解了他的一切——也许比他对自己了解的还多,他又明白了……所以他才那么尴尬,就好像我抓住他什么把柄,他觉得羞耻……我知道为了什么,可能是因为他的小肚子,或者是因为他变得如此循规蹈矩,活像个市民……就在这个时刻他又是那个人了,他太太不在场,您也不在场,我们恨不得甩开你们,就是为了说说话,我们恨不得说一夜的话——是啊,当然了,您姐姐感觉到这些了,然而,自从他知道我在这里,我知道他在这里,我们两个人心里就觉得更加温暖。我们感觉得到彼此,谁要是心里有什么事情,我们都有一个能够倾诉的人。因为其他的人——不,您是理解不了的,我可能解释不清楚,但是自从我在另一个世界待了六年后回来,就觉得自己是从月球上回来似的。和我以前生活过的那些人身上不知什么东西让我觉得特别陌生。当我和亲戚们或者祖母坐在一起吃饭的时候,我不知道该和他们聊些什么,我不知道他们因为什么而高兴,一切在我眼里都那么陌生,他们所做的也都毫无意义。就好比……你在马路上在一个玻璃墙后面看咖啡馆的人跳舞,你听不到音乐声。你不知道他们为什么按照一个你听不到的节拍如此转来转去,脸上还带着如此陶醉的表情。他们身上的某些东西,你就是不理解,而他们也不理解你,他们就会觉得你嫉妒或者心存恶意,但其实就是因为你不理解他们,他们也不再理解你……就好像你在说另一种语言,想要的东西和他们想要的不同……但是请您原谅,小姐,我在这里这么没完没了的胡扯,一切都毫无意义,我根本不要求您能理解这些。"

克里斯蒂娜又站住了直视着他。"您错了,"她说,"我完完全全理解您说的这些。我理解每个字。也就是说……一年前,也就是几个月前我还不会理解您,但是自从我回来以后,从……"

她思索了一下,但是在最后一刻还是克制住了。

她差点就开始向这个陌生人倾诉一切。她飞快地转换语气:"其实——我还得跟您说一下,我根本不是直接去火车站,之前我还得去我昨天过夜的旅馆取我的箱子。我其实昨天晚上就到了,而不是像他们以为的今天早上才到……我不想跟我姐姐说这个,我不在他们家过夜她该受伤害了,但是我不喜欢成为任何人的负担,我就想请求您……您要是和我姐夫聊天,别跟他提这事。"

"这是不言而喻的。"

她马上就感觉到斐迪南因为她的信任而感到喜悦和感激。他们一起去取箱子,他想拿起它,但克里斯蒂娜不让他做:"不,别用您的手,您自己不是说过……"她说不下去了,因为她意识到了斐迪南的羞耻。我不该这么说,不该表示我记着这可能对他是件难堪的事情。所以她还是让他拿着箱子。到火车站后还有四十五分钟发车。他们坐在候车大厅里聊着天。谈的都是些和他们自己无关的话题,谈她的姐夫、谈邮局、谈奥地利的政治形势、谈些琐琐碎碎的小事。他们两个完全没有任何亲密感,只是观点清楚,很有默契,她发现他具有条理清晰,快速领会别人意图的智慧,对此很敬佩。后来就到时候了,她站起来说:"我觉得我现在必须走了。"

斐迪南也站起身,有点吃惊的样子,他显然很难接受谈话就这么戛然而止,这让克里斯蒂娜感动,也很欣慰。她想,斐迪南今晚要孤零零一个人了,同时也感到一定的自豪,竟然出乎意料地又有一个人在这里在意她,而她,不就是一个无足轻重的人、邮局女助理、被人雇来卖邮票,给电报敲图章,连接电话通话,她这样一个人也有些价值了。斐迪南惊慌失措的脸唤起了她心中一阵同情,她突然想到什么说道:"其实我可以坐晚一班的车。十点二十分还有一班火车,这样我们还能散散步,在这儿随便什么地方吃个饭……我的意思是,要是您没有安排的话……"

克里斯蒂娜一面说出这话,一面享受着从这个男人明亮的眼睛里散发到整个脸孔的意外的喜悦和那听上去极度欣喜的声音:"哦,我什么安排也没有。"

他们把箱子寄存在火车站,花了一段时间沿着大街小巷漫无计划地走着。天上弥漫着一团蓝色的雾,九月的夜晚渐渐黑了下来,房子之间的路灯浮在那里像白色的小月亮。他们挨在一起缓慢地溜达着,说着散步时说的那些无足轻重的话。在郊区某地他们发现了一个便宜的小客栈,客人们还可以坐在外面,就在后院,那里装饰着一片片小小的人造树叶,每个桌子都由半透明的常春藤做成的墙分隔开。坐在那里既是单独相处但也不完全孤独,别人看得到却无法窥听;他们两个都因为还能在客栈花园找到一个空着的角落而高兴。围着院子是其他的房子,一扇窗户开着,一架留声机发出一曲不太清晰的华尔兹,听得到旁边桌子的笑声,看得到无比寂寥的酒鬼在静静地平和地咕嘟咕嘟地喝酒,每个桌子上都摆放着一盏风灯,像一朵玻璃花,好奇的黑色小昆虫围着它嗡嗡地叫。外面清凉舒适。斐迪南摘下帽子,现在他就坐在她对面,脸被安详的烛光照亮了,克里斯蒂娜能清晰地看到他的脸:脸上骨头木刻般轮廓清晰,有着蒂罗尔人的棱角分明,眼角和嘴边有些细小的皱纹,是一张紧绷的、严厉的但是多少有些历经沧桑的脸。但是这张脸后面在某种程度上还有第二张脸,就像他愤怒的声音后面有着第二个声音,这第二张脸在他微笑的时候就出现了,那时皱纹拉紧,闪闪发光的眼睛里倔强的表情消失了。然后就出现了男孩般的柔和,几乎就是一张孩子的脸,亲切、温柔,她不由自主地想到,姐夫认识的就是这样的他,他当时肯定就是这个样子。这两张脸在谈话的过程中奇妙地变化着。他一旦皱起他的眉毛或者使劲撇他的嘴,阴影就突然笼罩在脸上,就像一片云彩突然罩住了草地上的一片绿色,草地阴沉下来。奇怪,克里斯蒂娜想,怎么可以是这样,就像一个人身上有两个人。然后她就想起自己的变形和那面被遗忘的镜子,这面镜子现在在若干公里外的房间里照着别人。

侍者给他们送来他们点的简单的菜肴,两个杯子里是浅色的贡波葡萄酒。斐迪南拿起他的杯子,目光炯炯地看着她,高高举起杯想和她碰杯。但是当他直起腰要举杯的时候,响起一个细小的干巴巴的啪嗒声。一个松了的纽扣从他的外套上脱落下来,在桌子上翻滚旋转了一下然后掉到地上。这个小小的意外事件立即让他脸色阴沉起来。他想抓到它并藏起来,但是他一发现她也注意到了这个小小的事故,他就一下子变得尴尬、阴郁和不知所措。克里斯蒂娜试着不往那边看。这个微小的事情震撼了她。没有人惦记他关心他!出于直觉她立即意识到没有一个女人照顾他。先前她训练有素的目光已经发现他的帽子没有刷过,带子上落了厚厚的一层灰,她的眼睛也没有错过那条前面鼓鼓囊囊、皱皱巴巴、没有熨烫过的裤子,从她自己的经历她理解斐迪南的不知所措。

"您就把它捡起来吧,"克里斯蒂娜说,"我的包里总是放着针头线脑的,像我们这样的人必须自己做所有的事情,我在这马上就把这纽扣给您缝上。"

"可别。"斐迪南大吃一惊地说。但是他还是听话地弯下腰把这个逃跑的叛徒从石头子里捡起来,然后把纽扣藏在手里,迟疑不决,很不情愿地把它交给克里斯蒂娜。

"不,不,"斐迪南抱歉道,"这个我回家让人缝。"当她再一次坚持的时候,他一下子变得很激动。"不,我不想这样!我不想这样!"痉挛般地盖住外套上的另外两个纽扣。克里斯蒂娜不再坚持。她发现斐迪南感到羞惭。他们在一起那么好的气氛被破坏了,克里斯蒂娜突然从他那绷紧的嘴唇感觉到:现在他要说一些不好听的话。他要用某种方式变得粗鲁,因为他羞得无地自容。

果然,他发作起来了。斐迪南几乎完全缩起身体,挑衅地看着她。"我知道,我衣着不整,但是我不知道会有人盯着我看。穿着这衣服去养老院看人正好合适。要是我知道的话,我会穿得好一点,或者怎么说呢——这根本不是真的。事实是我没钱让自己穿得像模像样,我就是没钱,或者至少一下子没那么多钱。有一次我给自己买了一双新鞋,可是帽子又不行了,买了帽子,外套又破了,一会儿这个一会儿那个,我跟都跟不上。这到底是不是我的过错,我一点也不在意。您就记着我穿得很差就是。"

克里斯蒂娜动动嘴唇,但是她还没能说什么,斐迪南就已经又继续说了起来:"请别说什么安慰的话,我已经预料到您都要说什么了,您会对我说,贫困不是丢人的事情,这话不对,但要是你无法掩盖,贫穷还是丢人的事情,没有办法,你还是会羞得无地自容,就像你在陌生的桌子上弄了一块污迹后那样的无地自容。不管这贫穷是应得的还是不应得的,是正派的还是龌龊的,反正贫困总散发着臭味。对,它就是散发着臭味,就像底层的一间通往天井的屋子散发出的味道和人们不常更换的衣服发出的味道。你自己就闻得到,就仿佛你自己就是粪水。这是去除不掉,擦不干净的。你就是戴上顶新帽子也无济于事,就像你嘴里的口臭是从胃里发出的,你怎么漱口也没用。它就待在你身上依附着你,每个人只要摸你一下或者看你一眼就感觉得到。您姐姐马上就感觉到了,我了解女人看到一个脱线的袖扣时那种洞察一切的目光,我知道这对其他人是很尴尬的事情,但是见鬼,这对你自己其实是更尴尬的事情。因为你无法自拔,你无法躲开,你最多就是把自己灌醉,看这儿,"他拿起杯子示范性地喝得又快又猛——"为什么所谓的下层人当中相对来讲酗酒的更多,这可是巨大的社会问题,那些伯爵夫人们、女施主们在慈善协会喝茶的时候为此绞尽脑汁。在这几分钟或者几小时里,你是感觉不到,别人多么讨厌你,你自己也多么讨厌你自己。我知道和一个穿着这身衣服的人坐在一起被人看见不是什么特别的荣耀,对我自己也不是什么愉快的事情。您要是觉得不自在,就请说出来,千万别跟我讲礼数,别同情我!"

他向后挪椅子,似乎马上就要起身。克里斯蒂娜很快一把按住他的胳膊:"别这么大声!这和这些人有什么关系?请您靠近一些。"

他顺从地做了。挑衅的模样立即转变成谨小慎微的样子。克里斯蒂娜努力掩盖着自己对他的怜悯。"您干吗要自我折磨啊,您干吗要折磨我?一切都毫无意义。您真把我当成别人说的'贵妇人'了?我要是果真如此,就不可能理解您现在说的这些话,就会把您当成刺儿头,认为您不公正充满敌意。但是我理解这些,我要讲给您听为什么。请您挪得再近一点,旁边的人没必要听。"

她给斐迪南讲了她的旅行,她什么都讲了:怨恨、羞耻、激动、变形;第一次可以谈及自己醉心于财富,对她来讲是乐趣,但讲到离开的时候门房如何把她当作小偷拦住,就因为她自己拎着箱子穿着劣质的寒酸的衣服,这又是另一种不怀好意的自我折磨的乐趣。斐迪南安静地坐在那里一言不发,就是他的鼻孔紧绷着颤抖着。克里斯蒂娜感到,他把这一切都吸进自己的身体里了。他理解她就如她理解他一般,他们之间有一种在愤怒之中和被冷落的感觉中的休戚相关。正因为她打开了堤坝,洪水就再也止不住了。她讲的比她自己想讲的要多很多,她对她村子的愤恨、对那些被耽误的时间的怒火,她把一切都强烈地形象地倾吐出来。她从来都没有跟任何人这么敞开过心扉。

斐迪南一言不发地坐在那里,眼睛没有看她,越来越厉害地蜷曲起身体。"请您原谅,"他最终开口说话了,声音就像来自地下,"我那么愚蠢地冲您发脾气。我这个人总是动辄变得那么傻,那么狂怒,那么咄咄逼人,就好像我遇到的第一个人该对所有的一切负责似的,对此我真想抽我自己。就好像就我一个人倒霉。其实我知道我只是芸芸众生中的一个。每天早上去上班的时候,我看到其他人睡眼惺忪闷闷不乐地走出家门,脸上一副绝望的表情,我看到他们去工作,但他们并不喜欢那个工作,也不愿意做那个工作,那个工作也和他们没有什么关系。我又看到他们晚上坐上电车回家,目光呆滞步伐沉重,所有的人都莫名其妙地疲惫不堪,或者是因为一个他们并不明白的原因。只是所有的这些人对此都一无所知,对这样恐怖至极的毫无意义也不像我那样有如此强烈的理解和感觉。对他们来讲,取得成绩就是一个月多挣十先令,或者获得一个新头衔,获得另一个证章,或者晚上去参加他们的集会,听别人说什么资本主义世界即将毁灭,社会主义思潮将征服世界,也就再需要十年或者二十年就可以做到。但是我没有这么大的耐心。我等不了十年或者二十年。我三十岁了,其中的十一年都荒废了。我三十岁了,还不知道我是谁,还不知道这个世界存在的意义,看到的只是污秽、鲜血和汗水。我所做的只是一而再再而三地等待。我再也受不了这样身处底层,身处边缘,这会让我发疯,让我生病,我一直给其他人当小工,而心里清楚,我并不比那个发号施令的建筑师差多少，我和所有那些高高在上的人知道得一般多，拥有同样的肺，流淌着同样的鲜血，只是晚到了一步，正因为如此，我感觉到，这个世界从我破旧的鞋子下面溜走了；我从车上掉了下来，不管怎么奔跑也赶不上它了。我知道我什么都会——我学过一些东西，也许也不傻，在文科中学和教会学校曾经成绩第一，音乐也学得很好，另外还在一个来自奥维尔涅的神父那里学过法语。但是我没有钢琴无法练习，于是钢琴就荒疏了，没有人和我说法语，于是法语也荒疏了，我在科技大学规规矩矩地学了两年技术，而其他人都把时间浪费在社团活动上，在西伯利亚狗窝似的草棚里我继续劳作，但是我没有丝毫进展。我需要一年时间，一年不工作，就像为了跳得远你需要一段助跑……就一年，我就能出人头地，我不知道自己会到达哪一步，不知道怎么去做，我只知道，今天我还能咬紧牙关使尽全身的力气十小时十四小时地学习——再像现在这样混几年，我就和其他人毫无两样，我就会疲惫不堪，会心满意足，就会安于现状，就会说：完了！都过去了！但是今天我还不能这样，今天我痛恨所有那些心满意足的人，他们让我冒火，我有时必须在口袋里把拳头紧紧攥起来，这样才不会往他们那透着日子过得有滋有味的脸上狠狠打上一拳。这儿，您看，旁边那三个人。我跟您说话的整个时间里他们都让我生气，我不知道为什么，也许是出于嫉妒，因为他们这么愚蠢地开心不已，这么小市民般地自娱自乐。您仔细端详一下他们，他们就在那边，一个可能是布匹店里的伙计，整天都给顾客拿来店里的一捆捆布匹，点头哈腰地，嘴里唠叨着'最近式样，一幅一米八，真正的英国货，结实、耐用'，然后他把那匹布扔回去又拿来新的一匹，然后又是另外一匹，然后再拿来一些辫形带和流苏，晚上回家觉得自己活得挺有意义，另外两个人，其中一个可能在海关或者邮政储蓄所工作，一整天都在打着数字,十万、百万的数字、利息、利滚利、借方、贷方,不知道这些钱都是谁的,不知道谁是付钱的,谁是欠钱的,以及为什么,不知道谁是拥有者以及为什么,他就是什么都不知道,晚上回家还觉得自己活得挺有意义;第三个人,我不知道他在哪儿工作,在市政府或者随便某个地方,但是从他的衣袖我看得出来他也是整天抄抄写写的人,在同一张木桌上用同一只有活力的手不停地写。但是因为今天是星期天,他们往头发上涂了发油,脸上流露着愉悦。他们去看了场足球赛或者赛马什么的或者和一个女孩厮混,现在他们相互讲述着,每个人都炫耀着自己多么聪明、多么机灵、多么能干——您就听听他们笑得多舒心、多惬意、多滋润,这些星期天休假的机器们,这些借来干活的牲口,您听听他们笑得多热烈多畅快啊,这几条可怜的狗,就是因为人们把他们从链子上解了下来,他们就觉得整个屋子和整个世界都属于他们了;我真想一拳打在他们脸上。"

他沉重地呼吸着,"我知道,这都是无稽之谈,挨打的那个人总是不该打的,世上的事总是很不公平。我知道他们就是可怜的狗,一点也不傻,他们做的就是最聪明的事情:他们随遇而安心甘情愿。他们让自己渐渐死去,然后就毫无感觉了,但是我这个傻瓜总恨不得把这些心满意足的小人中的每个人都狠狠揍一顿,让他还原成一个人——也许只有这样我自己才能待在一帮狂徒当中而不是完全孑然一身。我知道,这是很愚蠢的,我知道,我这样会切到自己的肉里,但是也只能这样,这凶恶的十一年让我浑身浸透了仇恨,这仇恨从我的嗓子眼一直压迫到嘴唇。马上就会从嘴里喷涌出来,我不管在哪里都会飞快跑回家或者跑到大众图书馆里。但是我已经不再有阅读的快乐了。现在写的那些长篇小说跟我毫无关系。那些小儿科的故事,汉斯如何追到格蕾特,格蕾特又是如何追到汉斯,宝拉如何欺骗约翰,约翰又是如何欺骗宝拉,跟我有屁个关系——那些有关战争的书籍——谁也不必给我讲这些故事,自从我知道学什么也没用,我也就不再有认真学习的劲头,你要是没有大学的证书不可能有前途,而我拿不到这个证书,因为我没钱,我也挣不到钱,就这样我就怒火中烧,把自己像个咬人的动物一样关在门外。你毫无抵抗能力地对抗着一个连你自己都看不见摸不着的东西,你对抗的东西来自人,但不是来自一个你能够怒斥的个体,没有什么比这样更让你火冒三丈的了。那个弗朗茨他懂这个。我只要提醒他,我们有时夜里躺在我们的棚屋里哀号,因为愤怒手指抠到泥土里,我们出于愚蠢的恶意打碎瓶子,我们还想到过用斧子杀死那个可怜的尼古拉,就是那个老实的警卫,他其实是我们的朋友,好心肠、一声不吭,但是就是因为他是所有那些看管着我们的人当中唯一能抓得到的,就仅仅是因为这个我们想杀他。嗯,就是这样,现在您理解为什么我看到弗朗茨会那么兴奋了吧,我已经想不起来还会有人能理解我了,但是我马上就感觉到,他理解我——然后就是您。"

克里斯蒂娜抬起眼,感觉到他的目光死死盯着她。马上斐迪南又不好意思了。

"请您原谅,"他又用那种不同的声音说,这声音柔和、怯生生的,音量不大,和他那强悍的、富有挑衅性的愤怒奇特地形成鲜明的反差,"请您原谅,我不该讲这么多有关自己的事情,我知道这很没有教养。但是也许我整整一个月跟所有人的讲的话加起来也没有跟您说的那么多。"

克里斯蒂娜出神地看着风灯。它微微颤抖着,一阵凉风让火苗抖动起来,那蓝色的心形灯芯突然向上蹿起一条窄窄的火舌。然后她回答道:"我也没说过那么多。"

他们有一阵都没有说话,那个意想不到的痛苦而紧张的对话让两个人都精疲力尽。旁边的桌子已经灭灯了,院子里的窗户黑了,留声机沉默了。侍者引人注目地匆匆从旁走过,收拾旁边的桌子,现在他们想起了时间。

"我觉得我现在必须走了,"克里斯蒂娜提醒斐迪南,"我最后那班火车十点二十分开车,现在几点了啊?"

斐迪南生气地看着她,但是就一会儿的工夫,然后他微笑起来。

"您看,我已经在自我改进了,"他几乎快活地说,"您要是一个小时前问我的话,我身上那个咬人的野狗就会立即向您扑过去,但是现在我跟您就像跟一个战友,就像跟弗朗茨那样说话:我把我的表当掉了。并不完全为了钱,这其实是一块很精致的表,金质的还镶着钻石。有一次大公爵出猎,我父亲准备了所有的食物,还亲自下厨,一切都办得尽善尽美,为此获得了大公爵赠予的这只表,您能理解——您什么都能理解,要是在一个建筑工地拿出这样一只镶着钻石的金表,看上去就像黑人穿着一件燕尾服。另外,我住的那个地方,搁着这样一只表也不安全,但是我并没有想把它卖掉,这在一定程度上还是一份救急干粮。我就把它抵押给当铺了。"

他冲着克里斯蒂娜微笑着,就好像自己做了一件了不起的事情。"您看——我把此事就这么心平气和地说给您听了,我还是有些进步吧。"

他们之间的气氛又清爽起来,就像雨后的空气。那种拘束紧张的气氛消除了,随之而来的是精疲力尽的感觉。他们相互注视着,不再那么小心谨慎,缩手缩脚,而是相互信任。突然有了一种类似友谊和抚慰的感觉。他们沿着马路朝火车站走,现在走恰到好处,黑暗蒙住了房屋那好奇的黑色眼睛,那被烤热的石子重又散发出清凉。他们离目的地越近,他们的步伐就越紧张和仓促:他们相处在一起形成的那种柔和和紧密的氛围之上悬挂着闪闪发光的离别之剑。

克里斯蒂娜去买火车票。她一转身看到斐迪南的面孔。这张面孔又突然变了样子,额头下一层阴影笼罩着他的眼睛,她曾经非常愉悦地感受到的充满感激的光亮熄灭了,斐迪南刚拉紧他的斗篷,好像他觉得很冷,他以为没人注意到——同情心又涌上克里斯蒂娜的心头。"我很快就会再来的,"她说,"也许就是下个星期日。要是那时您有时间的话……"

"我总是有时间的。这差不多就是我唯一拥有的大把的财产了,但是我不愿意……我不愿意……"斐迪南欲言又止。

"您不愿意什么?"

"我不愿意……我只是想说……不愿意您专门为了我这么劳神费力……您对我这么好……我知道和我在一起不是什么开心的事情……但是也许在火车上或者明天您就会对自己说,凭什么被别人的哀叹耽搁啊,我知道我自己就是这样的——谁要是跟我诉说他生活中的艰辛,我会好好倾听,我会很受触动;但是等他离开了,我就对自己说:去他的吧,他的烦恼和我有什么关系,我们每个人自己的烦恼就够多的了……就是说,我不愿意您强迫自己或者让自己这么想,该帮帮他,我自己一个人就能够搞定我自己……"

克里斯蒂娜眼睛看着别处。她不忍心看到斐迪南这样对自己撒气。这让她难受。但是斐迪南误解了她的举动,以为她受伤害了,在那愤怒的生气的声音之后又小声地怯生生地出现了那第二种声音,就是那种男孩子般的声音。"我当然觉得……我肯定会特别高兴……但是我只是想到万一……我想说的只是……"

他因为没有把握而结结巴巴,带着一种孩子般惊慌失措的表情看着克里斯蒂娜,像是在请求原谅。她理解他的结结巴巴,她明白这个性格刚烈、热情奔放,因为羞愧而扭曲的硬汉子其实想请求她再次前来,就是没有这个勇气。

一种母爱和同情交融的感觉从她心底油然而生,她有种好好安慰一下这个备受屈辱的人的需求,想要做一个什么动作、说一句什么话鼓舞一下他那刚毅的傲气。她恨不得抚摸抚摸他的额头或者说:"你这个傻孩子。"但是她担心,这会如此容易地伤害他,因为他太敏感。她不好意思地说:"很遗憾——但是我觉得我现在真的得走了。"

"您真的……觉得遗憾吗?"斐迪南固执地追问她,充满渴望地盯着她,他那无助的存在暴露出他一个人独处的绝望,他就这样站在那里,克里斯蒂娜已经预感到,他会孤零零一个人站在大厅里,绝望地目送着那列火车带着她离去,一个人在这个城市里,一个人在这个世界上,她感觉得到,斐迪南把他情感的整个重心都依附在她身上。这个女人深感震撼,她身上人性的深处又一次有了被追求的感觉,这感觉比以前被任何人追求时都强烈,她的心灵和感官上都给了她这样一种美妙无比的证实。终于她又有了被爱的感觉,这可真好,她的内心突然萌生了一种渴望,要为这种快感做出回报。

她做出了一个决定,像闪电般快,都来不及思索。就是猛的一下子,就是一刹那间。她转身走到斐迪南面前说,好像经过深思熟虑(但其实就是无意识中做的决定):"其实……我还是可以和您待在一起的,然后明天坐五点三十分的早班车,这样我也能及时赶去上那个愚蠢至极的班。"

斐迪南直愣愣地看着她。她从没有意料到一双眼睛可以突然如此光芒四射。就像是一根火柴在一间漆黑的屋子里点燃,一切都亮起来了,一切都在它的光照之下。斐迪南明白了,靠着烛照一切的直觉他一切都明白了。突然间他鼓足勇气抓住她的胳膊。"好的,"他说,脸上闪着光,"好的,您留下来吧,您留下来……"

克里斯蒂娜毫不反抗,由着斐迪南挽着她的胳膊把她带走。这手臂既温暖又强壮,颤动着,因为快乐而瑟瑟直抖,这个颤动也不由自主地转移到她身上。她问也不问他们去哪儿,为什么要问,现在一切都无所谓了,她已经决定了。她把她的意志抛到九霄云外,自愿地享受着这种以身相许的感觉。她心里的一切,意志也好,思维也罢,都是放松的同时也处于关闭状态,她不去想,她是否爱这个素昧平生的男子,是否对他有生理上的冲动,她享受的只是对意志的随心所欲,对情感的玩世不恭以及得到解脱的快感。

对于就要发生的事情她概不关心,她只是感觉到一只引领着她的手臂,她毫无意识地由他领着,就像水中漂浮的木头,享受着迅疾的速度中那种目迷神眩奔腾不息的快感。有时候她闭上眼睛,就是为了让自己更完整地感受这种被人引领的感觉、这种被渴望的感觉。

然后又一次出现了一个紧张的时刻。斐迪南停下脚步变得无比渺小。"我很喜欢您……真想请您上我那儿去……但是……这不行……我不是一个人住……必须经过另一间屋子……我们其实可以去别的地方……去一家饭店……不是您昨晚住的那家……我们可以……"

"行,"克里斯蒂娜说,"行。"但是不知道该去哪里。饭店这个字没有给她带来恐惧的感觉,而是赋予她一种新的光辉。像是透过一层云彩她眼前浮现出那闪闪发光的房间、那熠熠生辉的家具、那汹涌澎湃的夜的寂静、恩加丁那雄伟的气势。

"行,"她说,"行。"这话来自顺从的爱情汇成的梦幻。

他们继续往前走,穿过越来越狭窄的街道。斐迪南看上去不是很有把握,一直在小心翼翼地打量着每个房子。终于他在一盏隐藏起来的小灯映照下朦朦胧胧地看到一幢小房子,挂着一个发光的牌子。他麻利地带着她进去,她没有反抗。然后他们就穿过那个犹如黑色坑道的大门。

他们走进一道走廊,那里好像故意只亮着一只昏暗的灯泡。一个门房,脏兮兮、乱糟糟的模样,从一扇玻璃门走出来,就穿着衬衫。两个男人嘀嘀咕咕了几句,好像在做什么违禁的生意。两个人的手里轻声响着什么,不是钱就是钥匙。这期间克里斯蒂娜一个人站在半明半暗的走廊里盯着那坑坑洼洼的墙,无可名状地大失所望,凝望着这寒碜至极的洞穴。她不想想起那些,但是回忆就像一种强迫,驱使她想到另一家饭店的大门(对饭店这个字的联想激起了回忆)、闪闪发光的玻璃、冷却过的发出强烈亮光的灯、财富和舒适。

"九号房间,"门房大喇叭似的高声叫道,同样高声地补充着,"在二楼。"就好像他想让那里的什么人听到似的。斐迪南走到克里斯蒂娜身边拉着她的胳膊。克里斯蒂娜哀求地看着他:"咱们不能……"她不知道,她想说什么。但是斐迪南从她的眼神里看到了恐惧和逃跑的意愿。"不能,他们都是这样……我真不知道还有其他……我不知道。"然后他拉着她的胳膊扶她上楼。这是必要的,因为她觉得一把刀把她的腘窝给切断了,身上的每根筋都瘫痪了。

一个房间的门开着。女仆从屋里走出来,也同样脏兮兮的,一副睡眠不足的样子,"马上就来,我只是飞快地去取一下干净的毛巾。"他们走进房间,迅速把身后的门关上。这个只有一个窗户的长方形的房间小得可怜,屋里只有一把椅子、一个挂衣钩、一个盥洗台,除此之外就是那张宽大无比的床,特地放在那里,给人无耻下流的感觉,就好像它知道这是这里唯一的一件重要的家具。它就那么占据了整个狭小的房间,目的性之强让人羞耻不堪。你根本无法避开它,也不能绕着它走,你无法对它视而不见。空气里有股发霉的馊味,来自冷下来的香烟味、质量差的肥皂和其他什么发出酸溜溜怪味的东西。克里斯蒂娜不由自主地紧闭着嘴,这样可以不吸进去这些味道。然后她怕自己会因为反感和恶心而昏厥过去。她疾步走到窗前拉开窗户,像是刚从一个有毒的矿井里给救了出来,呼吸着那涌进来的清凉、新鲜、未曾弄脏的空气。

有人轻声敲门。她吓了一跳,但是只是那个女仆,她走进来把干净的毛巾放在盥洗台上。她看到这个陌生的女人在亮着灯的房间里打开了窗户,小心翼翼地说:"办事的时候请把窗帘放下来吧。"然后就很有礼貌地走了出去。

克里斯蒂娜站在窗前没有动窝。这个"办事的时候"对她触动很大,大家就是为了这事来到这种偏僻胡同里的房子,来到这种臭气熏天的洞穴;只是为了这事。也许——她心里一惊——斐迪南也认为她就是为了这事来的,就是为了这事。

她的面孔执拗愠怒地冲着街道,尽管斐迪南看不到她的脸,仍然可以从她身体痉挛地朝前弯曲的侧影看到她的双肩在抖动,斐迪南理解她的恐惧。他温柔地走近她,生怕说一句话就会伤害她,他用手温柔地抚摸着她,从肩往下,一直往下,直到他找到那冰凉颤抖的手指。克里斯蒂娜感觉到他想安抚她。"请原谅,"她说,并没有转过身体,"我就是突然头晕得厉害。很快就会好的。我就还需要呼吸一点新鲜的空气……只是因为……"

克里斯蒂娜其实不由自主地想说:因为我这是第一次看到这

样的房子,这样的房间。但是她咬紧嘴唇,他无须知道这个。她突然转过身,关上窗户并且命令道:"请您关上灯。"

斐迪南扭动一下开关,黑夜一下子涌进来灭掉了所有的轮廓。最可怕的东西不在了,那张床不再那么厚颜无耻地等在那里,只是在这个松散的房间里显露出白色和不确定的光线。但是恐惧依然存在。现在克里斯蒂娜在寂静中一下子听到了各种细小的噪声,噼噼啪啪的声音、呻吟声、笑声、嚓嚓的声音、光着脚走路的声音以及不知哪里汩汩流动的水声。她感觉到这个房子里充满了陌生和淫乱的活动,唯一的目的就是男女交配。就像一层霜冻,她感觉这种恐惧正一层一层渗入她的身体。起先这种恐惧只是掠过皮肤,然后就侵袭到周身的关节,使之僵硬,现在这种恐惧接近大脑和心脏了,因为她感觉到自己无法再思考再感觉,一切都无所谓、没有意义和全然陌生,就连这个离她这么近的陌生男子的陌生的呼吸也是如此。幸运的是这男子的动作非常温柔,一点也不强迫她,他就是让她坐下,他们两个人现在就这样穿着衣服紧挨在一起坐在床边,没有说话,就是他的手一再抚摸着克里斯蒂娜衣袖上的布料和那只裸露的手。他耐心地等待着,看那恐惧是不是愿意从她身边走开,把她封冻住的惊愕是不是愿意化解。这种谦卑、这种低三下四的神气感动了克里斯蒂娜。当他最终搂住她的时候,她没有反抗。

就连斐迪南那热烈的激情的拥抱也无法完全粉碎她的恐惧。这霜冻已经集结得太深,他无法触及到它。克里斯蒂娜的内心并没有完全放松,身体并没有完全陶醉,而是在抵抗。斐迪南脱去她的衣服,她感觉得到他的身体,赤裸、强壮、温暖、激动不已,她同时感觉到那陌生的潮湿的床单像一块湿乎乎的海绵。她被那个男人的温柔包围着,同时感到正在进行的事情中自己被贫困和悲催所玷污。她的神经抖动着,斐迪南想把她拉到身边,她却感到自己想逃走,并不是想逃离这个激情燃烧的男人,而是逃离这幢房子,逃离这幢人们用钱就可以像动物似的进行交配的房子——快,快,下一个,下一个——在这里贫穷的女人把自己卖给下一个客人就像卖掉一枚邮票或者一份报纸似的。那凝重的、油乎乎的、潮湿的、关闭的空气,那来自陌生皮肤、陌生热度和陌生性欲的雾气都窒息着克里斯蒂娜的肺部。她深感羞耻,并不是因为她的以身相许,而是因为这样隆重的事情竟然发生在这样一个令人作呕和屈辱的地方。她的神经在这样的反抗下越来越紧张。突然从她身体里爆发出一阵呻吟、一阵因为失望和怨恨而压抑着的哭泣,这哭泣在一阵阵颤抖中侵袭着她赤裸的身体。斐迪南躺在她身边,这抽泣也冲击到他的身体。他觉得这就像是一种谴责。为了让她平静下来,他不断地用手沿着她的肩膀抚摸着她,一句话也不敢说。克里斯蒂娜感觉得到他有多么的绝望。"别管我,"她说,"这就是一种愚蠢的痉挛。你别担心,马上就没事了,只是因为……"她停顿了一下,只是在喘气。"别管它,这和你没有关系。"

斐迪南沉默着,他对一切也都一清二楚。他理解克里斯蒂娜的绝望、她那强烈的肉体上的绝望。但是他实在不好意思说出真相,他之所以无法找一家更好的旅馆住一间更好的房间是因为他身上只有八个先令。要是这钱不够付这个房间的话他已经准备把他的戒指给门卫。但是他不能也不想谈钱,所以他宁愿沉默,等待,耐心地等待,忍受着屈辱,一声不吭,等待着惊恐最终从克里斯蒂娜身边消失。

凭借着高度敏感的感官,克里斯蒂娜的听力格外好,总能听到来自旁边、上面、下面以及走廊的噪音,不是脚步声就是笑声、咳嗽声和呻吟声。旁边肯定有人和一个微醉的人在一起,此人总是奇怪地大喊大叫,然后你又能听到拍打赤裸的肉体的声音和一个粗俗的女人发出的嬉笑声。这真是让人无法容忍,她身边唯一的同盟者越一言不发,她听到的噪音就越多。一阵恐惧袭来,她突然冲着斐迪南粗暴地说:"求你了,说话啊!给我讲点什么!这样才能让我听不到那些从旁边传来的声音,哦,这里真是恐怖至极。这是一个可怕的房子啊,我知道这是什么房子,但是我真是害怕极了,我求求你说话,给我讲点什么,只有这样我……我才听不到……哦,这里真是恐怖至极!"

"好的,"斐迪南深深地呼吸一下,"是恐怖至极,我真惭愧把你带到这里。我真不该这么做……我自己并不知道是这样的。"

斐迪南温柔地抚爱着她的身体,她体会到这里面的好意而且觉得很温暖。但是这并没有消除让她一再不寒而栗的恐惧。她不知道她为什么这么发抖和抗拒。她的关节在不停地抽搐,这张潮湿的床、旁边淫荡的窃窃私语以及整个这所房子都让她一再地恶心反胃,她努力想去抑制,但是就是做不到。恐怖的感觉一再侵袭她的身体。

斐迪南俯身冲着她:"请相信我,我知道这对你肯定特别恐怖。这个我自己也经历过一次……恰恰是我第一次和一个女人在一起……这个我是不会忘记的。那时我在团里,刚被俘虏,还什么都不知道,其他人还有你姐夫,他们总是嘲笑我因为……他们总是一再地叫我处男,我不知道这是否出于恶意,我不知道这是否出于绝望,但是他们总是没完没了地跟我说这件事……唉,他们从早到晚就知道谈论这个,他们一再地议论女人,不是说这个女人就是那个女人,总是说那是什么样子的,每个人都讲了不下上百次,你都背得下来了。他们还有图片或者他们干脆自己动手画那些恐怖至极的画,也就是那些囚禁的俘虏画在墙上的那些画。老听这些,我觉得挺恶心,不过,当然……我已经十九岁,二十岁了,这个还是很刺激你的而且让你生病。然后就革命了,我们被继续送到西伯利亚,当时你的姐夫已经走了——我们像一群羊似的被人押来押去,直到一天晚上,一个士兵坐到我们身边,他本来是来看守我们的,但是你又能跑到哪里去啊?……他照顾我们,很喜欢我们……今天我眼前还能看到那张像是用锤子凿出来的宽宽的面孔,上面长着一个粗大的鼻子和一张善良的、咧得很开的大嘴……是啊,我想说什么来着……对了,就在一个晚上他像个兄弟似的坐到我身边,问我有多久没有过女人了……我当然不好意思说,'从没有过'……每个男人都不好意思这么说。"(每个女人也是,克里斯蒂娜想)"所以我就说:'两年。''Boze moi！'①这个善良的好人吃惊地大张着嘴,今天我还能看见这个老实人吃惊的样子……他马上移动身体更靠近我,轻轻抚摸着我就像抚摸一只小羊羔:'哦,你这个小可怜,你这个小可怜……你这样会生病的……'他一再地抚摸着我,我看得出来他在紧张地思索着。思考,一个思绪一个思绪地整理着,这对这个脑子迟钝身材笨重的赛尔盖伊是件非常艰难的事情,比抬起一根树干还要艰难。思考的时候他整个的面孔都发黑了,眼睛非常深沉。最后他说话了:'等着,小兄弟,我会处理的。我给你找个女人。村子里有很多,不是士兵的女人就是寡妇,我带你去一个人那儿,晚上的时候。我知道,你不会逃跑的。'我没说行,也没说不行,我没有兴致,没有欲念……这又能这样呢……一个头脑简单、动物般的农妇,但是就那么一次感觉一下人体的温暖,感觉一下和一个人的结合……只要别可怕地一个人待

---

① Boze moi,俄语的德文读音,即俄语"боже мой","我的天啊"之意。

着,只要……我不知道你是否理解？……"

"是的,"克里斯蒂娜呼吸一下(她调整一下呼吸),"我理解。"

"还真是的,晚上他来到我们的棚屋。按照我们的约定,他轻轻吹口哨。外面的黑暗中站着一个女人,个子不高,肩膀很宽,色彩斑斓的头巾下,头发像油一样油腻。'就是他,'赛尔盖伊说,'你想要他吗？'那个小个子女人用那双细长的眼睛犀利地看着我。然后她回答道'好的'。我们三个人一起走了一段路,他陪着我们。'他们把他拖到这么远的地方来,这可怜的小伙子,'那女人遗憾地对赛尔盖伊说。'压根没个女人,总是孤零零地在男人堆里,这可怜的小伙子……哦,哦,哦。'这些话听起来很善良很深沉,让人听着很温暖很愉快。我知道她是出于同情才要我的而不是出于爱情。'他们枪杀了我的男人,'然后那女人说,'他像棵桦树那么高,壮得像头年轻的熊。他从来没有喝醉过也从来没有打过我,他是村里最好的人,现在我和孩子们和婆婆住在一起,上帝对我们很严厉。'我跟着她去她家……这是一间屋顶上铺着稻草的白色小屋,窗户紧闭着,她的手拉着我,走进小屋,烟雾迎面扑来,侵蚀着我的脸。空气浓重炎热,就仿佛置身一个有毒的矿井。她拉着我继续往里走,炉子上面是铺,我得爬上去;突然有什么东西动了一下,我吓了一跳。'是孩子们。'她安慰地说。直到现在我才感觉到这个屋子里充满了陌生人的气息。有一次传来咳嗽声,她又安抚着我的惊慌:'是奶奶,她病了,胸口老透不过气来。'房间里所有人的呼吸和臭味,我不知道我和多少人在一起,是五个还是六个,所有这一切都让我目瞪口呆。要和一个女人做那种事情,而房间里还躺着孩子们和老母亲,我不知道是她的母亲还是她的婆婆,这简直太恐怖了。她不理解我的犹豫,她蹲在我身旁,悲伤地帮我把鞋脱掉,轻轻地温柔地帮我脱掉大衣,她抚摸着我的皮肤就像抚摸一个孩子,她对我真是好得令我感动……然后,她慢悠悠地,又充满渴望地把我拉到她身边。她的乳房巨大、柔软、温暖,就像刚出炉的面包,她的嘴唇很温柔,静静地吮吸着我的嘴唇,她的动作感人,谦卑,低三下四的……她真的很令人感动,我很喜欢她,对她抱有感激之情,但是恐惧令我窒息。每当一个孩子在睡梦中动一下,生病的奶奶呻吟一声,我都觉得无法忍受,天还没亮我就逃出去了……我有一种动物般的恐惧,怕看到孩子们的目光,怕看到老人那生病的眼睛……一个男人睡在这个女人旁边,她肯定觉得这一切都很自然,但是我……我不能,我逃走了。她送我到大门口,像头家畜一样温顺,她令人感动地对我说,从此她就属于我了,她还把我带到牛棚给我挤奶喝,那牛奶热气腾腾的非常新鲜,给我面包让我路上吃,还给我一个烟斗,这肯定是她丈夫的,然后她问我,不,她哀求我……这真是一个低三下四、恭敬无比的请求:'你今天晚上还会来吧?'……但是我再没有去过,那个小屋烟雾弥漫,里面有孩子们和奶奶,地上还爬着什么小动物,一想到这个我就毛骨悚然……但是我还是很感激的,今天我想起她还心存某种爱意……她如何从牛的乳房里挤奶,如何把面包递给我,如何把她的身子给了我……我知道,我再也没去找她,肯定伤害了她……其他人,他们都不理解……所有的人都羡慕我,他们得多可怜多寂寞才会羡慕我。每天我都下定决心,今天去找她,而每次……"

"上帝啊,"她喊道,"出什么事儿了?"克里斯蒂娜一下子跳起来侧耳倾听。

"什么事也没有。"斐迪南想说。但是他自己也吓了一跳。突然外面走廊里有动静,大声说话的声音、噪音、喊叫声,乱成一团,有人叫喊着,有人笑着,有人发着命令。是出事了。"等一下,"斐迪南说,从床上一跃而起。一分钟内就穿好了衣服,站在门边倾听着:"我去看看出什么事了。"

是出事了。这家低级旅馆里,人们一直以来总是悄声耳语轻手轻脚的,现在突然喧哗起来,发出难以解释的陌生声响,就像一个熟睡的人突然从一个噩梦中惊醒,唉声叹气、大喊大叫、呻吟着直跳起来。有人按门铃、有人敲门,有人楼上楼下跑来跑去,电话铃声丁零丁零响起,笨重的脚步走来走去,窗户当啷当啷地响。有人喊着,有人说话,有人询问,一下子一片混乱,尽是些不属于这家旅馆的陌生声音,陌生的手指节骨在砸门在敲门,硬邦邦的脚步取代了光脚没有穿鞋的步子。是出事了。一个女人狂叫起来,男人们大声激动地争吵着,什么东西倒了,是把椅子,外面一辆汽车轰隆隆地行驶着。整幢房子都闹翻天了,人们激动万分,克里斯蒂娜听到房顶上有急促的脚步声,旁边那个喝醉的男人在大声地忧心忡忡地冲着他的女朋友说话,就连左边和右边的房里也有椅子挪动,钥匙咯哒咯哒作响,从地下室到顶楼板整幢狭窄的房子都在嗡嗡作响,全楼变成人形蜜蜂的蜂巢,每个房间都成了蜂房。

斐迪南回来了,面色惨白,表情紧张,嘴巴左右两旁现出两道深深的皱纹。他因为激动而发抖。

"怎么了?"克里斯蒂娜还窝在床上,问道。斐迪南打开电灯,克里斯蒂娜为自己半裸着而吓了一跳,不由自主地把被单拉到胸前。

"没什么,"这一声就像从牙齿缝里挤出的恶意的哨音,"一个巡逻队,在检查这个旅馆。"

"谁啊?"

"警察!"

"他们也会来我们这儿吗?"

"也许,有可能。但是别害怕。"

"他们会对咱们怎么样吗?……因为我和你在一起?……"

"不会,别害怕,我带着我的证件,楼下我也做了正确的登记,别害怕,我会搞定一切的。我从法沃里滕我住的男子公寓见识过这个,只是例行公事……不过……"他的脸又完全阴沉下来一副很生硬的样子,"不过,这些例行公事总是仅仅针对我们。有时候他们会叫一个可怜虫彻底破产。他们只会在夜里搜查像我们这样的人,他们只会把我们像狗一样到处追捕……但是别害怕,我会处理好一切的,只是……你现在把衣服穿上吧……"

"关上灯。"克里斯蒂娜依然非常不好意思,她需要使尽全身的力气才穿上那几件单薄的衣服。她的关节沉重如铅。然后他们又坐在床上,她已经一点力气也没有了。到这个恐怖的房子的第一秒钟起她就感觉恐怖笼罩着她全身,现在又是这种感觉。

楼下不断有敲门的声音。他们从底层开始,可以听到他们一个房间一个房间地检查着。每次楼下陌生的手指节骨敲着坚硬的木头,她就感觉这个撞击一直敲进了她那受到惊吓的心脏。斐迪南坐在她身边抚摸着她的手。"都是我的错,原谅我。我应该想到这个,但是……我不知道还有什么别的地方,我想……我太想和你在一起了。原谅我。"

他一直在抚摸她的双手,但是它们还是冰冷的,受到剧烈震撼的身体传来的寒战的影响。

"别害怕,"斐迪南安慰着她,"他们不会把你怎么样的。要是……那帮遭天谴的狗中间要是有谁敢无礼的话,我就会给他们点颜色看看。我不会轻易让他们为所欲为的,我也不是白白地在烂泥里滚了四年,现在还要让这帮穿制服的执勤人员欺负,我会好好教训教训他们的。"

"不要,"克里斯蒂娜胆怯地请求着,她看到斐迪南后退着,捣鼓着左轮手枪的盒子,"我求你,安静地待着。你但凡有一点喜欢我的话,安静地待着,我宁愿……"她说不下去了。

现在脚步上楼了。他们好像已经离得很近了。斐迪南他们的房间是第三个。这些人从第一个房间开始敲门。他们两个人屏住呼吸,从那扇很薄的门可以听到每个声响。第一个房间很快检查完了,现在来的人就在旁边。当,当,当,你可以听到三下敲在木板上,现在旁边的一个人拉开了房门带着浓重的醉意喊道:"你们就没有什么其他事儿可做,非要深更半夜纠缠老实正派的人吗?你们最好看看,怎么去抓几个抢劫杀人犯!"一个低沉的声音严厉地说:"您的证件!"然后这个声音又轻声一点地问了什么。"是我的未婚妻,是的,是我的未婚妻。"那个醉醺醺的声音带着挑衅的语气大声地说,"我可以证明。我们已经在一起两年了。"这个好像就够了,旁边的房门被使劲地关上。

现在这些人该来了。一个扇门和另一扇门之间也就是四五步,他们来了,啪嗒,啪嗒,啪嗒……克里斯蒂娜的心僵住不动了。然后有人敲门。斐迪南冷静地迎着警察局长走过去,此人谨慎地站在打开的门旁边。他其实有张友好的面孔,圆圆的,宽宽的,留着小小的很俏的八字胡,就是制服紧紧的领子把太多的血液都挤到了原本和和气气的脸上。他要是穿着便装或者衬衫可以想象他会昏昏欲睡地伴着一首华尔兹舞曲摇头晃脑,现在他横眉竖目地说:"您随身带着证件吗?"斐迪南走近他一步:"在这,您要是需要,我还有军人证,谁要是有这玩意儿,碰到什么肮脏的事情都不会奇怪,他已经习惯了。"警察局长没有理会这刺耳的话,比较着证件和登记表,然后他瞥了一眼克里斯蒂娜,她把脸转向一边,全身缩着坐在椅子里,就像坐在受审席上。他压低嗓门:"您本人认识这位女士……我的意思是……您认识她已经很久了?……"显而易见他警察局长不想难为他。"是的。"斐迪南说。然后警察局长谢了一句,还敬了个礼就想离开了。但是斐迪南看到克里斯蒂娜这样坐在椅子里一副受了侮辱的样子,一下子怒火中烧,只有实现了他的允诺才能使克里斯蒂娜消气,于是他向前追了一步。

"我就是想问问,这样的检查是否也会发生在布里斯托大饭店和其他环形大道上的大饭店里,还是就仅仅在这里?"警察局长脸上冷冷地摆出一副公事公办的样子,不屑一顾地回答道:"无可奉告,我就是执行公务。您该庆幸我没有特别严格地调查,您在登记表上写的有关您太太的情况完全可能——他特别强调——不全部属实。"斐迪南咬紧牙关,他感到窒息,他把两只手放在身后紧紧握住,这样才不至于往这个国家派来的人的脸上打去。但是这位警官似乎对这种态度已经习以为常,根本没有再多看他一眼就静静地把门关上。斐迪南停在原地死盯着门,愤怒几乎把他击成齑粉。然后他才想起克里斯蒂娜,她现在与其说是坐在椅子上,还不如说是躺在那里。就好像她因为恐惧已经死过去了,还没有完全活过来。斐迪南轻轻地抚摸着她的肩膀。

"你看他都没有问你的名字……这真的就是例行公事,只是……只是这样的例行公事把人搅得心烦意乱,把好心情都给毁了。现在我想起来一周前读到过一个新闻,一个女人从窗口跳了下去,因为她害怕会被带到警察局去,也害怕妈妈知道此事,或者……她会被带去检查是否染上了性病……她宁愿跳楼,从四楼……这个我是在报纸上读到的,两行字,两行字……这真的就是小事一桩,我们要求不高,这样你至少能得到一个单独的墓穴,不再像以前似的要被埋在万人坑里,你都见怪不怪了……每天死上万的人,一个人算什么呢,我的意思是,像我们似的就是人们可以为所欲为的人当中的一个。是啊,在那些高级大饭店里他们会举手敬礼,只会派侦探进去,这样就没人偷贵妇人的首饰,但是那里可没人深更半夜去一个所谓的良民的房间里探头探脑。——但是我不必感到不好意思。"克里斯蒂娜把身子弯得更厉害。她不由自主地想到那个小个子曼海姆小姐跟她说的……夜里一扇门一扇门开开关关的。她想起:那雪白宽大的床和清晨的阳光、门关起来就像关在橡胶上,轻得一点声响都没有,那柔软的地毯和床边的花瓶。那里一切都那么美丽,美好和轻盈,可是这里……

她因为恶心而浑身抖动。斐迪南绝望地站在她身旁说着毫无意义的话:"镇静,镇静。一切都过去了。"但是那冰凉的身体抽搐着,在斐迪南的手抚摸之下一再抽搐着。她的内心被撕碎了,神经震颤,就像被超级强大的电压扯碎的绳索。她没有听他的,只倾听着那渐渐远去的敲门声,从一个门到另一个门,从一个人到另一个人。恐怖还是笼罩着整个房子。

现在他们在顶层了。突然敲门声激烈起来。而且越来越激烈:"开门!以法律的名义!"两个人都在片刻的寂静中侧耳细听。上面敲砸声好厉害啊,不再是用手指节骨,而是整个拳头。那声音从那扇陌生的门一直反射到所有的门上,反射到所有的心上,闷声闷气又强劲有力。"开门!开门!"上面的声音咆哮着充满命令的语气。显而易见上面有人在进行着抵抗。然后出现一声哨声和爬楼的脚步声,四个、六个、八个拳头一直砸着上面的门。"开门!马上!"然后是一声传遍整个房子的撞击声——先是木板的破裂声接着就是一个女人的哭喊声,高亢、刺耳,充满恐惧,这声音就像一把刀子穿过整个房子。然后是椅子乒乒乓乓的声响,什么人在和什么人扭打在一起,身体倒在地上,就像一个装满石头的袋子,

217

叫喊声沉闷地响着,越来越歇斯底里。

他们两个人仔细听着,就像这一切都发生在他们身上。他就是那个在上面和警察们愤怒地撕打在一起的男人,她就是那个半裸着身体愤怒哭嚎的女人,在警察那训练有素的抓捕下被抓住手腕,哀叫着挣扎着。现在那刺耳的叫喊声清晰地传过来:"我不走,我不走!"愤怒的嘴巴号叫着、咆哮着。一扇窗户哐啷一响,肯定是她把玻璃打碎了或者有人把它撞破了,想必就是这个陌生的被追逐的动物女人。现在他们(他们两人感觉到)两个人或者三个人一起抓住了那女人拖着她走。她肯定倒在了地上,可以听到一阵手脚乱动,气喘吁吁的声音穿过石灰、石头和墙壁。现在——现在警察们拖着她走过走廊和台阶,她叫喊着"我不走,我不走!放开我!救命",这充满恐惧的尖声嚎叫越来越轻,渐渐远去。然后他们到了下面。汽车发动起来,她被塞进车里。一个动物被装进了袋子里。

一切都安静下来,比以前更静了。恐怖就像一块厚厚的云朵笼罩着房子。斐迪南试着把克里斯蒂娜抱在怀里,把她从椅子上抬起来,亲吻着她冰冷的额头。她软弱无力地躺在他手臂里,湿乎乎的,死气沉沉,就像一个溺水的人。斐迪南亲吻她。但是她的嘴唇干枯,就是无法苏醒过来。斐迪南试着把她放在床上:她倒下去,身体被掏空了,无精打采,惊慌失措。斐迪南冲着她弯下身体,抚摸着她的头发。终于她睁开了眼睛:"走!"她低声说道:"带我离开,我受不了了,我一秒钟也受不了了。"突然她的歇斯底里爆发了,她扑倒在斐迪南面前:"带我离开,我求你了,赶快离开这个可诅咒的房子。"

斐迪南试着安抚她:"孩子,那去哪儿啊……现在还不到三点半,你的火车五点半才开呢。我们该去哪里呢,你不想在这里休息一下吗？"

"不,不,不。"她精神错乱般地向那张皱巴巴的床瞥了充满蔑视的一眼,"赶快离开,赶快离开这里！再也不……再也不……这样……不论去哪里,再也不在这里！"

斐迪南服从了。在前台还站着一个警察,前面放着登记表,在做着笔记。他像挥刀一般,朝着他们短促而严厉地看了一眼。克里斯蒂娜身子摇晃着,斐迪南只得扶着她。但是警察又弯腰看着那些纸张,当克里斯蒂娜感觉自己又在胡同里的时候,她深深呼吸着空气和自由,就像又被赐予了一次生命。

离破晓还有很长时间。但是路灯看上去已经亮得很疲倦了。所有的东西看着都很疲倦,空荡荡的胡同、昏沉沉的房子、打烊的商店、几个四处游荡的人拖着自己的身影;马匹拖着沉重缓慢的步伐,低垂着头拉着农民的长长的马车把蔬菜送往集市,从它们身边走过,可以闻到一阵潮湿发酸的味道,然后运牛奶的车咯吱咯吱响着滚过石子路面,锡罐相互碰撞着发出当啷当啷的响声,然后一切又归于沉寂,灰蒙蒙的,瘆得慌。稀稀拉拉的几个人,面包房的小伙、运河清理工和无法辨别工种的工人的脸上蒙着阴影和郁闷,灰灰的,苍白的,是没有睡够和闷闷不乐的浑浊的混合体。这座睡眠的城市对生机勃勃的人充满不满,而那些生机勃勃的人们对睡眠的城市也同样不满,对此他们两个人不由自主地感同身受。他们一言不发,无声地穿过黑暗走向火车站。那里你可以坐可以休息可以有围着自己的四面墙壁:无家可归的人的家。

在候车室他们在一个角落里就座,长椅上躺着男男女女,张着嘴在睡觉,旁边是包裹,这些人自己看上去就乱糟糟的,像是被某种命运投到虚无中的包裹。外面有时不情愿地传来一阵阵气呼呼的叹息声、喘气声和呻吟声：机车被移动出来,点火的锅炉在试热。除此之外悄然无声。

"别再想那件事了,"斐迪南对她说,"咱们毫发无损,下一次我会保证类似的事情不再发生在我们身上。我感觉你对我有点耿耿于怀,尽管这不是你愿意的,但是这真的不是我的过错。"

"是的,"克里斯蒂娜自言自语,"这我是知道的,知道的……你没有过错,但是这是谁的过错呢？为什么这种事总是落到我们身上。咱们又没做什么,咱们招谁了,你刚迈出一步,他们就扑到你身上。我一生中从没有要求过太多,我去度假了一次,我就想和其他人一样好好过一下,开开心心地,轻轻松松地过一个星期、两个星期,接着妈妈就出事了……有一次我……"她没有继续说下去。

斐迪南试着安慰她："但是孩子,至于发生的事情,你还是该理智地想一想……他们就是在查找一个人,他们就把所有的登记表都收起来了,这个纯属偶然。"

"我知道,我知道。只是一个偶然。但是那里发生的事情……你是不理解的——不,斐迪南,这个你不理解,要想理解你就必须是个女的。你不知道,作为一个年轻的女孩,在她还是个孩子的时候就梦想过她和一个她喜欢的男人在一起会是什么样子……所有的女孩都梦想过……你不知道这是什么样子的,这会是什么样子的,你是无法想象的,就算你的女朋友们已经多次谈及此事。但是每个女孩,每个女人,每人都把这事想象得特别隆重……就像特别美好的事情……就像她们生命中最美好的事情……就好像,我无法跟你说清楚,就像,啊,就像你其实就是为了这个活着的,就像一个带着你超越一切毫无意义的东西的事情……你年复一年,年复一年地梦想着它,在心里绘制着它……

不,你不是在心里绘制,你不想去想象,你也无法想象,你只是梦想着它,就像梦想着特别美好的东西,非常朦胧的,就像你……然后……然后却是这样的……这么可怕,这么恐怖,这么糟糕……不,你是无法理解的,要是好梦就这样被毁了,因为只要被破坏一次,被玷污一次,就再也没有人能够替我们挽回——"

斐迪南抚摸着她的手,但是她并没有留意他而是看着肮脏的地板。

"想想看,这一切都和金钱有关,和这恶心、卑鄙、无耻、低贱的金钱有关。只要有一点钱,有两三张钞票,你就幸福无比,就能开着车想上哪儿就上哪儿……随便什么地方,没有人跟着你,就一个人自由自在的……唉,这得多美好啊,要是能放松的话,你也……你也不再会是现在这样,不再精神恍惚和压抑……但是像我们这样的人就必须像条狗似的趴在一个陌生的狗窝里被人用鞭子抽打……唉,我没有料想到一切会这么恐怖。"克里斯蒂娜抬眼看着斐迪南的面孔,迅速地附和:"我知道,我知道,你也无能为力,这恐惧也许还留在我身上,你必须知道是什么让我这么恐惧。给我点时间,这事情又会过去……"

"但是你还回来……你还会再来的吧?"

斐迪南问话中的忧虑让克里斯蒂娜觉得很舒服。这是第一句温暖的话。

"是的,"她说,"我还会再来的,这点你可以放心。下个星期日,也就是……你就会知道……我就是求你……"

"行了,"斐迪南喘了口气,"我已经理解你,我已经理解了。"

克里斯蒂娜坐车走了,斐迪南走到车站餐厅飞快喝下几小杯烧酒,他的嗓子像是干涸了,像是有火流下他的咽喉。他总算又能伸展他的四肢了,他沿着整条街道飞快地走着,越走越快,手臂冲着一个想追上他的看不见的敌人挥舞着。路人都用奇怪的眼神看着他,在工地他表现得也很显眼,总是怒气冲冲地冲着所有的人,他平时是个很谦和的人,可现在愤恨地对着每个问题嚷嚷。克里斯蒂娜和往常一样坐在邮局里,安静,压抑,沉默,等待着。他们想彼此的时候不是怀着那种充满激情和爱情的感觉,而是带着一种感动。不是像在想一个情人而是像在想一个深陷不幸中的战友。

第一次见面后克里斯蒂娜每个星期日都坐车去维也纳。这是她唯一不上班的日子,夏季的假已经用完了。他们能够很好地理解彼此。但是他们两个人都太疲惫,太过于失望,实在没有力气渴望一个激情四射希望满怀的爱情,他们对能够找到互诉衷肠的彼此已经非常高兴了。他们整整一个星期都在为这个星期日而节省着。他们努力节省金钱,因为这一天他们希望能一起度过,不受那永远的省吃俭用的羁绊,花点钱去家小饭馆、咖啡馆、电影院去花掉几个先令,不必不停地数着算着。他们整整一个星期都节省言语和感情,思考着该和对方说些什么,为找到一个能够真心诚意地倾听,真心关切和理解彼此的人而高兴。在过了几个月清苦生活之后,这个对他们来讲已经非常满足,他们期待着这个小小的幸福,星期一、星期二、星期三,到了星期四、星期五和星期六就更性急。他们之间总有一些保留。某些相爱的人之间轻易脱口而出的话语他们说不出来:他们不谈结婚和永远共同生活——一切都是那么的不真切,遥远,还远没有开始当真起来。她一般九点左右到达(星期六晚上她不想在维也纳度过,一个人住旅馆太贵了,而两个一起过夜她有所忌惮,到现在她还心有余悸呢)。他去接她,他们穿过大街,坐在人民公园的长椅上,乘随便哪一辆电车去随便一个什么地方,吃午饭,漫步在森林里。这些很美好,他们面对面坐着的时候会充满感激地看着对方,怎么看也不会疲倦。他们高兴能够两个人一起走过草地,拥有生活中所有那些属于众人,也属于最穷的穷人的细小的东西:在九月份金色阳光照耀下的一片澄蓝色的秋日晴空、一些花卉和自由自在充满节日气氛的一天。这些他们已经觉得很好了,带着经过训练的和变得谦虚起来的人的很好的耐心,他们从星期日到星期日地期待着这些。到十月最后一个星期天,秋日已经疲惫,不想再对人们表示友好,它刮起大风吹拂着街道,天上密布乌云,从早到晚雨下个不停,他们一下子感到他们在这个世界上如此的陌生和无用。他们不能一整天都披着斗篷不带雨伞地满大街溜达。挤坐在人满为患的咖啡馆的桌子旁,只能有时候在桌子底下感觉对方的膝盖,当成一种亲密的标志,不能在陌生人面前说话,不知道何去何从,感觉那宝贵的时间犹如睡梦中压在胸口的夜魔,使他们痛苦万分。

他们两个人都知道他们缺的是什么。这真是少得可怜——一个小小的房间、一个小小的自己的空间,三四平米的与世隔绝,在这一天属于他们的四壁。两个年轻的彼此喜欢和渴望的身体穿着潮湿的衣服漫无目的地晃悠一整天或者坐在挤满人的房间里的椅子上,这让他们觉得非常荒唐,再在那种房间里过上一夜他们也不敢。最简单的就是斐迪南租一间房间,这样克里斯蒂娜就可以去找他。但是他只挣一百七十先令,和一位老太太住在一起,他要通过老太太的房间才能进入他自己的小屋子,这个房间他还不能推掉。老太太在他失业的那段时间里非常善意和充满信任地为他预付了租金和伙食费,他还欠她二百先令,现在每个月分期分拨还。三个月之内他不能指望能够还清欠款。所有这些他都没有告诉克里斯蒂娜,也没向她解释,尽管他们彼此已经非常信任,但是斐迪南还是耻于向她和盘托出自己最后的贫困以及债务。克里斯蒂娜这边已经猜到某些金钱上的问题阻止斐迪南搬出去另租房子。她很愿意给他些钱,但是她心里的女人身份担心她要是想用金钱来购买真挚、自由、完完全全的共同生活的可能性的话,会伤害他。所以她不谈及此事,他们绝望地坐在烟雾弥漫的酒馆里一再看着窗户,想知道雨有没有停下来的意思。他们两个人从来没有像现在这样感觉到金钱那无法估量的力量,有钱的时候,它很强大,没钱的时候它更为强大,它可以赋予你神的自由,要是不得已放弃了它,它就会施加给你魔鬼般的嘲弄。当他们清晨在黑暗中看到灯光闪耀的窗户,清楚窗户后面那金光闪闪的窗帘后面住着几十万人,每个男人都有他心爱的妻子,生活都有保障,自由自在,而他们自己却无家可归,漫无边际地在街上在雨中无精打采地溜达——就好像他们在大自然中拥有大海,而他们在海上却只能渴死,这是何等的残酷啊!愤恨不满的情绪涌上他们的心头。房子就在那里,在寂静和封闭之中,里面有灯光、温暖和柔软的床,上万、数十万的,也许是无数的房子没有人使用和居住,偏偏他们一无所有,只能片刻的相互依偎,嘴唇合二为一,只有相互欺骗,说这样的情况不会永远持续下去,才能在内心化解这疯狂的干渴和对这无谓之事的愤怒,于是他们两个人开始编织谎话。斐迪南在咖啡馆里给她念广告,给她写信,说他有得到一个伟大职位的美妙前景。他的一个朋友,一个战友,想把他安置在一个大型建筑公司的秘书处,他在那里能够挣很多的钱,足够他去大学继续学习技术,然后自己成为建筑师;而克里斯蒂娜则说——这可不是瞎话——她向邮局管理部门递交了申请,希望调到维也纳来,她去找了叔叔,叔叔在那里能帮她的忙。一个星期或者两个星期之后她肯定就能得到好消息。但是她没有说的是,她真的去找了叔叔。有一天晚上她去了,叔叔并不知道。她八点半的时候按的门铃,这之前她已经透过窗户听到他们都在家,她听到前厅有盘子叮当作响的声音,最终叔叔真的出来了,有点紧张,很遗憾她恰恰今天来,婶婶和堂姐妹们都出门了(但是她看到挂在前厅的大衣,知道这不是真话),他有两个朋友在吃晚饭,否则他就请她进去了,他能为她帮点什么忙。于是她就冲着他说了"是的,是的,是真有点事。"叔叔认真听着,可她明显感觉到,叔叔是怕她为了钱而来,只想很快打发她走。但是这个她没有跟斐迪南说,干吗要让他气馁啊,他自己已经够沮丧的了。她也没跟斐迪南说她买了彩票,就和所有的穷人一样她希望奇迹降临。她宁愿骗他说给姨妈写信了,问她能不能帮她找到一个工作或者把她带到美国去,然后她就会带上他并帮着他在那边找一个工作,那边可需要有本事的人呢。斐迪南用心听着,但是并不相信她,就像她也不相信斐迪南一样。他们就这样干坐在那里,快乐像被雨水冲刷走了,黑暗使眼睛蒙上黑幕,他们只看到完完全全的走投无路。然后他们又相互说起圣诞节和国庆节,那时他们有两天假期,他们想一起去随便什么地方,但是那远在十一月、十二月呢,时间还那么长久、空虚和无助。

他们就这样用言语互相欺骗,但是在内心最深处他们并没有欺骗自己,他们两个人都知道,在这样一个人声嘈杂的房间里坐在人群中,要想一个人待着,轻声轻气地说着各种谎言,而身体和心灵却渴望着大实话和深度的亲密无间,这是多么的靠不住。

"下个星期日天气肯定会很好的,"克里斯蒂娜说,"雨也不能没完没了地下啊。"

斐迪南回应她道:"是的,天肯定会好的。"但是两个人都不再有勇气为此而高兴,他们知道冬天要来了,这是无家可归者的敌人,他们知道他们两个人的状况不会好转的。从一个星期日到一个星期日他们都在期待一个奇迹的降临,但是没有奇迹发生,他们只能肩并肩走着,在一起吃饭,在一起聊天,这样地待在一起,渐渐折磨变成了快乐。他们拌过几次嘴,这时他们自己知道这不是针对对方的怒火而是针对降临在他们身上的那种毫无意义的东西。他们彼此相对感到羞愧;整整一个星期他们都欣喜地期待着共同度过的一天,到了星期日晚上他们总是觉得他们生活中有什么东西不对头和荒谬。贫困几乎完全压倒了他们的情感激情,他们忍受着他们身在一起,但其实也难以忍受。

十一月阴郁的一天,中午微弱的阳光洒在办公室擦拭得不怎么干净的玻璃后面,克里斯蒂娜坐在她的办公室前算着账。自从她每个星期日都去维也纳以来,她的工资不够用了;火车票、咖啡馆、电车、午餐,所有这些加起来很可观。一把雨伞在上车的时候撕破了,一只手套丢了,还有就是(自己毕竟是女人)为了和男朋友在一起她买了些小东西,一件新的衬衣、一双比较精巧的鞋。结算下来出现了赤字,不是很多,总共才十二先令,用从瑞士带回来的法郎抵消它绰绰有余,但是不管怎样她还是问自己,这样每个星期日去维也纳又想不预支薪水或者举债还能维持多久。凭着小市民三代人代代相传的直觉,她对这两种情况都不寒而栗。她坐在那里思忖着:会怎么样呢?上次见面是在两天前——那天又是大雨滂沱,他们不是坐在咖啡馆里,就是站在屋檐下,甚至还逃进了教堂——她带着一身淋得精湿皱巴巴的衣服回家——疲惫不堪伤心不已。斐迪南一反常态,特别心烦意乱,他肯定在建筑工地遇到了不高兴的事情或者其他什么事情,他对克里斯蒂娜的态度几乎有些生硬,不大友好。他们两个人并肩走着,有时得过半个小时他才说一句话,然后就是沉默,两个人像是结了仇。克里斯蒂娜努力思考到底什么能让他情绪这么坏。是怨恨她无法克服自己再一次和他去一个这样可怕的旅馆,那可是充满恐惧和惊慌失措的回忆,还是仅仅因为天气不好,漫无目的地从一个酒馆瞎跑到另一个酒馆,使他感到绝望,这种没有灵魂的无家可归的状态使人精神紧张,夺走了他们同在一起时所有的意义和快乐?她感觉到他们之间有些东西开始幻灭:不是友谊,不是战友情谊,而是一种什么力量在他们身上几乎同时减弱:他们不再有勇气用希望来欺骗对方。开始的时候他们还幻想着能够彼此帮助,还让对方相信他们能找到一条摆脱贫困的出路,现在他们自己都不再相信,冬天越来越近,就像裹在一件湿漉漉的大衣里,就像一个凶狠的敌人。

她不再知道还能从哪里获得希望。在她办公桌左手的抽屉里放着一张打字出来的纸张,是她昨天从维也纳管理部门收到的:"回复您一九二六年九月十七日的信函,我们很遗憾地告知,目前无法满足您请求调至维也纳辖区的申请,因为根据部里 B. D. Z. 1794公告,维也纳邮政部门近期内没有增加员工的计划,目前没有空缺职位。"

她没有指望会是别的样子,也许枢密官介入过,也许他忘记了:不管怎样,他是唯一能够帮得上忙的人。此外,别无他人,这就意味着留在这里,一年、五年,或者整个一生;整个世界是如此的毫无意义。

她坐在那里思考着该怎么和斐迪南说,计算笔还握在手里。奇怪的是斐迪南从来没有问过她的申请结果如何,也许他就从来没有相信过此事。还是不跟他说为好,只要不再提及此事,斐迪南就会心里明白了。说了只会让他更痛苦。这毫无意义。现在任何东西都不再有任何意义了,任何东西。

门开了。克里斯蒂娜下意识地坐正身体,归置一下手边的邮件,每当有人进来的时候,这种机械动作,就把她从迷迷瞪瞪中,拉回工作状态。但是她很快注意到门开得和平常不一样,那么迟疑不决,小心翼翼,而那些农民平常都像撞开厩门似的砰的一下把门打开,然后再任由门在身后咣当一声关上。这次门就像被一阵微风吹开,非常缓慢,只是门枢吱咯响了一小下;她不由自主地从玻璃板后面好奇地看了一下,不觉大吃一惊。在她面前,她认为最不会出现的人就站在玻璃板后面:斐迪南。

克里斯蒂娜浑身惊愕起来,而这不是一种惊喜。斐迪南有时也跟她提过,她不必老是辛辛苦苦地去维也纳,他也可以到城外来看来。但是她都一再拒绝了,也许是耻于让他看到自己就坐在这么一个破旧的小房间里,系着自己缝制的工作围裙,也许是出于女人的虚荣,出于心灵的羞愧。也许也是担心邻居们会说闲话;旁边的老板娘、自己的邻居,他们要是在林子里看到她和一个来自维也纳的陌生男子在一起会说些什么呢,还有富克斯塔勒,这会伤害他的。现在斐迪南还是来了,这不可能是好事。

"看看,你有多吃惊,你肯定没想到!"他是想让这声音听起来挺快乐的,但是嗓子里吱吱响着,像是一个坚硬的车轴在转动。

"怎么了?……出什么事了?……"她惊恐地问。

"什么事也没有。能有什么事啊。我正好有空,于是就想出来转转。你不高兴吗?"

"高兴,高兴,"她结结巴巴地说,"当然高兴。"

他环视四周。"啊,这就是你的王国?美泉宫的接待大厅是更加富丽堂皇,但是不管怎样,你是一个人在这里没有上司,这就很好了。"

她没有回答,只是一直在想:他想要做什么?

"你现在不是在午休吗?我原来想我们也许可以中午一起走

走,说说话。"

克里斯蒂娜看看钟,已经过了十一点四十五分了。"还没有,但是马上。只是……只是我想……最好……最好我们别一起走;你不知道这里的情况,他们要是看到我和什么人在一起,马上就会问我,那个小商贩,那些女人们,每个人都会问这个人是谁,我和什么人在一起;我不喜欢撒谎。最好你先走,这里右边沿着牧师小路,你不会走错的,一直走到山坡脚下。那里有条上山的苦难之路①,你不会找不到的,一直走到山上的米歇尔教堂。森林开始的地方竖着一个十字架,你出了村子往上走的时候一下子就会看到的,十字架前面有为朝圣的人准备的长椅,你就在那里等我。中午的时候那里没人,他们都在家里吃饭呢。那里有个陌生人也不引人注意,你就在那里等我好了,我五分钟后就来,然后我们可以一直待到两点钟。"

"好的,"他说。"我会找到的,再见。"

他在身后半掩上门,这个短促刺耳的声音一直在克里斯蒂娜耳边回响。肯定出什么事了。没有缘由他是不会来的,他不是该上班吗。而且——坐车来这里是要花钱的……六个先令呢,还有回程。他肯定有他的缘由。

她放下玻璃板,双手颤抖,几乎都无法转动钥匙锁门。膝盖铅一样沉重。

"嘿,去哪儿啊?"一个刚从田间回来的农妇看到这位女邮局小姐例外地在午间朝着林子走去,就这么问她。

"散散步。"她这么回答这个好奇的女人。你在这里每走一步

---

① 天主教把耶稣背负十字架,被押走向各各他山去,钉死在十字架上的那段路程,称之为苦难之路,信众边走此路边诵经。

都得道歉,每分每秒都有人监视,她越来越陷入恐惧之中,几乎是跑着爬上苦难之路的最后几步。斐迪南坐在十字架前的一张石头长凳上。那个受难的人①高悬空中,手掌钉进钉子,胳膊弯曲着,戴着荆冠的头悲哀屈从地垂向一边。斐迪南坐在超过真人大小的十字架底下的石头长凳上,他的剪影似乎和这个悲哀的雕塑浑然一体。他的头忧郁地垂向地面,他的身影僵硬,完全陷入沉思之中。他的手把一根棍子深深挖入泥土里。他开始没有听到她来了,然后一跃而起,把棍子拉到身边转过身注视着她,目光里没有好奇,没有喜悦,没有柔情蜜意。

"你这就到了,"他只是说了这么一句,"那就坐这儿吧,这里没人。"

恐惧都到了克里斯蒂娜的唇边,她再也无法控制。

"说啊,发生什么事情了?"

"没事,"斐迪南答道,眼睛尽望着前方,"能发生什么事?"

"别再折磨我了,我都看出来了。你今天不上班肯定是出什么事情了。"

"不上班——其实你是对的。其实我今天就是不上班。"

"那是为什么呢……他们不会把你给辞了吧?"

他恶狠狠地笑起来。"辞了我,其实不是的,你就不能用'辞退'这两个字。就是建筑的事玩儿完了。"

"怎么玩儿完了,快跟我说说怎么玩儿完了?……"

"玩儿完了就是玩儿完了。我们的公司倒闭了,那位建筑公司的老板先生失踪了。一个会忽悠的人,他们现在说,一个骗子,前天他还是尊敬的绅士。早在星期日的时候我就注意到,他没完

---

① 即十字架上的耶稣。

没了地打了半天电话,给工人们的工钱才送到。而他只给我们付了一半的薪水——据说是结算的时候出了差错,那个代理人是这么说的,他们取钱没有取够数,剩余部分星期一马上到。好啊,可到了星期一没有钱来,星期二星期三都没有钱,今天就玩儿完了,老板走人了,工程暂时停工了,这不,我们这样的人也可以享受一次散步的奢侈了。"

克里斯蒂娜直愣愣地看着他。让她最惊讶不已的是斐迪南说这些话时带着如此讥讽的口吻又是如此的平静。

"这样啊,那按照法律他们该给你补偿吧?"

他笑了,"是的,是的,我相信法律上有这种说法,那我们就拭目以待吧。现在那里暂时连一张邮票也没有,抵押贷款都用光了,就连打字机都抵押了。我们可以等,我们有的就是时间。"

"那你……你现在打算做什么?……"

斐迪南直愣愣地看着远方,没有回答。只是用棍子在地上戳来戳去。他颇有技巧地把石子一块一块撬出来堆成一堆。这让她不寒而栗。

"你倒是说说啊……你打算……你现在有何打算……你想做点什么?"

"我想做点什么?"他又笑了,这是一种短促的奇怪的笑,"不就是大家在这种情况下都这么做的嘛,我得动用我的银行户头。我得靠着我的'积蓄'过日子。虽然我还不知道该怎样。六个星期以后也许能被允许使用一下我们共和国被称之为失业救济的造福社会的机制。我会靠着它生活,就像我们这个深受祝福的多瑙国家中其他三十万人那样。要是这个无上荣耀的尝试失败了,那我就得翘辫子。"

"胡说八道。"他那冷酷的镇静让克里斯蒂娜发疯,"别这么胡说八道。你怎么能把这些看得这么严重呢。像你这样的人……你会找到一个职位的,有一百个职位等着你挑呢。"

他突然跳起来,把棍子扔到地上。

"但是我不想再要什么工作了!我受够了!工作这两个字让我发狂,十一年以来我一直一而再再而三地被人雇用,总是擦着边从来没有进去过,总是在旁边从来没在里面。我被雇用加入杀人工厂足足四年,然后受雇在其他工厂和其他行业工作。我总是为别人的意志干活,从没有为自己的意志有所作为,然后总是这个哨子声:走人!够了!到别处去!重新开始,总是一再地重新开始。但是现在我再也做不到了。我受够了,我再也不想这样了。"

克里斯蒂娜做了个动作试图打断他,但是斐迪南不让她说话。

"我再也不能这样了,克里斯蒂娜,相信我,我受够了,我再也不能这样了,我向你发誓,我再也不能这样了。我宁愿去死也不愿再一次去职业介绍所像个乞丐似的排在双排的队伍里等着拿到一张纸,再拿一张纸。然后楼上楼下地跑,写那些没有人会回复的信,贴那些清洁工们早上就会从垃圾里清理出来的广告。不,我再也无法忍受这种狗一般的日子了,我再也无法忍受你得先在接待室里站着,然后被叫进去到某个小官吏那里,他一副神气活现自以为了不起的样子,脸上带着那种受过训练的冷漠的漫不经心的微笑看着你,你一下子就明白,他可以接待几百个人,能听你说话,就是给你很大的恩典了。然后就感觉到自己的心在抽搐,一次又一次,当一个官员漫不经心地翻阅那些证件,端详那些证明的时候,就好像他要吐口痰在上面,然后他会说:'我先给您登记,也许您明天再过来看看。'然后明天后天又都是白费力气,直到终于在某个地方找到工作被雇佣了,接着再被解雇。不,这些我再也无法忍受了。我承受了很多,我穿着走坏了鞋底的破鞋在俄罗斯的乡间道路上行军七个小时,喝泥水,背上背着三挺机关枪,被俘期间要过饭,用铁锹埋过人,也被一个喝醉酒的看守殴打过。我为整个连队擦过靴子,卖过下流照片,就是为了能有三天的吃食,我什么都干过,什么都忍受了,就是因为我相信总有结束的那么一天,总有一天你会有工作,登上第一个台阶,第二个台阶。但是你总是被挤下来。现在我的情况是这样的,我宁愿杀人,用枪把他打死,也不会再在他面前乞讨。今天我再也不能这样了。我再也不能在接待室闲逛,在职业介绍所溜达。我今天三十岁了,我再也不能这样了。"

克里斯蒂娜抚摸着他,心里涌起一股巨大的同情,但不想让他感觉到,而斐迪南一点也没有觉察到,就像一个孩子在摇晃一棵树,他却僵硬地杵在那儿,笨拙地懊恼着自己。

"现在你都知道了,但是别担心,我来不是向你哭诉的。我不要同情,把它省给别人吧,这对他们也许有所帮助。对我已无济于事了。我来是和你说再见的。我们两个再这样下去也毫无意义了。绝对不能发生我靠你养活的事情,我还是有我的自尊心的。宁愿饿死!咱们最好还是好聚好散吧,谁都不要成为对方的累赘。我就是想和你说这些,还要为了所有的一切好好谢谢你……"

"可是斐迪南。"她激烈地抓着他。她使出全身的力气依偎着他,身体真的颤动起来:"斐迪南,斐迪南,斐迪南。"她不知还能说什么其他的话。她沉浸在毫无意义和不知所措的恐惧中,除了一再重复这个名字什么也说不出来。

"你倒是老实说,这有意思吗?我们这么脏兮兮地在马路上走着,在咖啡馆里坐着,谁也帮不了谁,只能相互欺骗,这难道不让你觉得痛苦吗?这还得持续多久啊,我们在等待什么啊?我现在三十岁了,还没法做任何我想做的事情。只是被雇佣被解雇,每个月我都会老上一岁。我还从来没有看见过这个世界,从来没有从生活中获得过什么,只是一直相信:现在终于心想事成了,现在好日子开始了。但是我现在已经知道,什么都来不了了,好日子再也不会来临。我完蛋了,我的生活不会再有任何起色。这样的人大家得躲着点……我知道,这不会对任何人有任何益处,你姐姐立即就正确地感觉到了,她要保护小弗朗茨,不让我碰他,不让我把他引入歧途。而我也只会把你引入歧途的。这毫无意义。我们还是友好地分手吧,就像两个战友。"

"好吧,但是……你打算怎么办?"

他没有回答。就直挺挺地一声不响地站在那里等待着。

克里斯蒂娜看过去吓了一跳。斐迪南用拳头紧紧握着那根棍子,用棍子的尖头在泥土里挖了一个小小的洞。他死死地盯着这个洞,好像要把整个人都塞进去,好像这个洞要把他吞噬进去。克里斯蒂娜恍然大悟,突然她明了了一切。

"你不会是想……"

"是的,"他平静地回答,"是的,这是唯一理智的行为,我受够了。我没有兴趣再一次开始,但是做个了断还是绰绰有余的。我们当中四个人已经在外面做过了。这事做起来很快的,然后我看到了他们面孔,挺好的,满足的样子,很干净。这事一点也不难。比继续这样地活着容易得多!"

克里斯蒂娜依然一直这么依偎着他,也紧紧抓着他,但是突然她的胳膊瘫软下来,她任由它们垂下来,一句话也不说。

"你没听懂吗?"斐迪南问道,平静地抬起目光,"你不是一直都对我很坦白的吗?"

她思考着,然后干脆地说道:"这三天我也一直想着同样的事情。就是没敢这么清楚地想。你是对的,这样继续下去没有意义。"

斐迪南端详着她,不太有把握,他问道,就像一个绝望的诱惑:"你也打算?……"

"是的,和你一起。"

她异常平静地说出此话而且毅然决然,就像在谈论一次散步。"我自己一个人没有这个勇气,我不知道……我就是还没有想好该怎么做,否则也许我早就做了。"

"你打算……"斐迪南因为喜悦而结结巴巴的,他拿起她的双手。

"是的,"她非常平静地说,"你愿意什么时候就什么时候,但是一起。再骗你没有意义了。希望调到维也纳的申请没有被批准,在这个村子里我会毁掉的。快总比慢好。我根本没有往美国写信。我知道他们不会帮忙的,他们会给我寄来十个美元或者二十个美元——这能有什么用处呢?宁愿快点了结也比自我折磨强,你是对的!"

斐迪南缓慢地端详着她。他从没有如此热情地打量过她。他绷紧的面容松弛下来,渐渐地一丝微笑出现在冷酷无情的眼睛后面。他抚摸着她的双手。"我根本没有想到你……你会愿意陪伴我走这么远。现在我是双重地轻松了,我本来一直担心着你。"

他们坐在那里,四只手交叉在一起。要是有人从旁边走过肯定会以为,一对新的恋人刚刚缔结山盟海誓,才订了婚就沿着苦难之路爬上来,为了在十字架前面确认他们的婚约。他们从来没有这么无忧无虑这么踏踏实实地靠着坐在一起过。他们第一次感觉到一个挨着一个的踏实感接踵而至,一直到未来。他们长时间地坐在那里相互注视着,面容满足、清晰、姣好,四只手绞在一起,然后她平静地问道:"你打算……打算怎么做呢?"

斐迪南的手去摸后面的口袋，拿出一把军用左轮手枪。十一月份的太阳照耀在那锃光瓦亮的枪管上，枪管闪闪发光。克里斯蒂娜一点没觉得这武器有多可怕。

"对着太阳穴，"他说，"你别害怕，我的手很稳，我不会哆嗦的……然后我会冲着我的心脏。这是一把口径最大的军用左轮手枪，用起来很有把握的。等他们在村子里听到两声枪响时，一切都过去了。你完全不用害怕。"

她端详着那把左轮手枪，平静如水，没有丝毫的激动不安，就带着一点客观的好奇。然后她抬起眼。在她前面离他们坐着的石凳三米远的地方，耸立着巨大的黑色木头十字架，上面钉着那个受难的人，他在十字架上受难整整三天。

"不要在这里，"她飞快地说，"不要在这里，不要现在。因为……"她看着斐迪南，她的手摸起来比他的更温暖些，"我希望我们之前能够再一起待一次……真正在一起，没有担心没有恐惧……整整一夜……也许咱们还有些话要彼此诉说……就是那最后的话，那些人们一般在一生中绝对不会说的话……然后就……我想和你待在一起一次，完完全全和你在一起一个晚上……让他们早上发现我们吧。"

"好的，"斐迪南回答，"你说得对，在我们和人生决绝之前还应该好好享受一下它最美好的东西。原谅我没有想到这个。"

他们又无语地坐在那里，一阵轻轻吹拂的微风萦绕着他们。他们感觉到太阳软软的，很美很柔和。坐在这里真好。有这么一次高高兴兴的，用一种奇妙的方式那么无忧无虑。然后那边钟声响了，一下、两下、三下，这是教堂钟楼的钟声。克里斯蒂娜吓了一跳。"一点四十五分了！"

一道爽朗的笑意映着斐迪南的面容。"看看你，我们就是这样的。你很勇敢根本不怕死,但是你却怕上班迟到。我们就是这样奴性十足,这已经深深地侵入我们的血液了。真是到了挣脱所有这些毫无意义的东西的时候了。你真的还想过去上班吗?"

"是的,"她说,"这样比较好。之前我还想把一切都收拾整齐。这很蠢,但是我不知道……我要是把一切都整理得好好的,再写几封信,这会让我觉得轻松一些。然后……我要是今天在那里待到晚上六点,那就没有人会猜到什么,也就没有人会找我。晚上我们坐车去克莱姆斯或者圣·波尔滕或者维也纳。我还有钱租个好的房间,我们一起吃晚饭,过一下我们想过的日子……就是得特别美好,非常美好,一大早他们发现我们的时候,一切都无所谓了。你六点钟来接我,现在他们看见我也毫无关系了,他们爱怎么说就怎么说,爱怎么想就怎么想……然后我就在身后锁好门,留下所有的东西,所有的……然后我就自由了……然后我们就真正自由了。"

斐迪南一再地看着她,这个出乎意料的坚定让他觉得很幸福。

"好的,"他说,"我六点钟来。这之前我散散步,再看看这个世界。好的——再见。"

克里斯蒂娜飞快地沿着苦难之路跑下山,从来没有这样的快乐和轻巧,她再一次回头看。斐迪南站在那里目送着她,然后他拿出手帕向她示意。"再见!再见!"

克里斯蒂娜回去上班。突然一切都变得很简单。等着她的那些办公桌椅、斜面桌、磅秤、电话机和纸张也不再那么充满敌意,它们不再无声地带着恶意地讽刺她:"上千次,上千次,上千次。"因为她知道,门是敞开的,只要一步她就自由了。

她心中突然涌起一阵美妙的宁静,这宁静是快乐的,仿佛夜幕降临时阴影笼罩着的草地上的宁静一般。她做起事来轻松自如像在游戏一样。她写了几封辞别信,一封是给姐姐的,一封给局里,一封给富克斯塔勒,她自己都惊叹字迹怎么这么清晰,间距整齐,像是书法一般。写得这么干净,就像上学时无意中写的作业。这期间邮局里人来人往,有的寄信,有的打电话,有的拿来一堆包裹,有的汇款。她格外细心很有礼貌地处理每一件事情。下意识里这是她的愿望,要让这些人,不管是托马斯、是农妇、是林业助理、是小商铺的学徒还是肉铺老板娘都对她留有一个美好的记忆:这是一个女人最后一点小小的虚荣。当一个人对她说"再见"的时候,她轻轻微笑一下,然后加倍诚心诚意地回答:"再见!"因为在她的心里已经漂浮着完全不同的空气,这是即将得到救赎的空气。然后她开始处理那些还没有清点的款项,她点着数,计算着,整理着:她的那张斜面桌从来没有这么干净整齐过,就连墨水污迹也被她擦洗干净,把日历也给挂正了——不该让她的继任有任何抱怨的地方。谁都不该有任何抱怨,因为她此时此刻是幸福的。就像她现在要清理她的人生,那这里的一切也该是整齐有序的。

她就这样快活地工作着,敏捷、迅速地处理着事情都没有意识到时间的流逝,当门打开的时候,她当真吃了一惊。

"真的已经六点钟了吗?上帝啊,我根本没有意识到。还有十分钟或者二十分钟我就能做完所有的事情了,你理解的,我特别希望,留下的一切都是无懈可击的。我现在就只需要做点收尾工作,然后清点钱箱,这之后我就是你的了。"

他想在外面等。"不,你就坐进来吧,我把外面的百叶窗放下来,就算他们后来看到我们一起走出去,也都无所谓了,明天他们怎么着也会知道得更多的。"

"明天,"斐迪南微笑着,"我真高兴不再有明天了。至少对于我们来说没有明天了。刚才的散步美妙极了,天空、色彩、森林;哼,这个亲爱的老上帝是个优秀的建筑师,有点过时,但是还是比我能成为的建筑师要好很多。"

克里斯蒂娜把他带进玻璃板后面那个神圣的房间,一个陌生人从来没有进来过。"我无法给你提供一把椅子,我们的共和国可没那么大方,那你就坐在窗台上抽支烟吧,十分钟后我就完事了。"——她像获救了似的舒了口气——"一切都了结了。"

她一笔一笔地加着。做起来非常轻松敏捷。然后她从钱柜里拿出一个黑包看上去像一个苏格兰风笛。她把那些钞票并排堆在办公桌上,五先令的、十先令的、一百先令的和一千先令的,她用海绵蘸湿手指,训练有素的灵巧食指开始清点那些蓝色的钞票。她做得非常快速和机械,一十、二十、三十、四十、五十、六十,中间还要飞快地用铅笔记录下每个面值的钞票的总数,再把数字登记到账本上,这时她都有些不耐烦了,最后画上线,这是用铅笔画的最后一条让她获得自由的线。

突然她听到身旁有人沉重地压抑地呼吸着,她抬头一看,斐迪南肯定是轻轻站起身穿过房间走过来,现在就站在那里越过她的肩膀看着。

"怎么了?"克里斯蒂娜吃了一惊。

"请允许我,"他的声音听起来干涩无比——"请允许我拿一拿这张一千先令的钞票,我已经很久没有看到过一千先令的钞票了,我这一生还从来没有看见过这么多钱。"

他小心翼翼地用手指握着钞票就像握着什么易碎的东西,克里斯蒂娜注意到与此同时他的手在抖动。他这是怎么了?他用奇怪的眼神看着这张蓝色的钞票,他的薄薄的鼻翼翕动着,眼中闪现出一道奇异的光亮。

"这么多钱……你这里一直有这么多钱?"

"是啊,今天还算少的,才11590先令。每个季度末期葡萄园农民要交税,工厂要汇过来工资,那时常常就会有四万、五万甚至六万先令——有一次甚至有八万先令。"

斐迪南直愣愣地看着斜面桌,把双手放在背后,好像有什么恐惧。

"这桌子里有这么多钱,你不……不觉得瘆得慌?你就不害怕吗?"

"害怕,怕什么呀?这个地方都装着栅栏,看那边,都是这么厚的铁栏杆,旁边是小商店,上面住着一位牧民,这里要是有人破门而入,他们都会听到的。晚上钱都在袋子里,不,不会有事的。"

"我就会害怕的。"此话是从牙缝里挤出来的。

"瞎说,怕什么呢?"

"怕我自己。"

克里斯蒂娜抬眼看到一张半闭着的嘴和一道瞥向旁边的目光。然后斐迪南开始在房间里来回走动。

"我会受不了,连一个小时都不行,身边有这么多钱我会无法呼吸的。我会一直数钱,这儿是一张一千先令的钞票,一张四边形的愚蠢至极的纸,我要是拿起一张放进口袋里就能自由三个月、半年、一年,就可以做我想做的事情,过我想过的生活,靠着这些——你刚才说有多少?——11570先令,用这些钱我们可以过两年、三年,可以去看整个世界,可以真正过好每一分钟,不像我们现在过的日子,而是自由自在地成为我们生来就该是的那个人,随心所欲的发展,而不是就这样钉死在那里一成不变。就这么动一下,就这样,五个手指绷紧一下,走人,自由了——不,我肯定会受不了,肯定会疯掉的,看着这些钱,这么近距离地挨着它,嗅到它,感觉到它并且明知它是属于那个愚蠢的怪物的,就是那个不会呼吸,没有生命,一无所想,一无所知的国家,而它无非就是人类发明的最愚蠢的东西,只会把人毁掉。我会疯掉的……我会在夜里把自己关起来,这样我才不会拿着钥匙打开柜子上的锁。而你竟然可以和它相安无事!你就从来没有产生过这个想法吗?"

"没有,"克里斯蒂娜吃惊地回答,"我从来不曾有过这样的想法。"

"那这个国家真是够幸运的。混蛋们总是很走运。你现在快点把活干完。"——此话斐迪南几乎是气呼呼地说出来的——"快点干完,赶快把这钱拿开。我无法再看它了。"

克里斯蒂娜飞快地锁上柜子。现在她的手突然颤抖了一下。然后他们向火车站走去。夜色已经降临,可以通过亮着灯的窗子往里看到人们在吃晚饭,当他们走过最后一扇窗户的时候传来一阵轻轻的有节奏的嘟囔声:晚餐祷告。斐迪南没有说话,克里斯蒂娜也没有说话,就好像他们不是两个人单独在一起。那个想法就像一个影子一样跟着他们。他们感觉到它就在他们的前后左右和身体里,他们现在拐出了村子,离开马路,不自觉地加快步伐,而它就这么跟着他们。

走过最后几幢屋子,他们突然置身于完完全全的黑夜之中。天空比地面明亮,在它亮如玻璃的光线映照下,林荫道呈现出黑色的剪影。那些黑色的骨架,也就是那些褪落叶子的树枝,仿佛烧焦的手指伸向静止的空气。街上来回走动着零星的农民和车辆,与其说能看到他们不如说能听到他们沉重的车辆的滚动声,黑暗中行人的脚步声——街上并不就是他们两个人。

"这里没有一条田间小路通往火车站吗?随便哪一条碰不到

人的路?"

"有的,"克里斯蒂娜回答,"这里往右。"斐迪南说话了,这让她感觉很好,这样她就有一分钟不用去想那个想法,这个想法从邮局开始就跟着她,你听不到它,但它很有韧劲,就像一个影子就这么一步一步地跟着。

有那么一阵子斐迪南就在她身边沉默地走着,就好像他把她给忘掉了。他的手都没有触摸她的手。突然——他打破沉默——问道:"你的意思是你在月末能够总共汇总三万先令?"

克里斯蒂娜立即就明白他的意思了,但是她不让人察觉地紧了紧她的嗓音:"是的,我觉得可以。"

"要是你除此之外还能推迟上交这些钱的时间……你要是能把那些税款以及你手头有的钱压下几天,我是了解我的奥地利的,没有人会那么严格地加以检查……这样的话你能一共弄到多少钱?"

克里斯蒂娜思考了一下。"四万肯定是有的。也许甚至能有五万……可是为什么?……"

斐迪南几乎严厉地回答道:"你已经知道为什么了。"

克里斯蒂娜不敢反驳。斐迪南是对的,她知道为什么。他们安静地走着一语不发,近处的池塘里青蛙跟疯了似的呱呱叫着,这突然响起的打鼾般的嘲讽的声响让人心痛。在这里他突然停了下来。

"克里斯蒂娜,我们没有理由相互欺骗。事情对于我们两个人都非常严峻,我们必须相互坦诚相待才行。我们一起静静地清楚地认真想一想。"

他点燃一支香烟。片刻间她在白色的光线下看到了他肌肉紧绷的面孔。"我们好好想想,是的,我们今天决定了结生命,就像报纸上的德语说的那样,我们想'逃离生活'。但这完全不是那么回事。我们根本不想逃离生活,你不想我不想。我们就是想终于摆脱我们那被搞得一团糟的生活,对此别无其他出路。我们不是想逃脱生活,我们是想逃脱我们的贫困,逃脱那愚蠢恶心、无法容忍和摆脱不掉的贫困。就是这样。因此我们认为左轮手枪是最后的和唯一的途径。但是这个看法是错误的。现在我们两个人都知道至少还有另外一条道路,倒数第二条道路。现在唯一的问题就是我们是否有勇气去试试,还有就是如何去试。"

克里斯蒂娜沉默不语,斐迪南吸了口烟。

"我们必须心平气和和完全客观地权衡和思考此事……我当然不会对你有任何欺骗。我开门见山地对你说做此事需要的勇气可能比做另外一件事还多。另外那件事情是容易的。一扳手指,绷紧一下肌肉,一道闪光,事情就过去了。而这另外一条道路更艰辛,因为它更漫长。你不仅要紧张一秒钟,而是要持续几个星期、几个月,你要持续不断地提防着躲避着。把不确定的东西坚持到底,总是比把确定的东西坚持到底要困难得多,短暂的清晰可见的恐惧比长期的不可预测的恐惧简单得多。这样的话我们就必须事先想清楚我们对此是否有足够的力气,是否能忍受这样的心惊胆战,还有就是这样做是否值得。就是说咱们是否应该就这么痛快地了结生命还是再开始一次。这是我的顾虑。"

斐迪南又继续走起来,克里斯蒂娜机械地跟着他。她的膝盖跟着走,但是她整个的思绪却像个无助的人期待着他的话语,期待着他要说的话。她没有力量靠着自己想出什么来,她心中的一切都是那么惊愕不已和毫无意识。

斐迪南又站住了。"请不要误解我。我没有丝毫道义上的顾虑,面对这个国家我心里非常坦然。它对我们所有人,对我们这代人犯下了这样严重的滔天大罪,我们有权利做任何事情。我们这整个被打垮的一代人,我们可以伤害它,要怎么伤害都行,我们做的也不过就是索赔。就算我行窃,那是谁教的我,是谁教导我的,在战争中,不是国家,又是谁呢?那时大家称之为征用,或者就像和平协定中写着的征用或者赔偿损失。要是我们欺骗的话,那这个本事我们不感谢它又该感谢谁呢,它教育我们把三代人省吃俭用积攒下来的钱在两周之中变成垃圾,它教育我们让几百年来挣得的草地、房屋、耕地在一代人手里就全部给骗得一干二净?就算我杀个人,是谁训练我,让我瞄准的?六个星期在军营,然后是多年在前线!在亲爱的上帝面前我们对抗国家的诉讼前景很好,我们在各级法院都能打赢它,它绝不能赔偿这么巨大的债务,绝不会还回它从我们这里掠夺走的东西。对国家有良心,这在以前还算数,那时的国家是一个好心的监护人,勤俭、诚实和正确。现在它就像个无赖似的对待我们,那我们也就有足够的权利成为一个无赖。对吧,你明白我的意思吧?——我们该为我们个人复仇,我该拿回这个可尊敬的国库拒绝付给我的伤残金,因为我有充分的理由证明它都该属于我,你我该拿回人们窃走的你父亲和我父亲的辛苦钱,你我也该讨回人们从我们以及和我们相似的人们那里窃走的生存权利,在做这些事情的时候我不会有丝毫的顾虑,也希望你不必有任何顾虑。不,我向你发誓,对此我的良心不为所动,就像这个国家的对我们的生死和翘辫子无动于衷一样,这个国家里的穷人不会因为我们偷走了一百先令、一千先令或者一万先令蓝票子而增加,少这些钱对它来讲好比一个被牛啃吃了一些草茎的草地。这不会让我有任何不安的,我觉得就算我偷了它一千万先令也会睡得像一个银行经理或者一个打了三十场败仗的将军那样好。我只想着我们,想着你和我。我们不能不假思索地行事,就像一个十五岁的小伙计从邮资钱柜偷了十先令,一个小时后就给挥霍干净了,都不知道钱是怎么花的,也不知道他为什么要这么做。尝试着做这样的事情我们是太老了。我们手里只有两张牌,不是这张就是那张。做这样的决定需要深思熟虑。"

斐迪南又继续走起来以便能喘喘气。克里斯蒂娜感觉到他的大脑在全神贯注地工作,同时她心中也为他能这么平静和有逻辑地说话而产生敬畏之情。她从来没有这么强烈地感到过他的强大优势和自己的奉献之意。

"咱们慢慢来,克里斯蒂娜,一步一步地。在做这种决定的时候不能操之过急。就是不能有任何错误的希望和幻想。我们好好想想。如果我们今天了结我们的生命,那就一了百了了。一下子,生命就逝去了——这其实是个美妙的想法,我总是想到我们高中老师说的话,他是这样训诫我们的,人高于动物的唯一优势就是他什么时候想死就能死,而不仅仅到了非死不可之时才死。也许一个人一生中一直具有的自由就是摒弃生命。但是我们两个人,其实还很年轻,我们还根本不知道我们摈弃的是什么。我们只是想摈弃我们不喜欢的生活,我们拒绝的生活,没准还有一个生活是可以考虑的,是我们能够肯定的。有了钱生活就不一样了,我至少是这么认为的,你也相信吧。只要我们还有我们相信的东西——是吧,你明白我的意思吧?——那么弃绝生命就不完全正确,我们并没有权利毁灭我们生命中还没有经历过的生活,一个崭新的也许美妙无比的可能性。也许有那么一点钱以后,我还能有一定的作为,这种能力在我心里,还没有成型,但是已经在那里了,它就是还没有体现出来就完蛋了,就像一根被我扯下来的草秆,就是因为我把它扯了下来,它才毁了。这种能力还可能在我身上有所发展,而你呢?你也许还能生很多孩子……我们只是不知道……就是因为我们不知道这才非常美妙……对吧,你明白我的意思,我的意思是……那个被我们置于身后的生活根本不值得继续下去,这就是一个星期接着一个星期,一个假期接着一个假期,可怜巴巴地熬日子。但是也许,也许我们还能从中有所作为,对此比对任何其他事情更需要勇气。最终就算失败了,我们总还是能买到左轮手枪的。你不认为我们应该……要是金钱正好就在手边,我们应该干脆把它拿到手?"

"是的,但是……拿着这些钱我们该干什么呢?"

"去外国。我会说外语,我会说法语,甚至说得很好,我会说俄语,非常好,也会说点英语,其他语言都是可以学的。"

"是的,但是……他们会追查的,你不认为他们会把人抓到吗?"

"这个我不知道,这个谁也不知道。也许能抓到吧,甚至很有可能抓到,也许也抓不到。我认为这个更多地取决于你是否能够坚持,是否有足够的聪明,是否有足够的谨慎和警觉,是否真的思考得万无一失。当然这需要特别的专心致志。这可能不会是一个很美好的生活,也许一直被追逐,是一个永远的逃亡。对此我无法给你任何的答案,你自己必须知道是否有这个勇气。"

克里斯蒂娜思考着。现在突然要把这一切全都想好了真是好难啊。然后她说:"我自己没有任何勇气做这些。我是一个女人——为我自己一个人我什么也做不了,但是要是为了别人,和别人一起我是可以做点事的。为我们两个人,为了你,我什么都可以做。你要是愿意的话……"

斐迪南加快步伐。

"问题就在这里,我不知道我是否愿意。你说对你来讲要是两个人一起干的话更容易。但对我来说一个人干更方便。那样的话我知道我搭上的是什么,也就是一个糟糕透顶、残缺不全的烂命一条——行,那就不要它了。但是我担心把你牵扯进来,你从来没有过这个想法,这个想法是我的。我不想把你牵扯进任何事情,我不想让你误入歧途,你要是想做点什么的话,那必须是出自你自己的想法而不是我的。"

树木后面出现了零星灯光。田间小路到头了。他们很快就要到火车站了。

克里斯蒂娜依然恍恍惚惚地走着。"但是……你打算怎么做呢?"她忧心忡忡地问,"我想不通。我们这样做了以后去哪里呢?我总是在报纸上读到他们会把这些人抓住的。对此你是怎么想的?"

"我还没有开始往这方面想呢。你高估我了。想法一分钟就可以有,但是只有傻瓜才会这么匆忙地去付诸行动。正因为如此他们总是会被抓到。世上有两种犯罪行为——一时兴起的和深思熟虑、周密计划的。一时兴起的那种也许是更美好的,但是它们大多都会以失败告终。这些都是那些小家伙干的,他们偷了邮资钱柜的钱然后跑到赛马场还认为自己会赢钱或者老板不会有所察觉,他们所有的人都相信一个奇迹。但是我不信奇迹,我知道我们两个人势单力薄,对抗的是一个庞大无比的组织,这个组织是经过几百年建造起来的,拥有上千个密探的智慧和经验,我知道每个单独的侦探都是蠢货,我比他聪明和狡猾百倍,但是他们整体有经验,有体系。要是我们——你看到了,我还在说'要是'——我们真的决定这个行动,那我想的绝不是一个轻率的儿戏。快就意味着错。这样的计划必须考虑周全,想到每个细小的环节,计算出每个可能性。这是一个概率计算。让我们把一切都考虑清楚,全神贯注地思考,仔仔细细地思考,星期天来维也纳,然后我们再做决

247

定,而不是今天。"

斐迪南站住。他的声音一下子又明朗起来。这就是克里斯蒂娜特别喜欢的他身上那个隐藏起来的孩子的声音。

"多奇怪啊,今天下午你回去上班我又去散步了一会儿。我又好好看了看这个世界,心想这是最后一次了。这个世界就在那里,美丽明亮,充满温暖的阳光,我就在那里,还相当年轻、精力充沛、充满活力。然后我把一切都计算了一下问我自己,我在这个世界上到底做了些什么,答案很让人心酸。我其实没有为我自己做过或者想过任何事情,真太让人难过了。在学校我所学的和所想的都是老师让做的。战争中我的一举一动都是按照指挥行事,被俘后我只是疯狂地梦想:要逃出去!然后就因为无所事事而厌倦不堪,再后来我只是一直为他人辛辛苦苦地干活,毫无意义,毫无目的,只是为了填饱肚子和生存下去。现在我第一次有三天的时间,到星期天,好好思考一下和我自己有关的事情,以及和我和你相干的事情;我其实对此非常期盼。你知道吗,我希望我们要这样设计,就像建造一座桥梁,每颗钉子每颗螺母都要精准到位,哪怕只错了一毫米,整个静力学的系统就会遭到破坏。我要把这件事这样打造,以便它能维系好多年。我知道这是一个巨大的责任,但是这是第一次为了我和你的责任,不是那个微不足道一文不值的责任,比如在部队里或者在那些企业里,你在那里就是个零,附加在一个你自己也一无所知的分母之上,完全无足轻重。我们做还是不做到时候自会决定,但是想出一个主意,对此认真思考,计算好最后的麻烦,这个愉快的事情我可根本没有想到。我今天来你这儿还是来对了。"

火车站近在咫尺,已经可以分辨出各种灯光了。他们停下脚步。

"你最好别再送我了。半小时以前别人是否看到我们在一起还无关紧要。现在不能有人看到你和我在一起,这,"——他笑了笑——"是我们伟大计划的一部分。不能有人猜到你有一个帮手,要是有人能对我这个人进行描述就很不妙了。对了,克里斯蒂娜,现在我们必须开始想到所有的一切,这不是件易事,我一上来就跟你说了另外一件事会更容易。但是另一方面,我还从来,我们都还从来都不知道,什么是人们所说的真正的生存。我还从来没有看见过大海,从来没有去过国外。我还从来都不知道,不用老想着买每样东西要花多少钱,这样的日子是什么样子的,我们从来没有自由自在过。也许只有这样才会知道,被称之为生活的东西的价值。安静地等一等,别折磨自己,我会把一切都计划周密的,甚至形成文字,然后我们一起过一遍,一个要点一个要点地过,然后我们权衡可能性和不可能性。最后我们再做决定。你看怎么样?"

"好的。"克里斯蒂娜坚定果决地说。

从这天起到星期天的那几天,克里斯蒂娜如坐针毡。她有生以来第一次产生畏惧之感,对自己,对他人,对各种事物。早上打开那个小小的钱柜摸着那些钞票对她都苦不堪言。这些钱是属于她的还是国家的?它们还全数都在那里吧?她一遍又一遍地清点着那些蓝色的票子总是数不到头。不是她的手颤抖就是她在加的时候忘记了数字。所有的安全感离她而去,所有轻松自在的感觉也不复存在。下意识中的不确定的感觉让她心里乱成一团:她想象所有的人肯定都注意到了她的企图,所有的人都能想到她的顾虑,所有的人都在观察她窥视她。她意识清醒地对自己说:这也太荒唐了。我又没有做什么。我们又没有做什么。一切都秩序井然,每张钞票都放在柜子里,账单所有的数字都准确无误。我经得起任何检查。但是这样的安慰是徒劳的,她无法忍受任何人的目光,电话一响她就会一哆嗦,需要使出全身的力气才能把听筒拿到耳边。星期五的早上一个宪兵迈着沉重的脚步走进来,身上挂着的刺刀铿锵作响,她一下子就头晕目眩,双手使劲抓着桌边好像不想被拽走,但是这个宪兵嘴里叼着一根弗吉尼亚香烟只是要汇钱,是给一个姑娘汇的抚养费,因为他跟这姑娘有一个私生子,他心情很好地开着玩笑,没想到一时的快乐就得付长期的债务。但是克里斯蒂娜笑不出来,她在汇款单上确认汇款数目的字写得颤颤巍巍的。直到大门在那宪兵身后砰的一声关上,她才又能呼吸了,她一下子打开柜子确认钱还都在那里,32712 先令 40 格罗森①,和账本上的分文不差。这天夜里她睡不着觉,她一睡着就净做可怕的梦。因为想法总比行动更加可怕,未发生的事情总比业已发生的事情更加令人焦躁不安。

星期天早上,斐迪南在火车站等待着她。他端详了她一番。"可怜的姑娘! 你脸色真不好,饱受摧残的样子。你害怕了是吧,我就是担心这个。我之前跟你说这个就是个错误。但是事情很快就会过去了,今天我们就能决定是做还是不做。"

克里斯蒂娜从旁边看着他。他眼睛炯炯有神,动作出奇地充满活力,出乎意料一脸轻松的样子。他注意到了克里斯蒂娜的目光。

"是的,我过得挺好的。几个月几个星期以来我都没有这三天感觉这么好,其实直到现在我才知道就为自己着想,就为自己,仅仅为自己着想有多奇妙……不是在整体之中只做小小的一件与自己无关的事情,而是从上到下建造点什么,就只是为了自己。哪

---

① 格罗森,奥地利最小硬币单位=1/100 先令。

怕算是个空中楼阁也无妨,也许一小时后就会坍塌。也许你说一句话就给吹垮了,也许我们自己就把它砸烂了。但是不管怎样,这是给我自己干的活,给我带来挺多的快乐。能有这么一次事无巨细地缜密考量,制订出一个针对所有军队、国家、警察、报纸,针对世上各种势力的作战计划,在思想上演习一番,这还是非常有趣的。现在我其实有了进行真正战争的兴致。你最多就是被打败而已,我们不是早就已经被打败了吗?好,现在你马上就会看见一切了!"

他们离开火车站。霜冻的雾气围绕着房子,搬运工和值勤人员面无表情地站在那里等待着。到处都非常潮湿,嘴边说出的每句话就被寒冷冻成一团薄雾。这是个没有温暖的世界。斐迪南拉着她的胳膊带着她在街上的汽车中间穿梭,能感觉到她在他的触碰之下神经质地一阵阵颤抖。

"你怎么了,不舒服吗?"

"没什么,"克里斯蒂娜说,"就是我这几天一直胆战心惊。一有谁叫我,我就觉得他在观察我。我觉得每个人都在想我在想的事情。我也知道,这样害怕很愚蠢,但是我就是觉得每个人都能从我的额头上看出来,就是觉得村里的人已经察觉到了什么嗅到了什么。在火车站那个林业助理问我'你去维也纳干什么?'我满脸通红,他都笑了起来,我这才高兴了。他最好想的是那个而不是这个。但是你跟我说说,斐迪南,"——她突然抓住斐迪南——"要是我们……要是我们真的做了,不会一直都是这个样子吧?因为,我现在就感觉到我没有坚持下去的那个力气。我不能坚持一直生活在恐惧中,在每个人面前都提心吊胆,夜不能寐,不能入睡的原因就是害怕有人敲门。这不会一直都是这个样子,是吧?"

"不会的,"斐迪南回答,"我不这么认为。就是在这里,你以

251

你的身份生活着。等你到了外面穿着不同的服装有了一个其他的名字,在另外一个世界,你就忘记了这里的那个你——你自己跟我说过,你就曾经是一个完全不同的人。危险的只是你良心不安地去做我们打算做的事情。当你觉得我们行窃这个大盗也就是这个国家是一件错误的事情,那就糟了,那我就洗手不干了。对我来讲我觉得自己做得合情合理。我知道我受到不公正待遇,这里我是冒着危险做自己的事情,而不是在战争中为了一个死去的理念,为了哈布斯堡的皇族思想或者为了一个什么米特罗巴①或者一个管它什么与我无关的政治建构去冒险。但是正如我说的,我们还没有做什么决定,我们还在把玩我们的想法,就像老话说的,但是把玩该是件乐事。抬起头,我知道,你是可以非常勇敢的。"

他们继续走着。"我们去哪里?"克里斯蒂娜问道。

斐迪南笑起来。"真够奇怪的,整个这件事情都没有难住我,把所有的可能性都思考一遍,我们该如何逃走如何藏身如何保障安全,这些恰恰给我带来不少乐趣,我真心认为我把每个细枝末节都考虑到了,我可以平静地说:这事落实了,这事会成的。我计算了一切,我们有钱了以后如何生活如何保护自己,安排这些都轻而易举,就是有一件事情我做不到——找到一个地方、四面墙、一个房间让我们能够安静地商议整个事情。我又一次意识到有钱可以轻易过十年,而没钱一天都过不了,真是这样,克里斯蒂娜,"——斐迪南几乎得意地冲着她笑起来——"找到一间没有人能听到我们看到我们的房间比我们整个的冒险还艰难。我左思右想。去乡下太冷,住在旅馆里隔墙有耳,而且我知道你会焦虑不安和惊慌失

---

① 米特罗巴,是"中欧卧车餐车股份公司"的名词首字母缩略词。该公司建于1916年。

措的,我们需要清醒的头脑。在一个酒馆里,要是没人的话,侍者会注意到我们,这么冷的时候,随便坐在外面太显眼了,唉,克里斯蒂娜——你简直没法相信,没有钱的话在一个百万人口的城市真正单独在一起有多难,但是我真是把所有最大胆的可能性都想过了——真的,我甚至想到我们为何不爬到斯台芬大教堂①的钟楼上面去。这样有雾的天气没有人会上去的,但是我觉得这样太荒唐了。我倒是和一个看门的人混得还可以,他就在我们那个倒闭的建筑工地上值班。那里有个木屋里面有一个铁炉、一张桌子,我记得只有一把椅子,只是一个棚屋。我和那个人很熟,我跟他胡诌说自己有个相好,是一位波兰高贵女士,是我在战争中结识的,现在和她的丈夫住在萨赫尔饭店,因为太高贵,太有名,所以不能和我在大庭广众之中露面。你可以想象这个可怜的家伙对此多么震惊,觉得能帮上我是他的荣耀。我们两个认识很久了,我两次帮他摆脱困境。他会把钥匙放在房梁下面,他还会把他的证件留下,这样我们就是在最坏的情况下也是安全的,他还答应我一早就给炉子生上火。那里就我们两个人,不会很舒服,但是我们去那儿是为了一个更好的生活,那我们就在这个破屋子里待上两个小时。那里没人能听到我们讲话,那里没人看得到我们。那里我们能安静地做决定。"

这个建筑工地远在弗洛里特村,空无一人,建筑只剩下一个架子完全被遗弃了,上百个没有安上窗户的框架空洞洞的。焦油桶、手推车、沥青堆,一堆砖瓦杂乱无章地放在泡软的土地上,就好像一场自然灾害中断了这里人声鼎沸的场面,这里的寂静对于一个

---

① 维也纳市中心最大的教堂。

工地来讲特别不自然。钥匙就放在房梁下面,潮湿的雾气无处不在。他打开小木屋的门,炉子真的烧着火,屋里给人柔和温暖的感觉,散发出上好木头的味道。斐迪南在身后把门关上,又往炉子里添了些木头。"要是有人来的话,我立即就把所有的纸都扔到炉子里,不会有事的,别害怕,此外不会有人来的,没人能听到我们说话,我们完全单独待在一起。"

克里斯蒂娜很陌生地站在这间屋子里,她觉得所有的一切都很虚幻,唯一真实的就是这里的这个男人。斐迪南从口袋里拿出一摞对开页的纸,把它们打开说道:

"请坐下,克里斯蒂娜,现在好好听着。这是整个事情的计划,我仔细加以准备,起草了三遍四遍五遍,我认为现在这个计划很清晰明了。我请求你仔细地过目,一条一条地看,要是哪里你觉得不对,就用铅笔在右边写上你的问题或者顾虑,然后我们再一起过一遍。这关系到方方面面,不得有任何即兴拼凑的东西。但是首先还有一件别的事,没有写在这份草稿上。这事我们只能一起谈一谈。这只和我们两个有关。不错——我们会一起做这件事情,你和我。我们具有同样的罪过,虽然按照法律,正如我担心的,你会被当成真正的作案人。你作为公务员是负有责任的,你会被通缉,会被追捕,你在家人和他人面前是罪犯,而只要我们不被一起抓到,就没有人会知道我是共犯和主谋。你冒的险比我大。你有一份工作,它能够给你提供生活费和退休金直到生命的终结,我一无所有。就是说在法律的意义上和在——我该怎么说呢,就说在上帝面前吧,我冒的险要少得多。也就是说我们的角色是不对等的。你要冒更大的危险。"他注意到克里斯蒂娜垂下目光。

"我必须很无情地把这个说给你听,我也不会向你隐瞒那些危险。首先:你所做的,我们所做的,无法更改。没有任何退路。

就算我们用这些钱创造了百万的财富可以五倍地弥补造成的损失，你永远也不能回来了，没有人会赦免你。我们为此就彻底从那些生活有保障、老实、可信的公民行列中驱逐出去了，我们会一生都身处危险之中。这点你必须了解。就算我们觉得一切都计划得万无一失，总会有一个偶然的事情把我们从美好的无忧无虑中拉扯出来，投入监狱，蒙受人们所说的耻辱。从事这样一件冒险的事情没有保障可言，我们就是过了边境到了那边也不安全，今天不安全，明天不安全，永远都不安全。你得看到，就像一个要决斗的人看着他对手的左轮手枪。那颗子弹会从旁飞过，也可能命中，无论如何，你就站在手枪前面。"

他又停顿一下，试着看克里斯蒂娜的眼神。这眼神看着地，斐迪南发现她放在桌上的手没有颤动。

"还有就是我不想给你错误的希望。我无法给你任何保证，一点保证也没有，对我自己也如此。就算我们一起做这件冒险的事情，也并不是说，我们这辈子就拴在一起了。我们做这个是为了获得自由，为了自在地生活——也许我们有一天也想脱离对方自由自在的。也许不久就会这样。我不能为自己做任何担保，我不知道自己是怎样的人，更不知道我获得自由后会是什么样子。也许今天在我身上存在的不安，就是那想要迸涌出来的东西现在还在我身上存在着，也许这不安会留在那里，也许它甚至还会增长。我们彼此了解得并不多，我们在一起的时间每次都只有几个小时，要说我们能够也希望永远生活在一起，那真是荒唐至极。我唯一能答应你的就是我会是个很好的战友，也就是说我永远不会出卖你，永远不会试着强你做你自己不愿意做的事情。你将来要是想离开我，我不会拦着你。但是我无法答应你留在你身边。我什么都无法许诺。既无法许诺事情会成功，也无法许诺事后你会幸福或者无忧无虑,甚至无法许诺我们会互相厮守在一起——我无法答应你任何事情。我不是在说服你,正好相反,我是在警告你;因为你的状况更不利,你是那个作案人,此外你是个女人,处于从属地位。你要冒很多危险,风险很大,我不想误导你。我不是在说服你。请读读这个计划,仔细想想,然后做出决定,正如我们说过的:你必须了解,这个决定一旦做出,就无法更改了。"

斐迪南把纸放在她面前。"阅读的时候请一定带着最大的不信任和最大的警觉,就好像有人要和你做一桩很坏的买卖,让你看一份危险的合同。你看的时候我自己出去溜达一下,再看看这里的建筑。我不想在场。你不该有这样的感觉,因为我在场而给你施压。"

他站起身走出去没有看她一眼。克里斯蒂娜面前放着书写工整叠在一起的纸张。因为心跳急剧,她只好等了几分钟,然后开始阅读。

手稿书写工整就像以往哪个世纪的卷宗文件,全都对折折好。每个章节都有大标题,下面用红色铅笔画了线:

  Ⅰ.行动的实施

  Ⅱ.消灭痕迹

  Ⅲ.国外的行为和其他计划

  Ⅳ.行动败露被人发现时的行为

  Ⅴ.总结

第一章"行动的实施"又分为几个小部分,就像其他的章节。每一栏都标有 a. b. c. 看上去很直观,就像一份报告。

克里斯蒂娜拿起手稿从头读到尾。

一　行动的实施

a)日子的选择:行动的日子只能是一个星期日或者节假日的前一天。这样的话发现亏额的时间就至少延迟了二十四小时,创造了逃跑所需的必要的时间优势。因为下班是六点钟,这样就有可能赶上去瑞士或者法国的夜间快车,另外十一月天黑得早的好处也提供了其他的好处。十一月是旅游最淡的季节,几乎可以肯定夜间奥地利境内车厢里没有人,这样的话,紧跟着发表的报纸报道中就几乎没有证人在场,也无法提供任何人物特征描述。尤其有利的时间是十一月十日,这是(邮局不营业的)国庆节的前一天,因为到达国外的时候就是一个工作日,这又有助于不引人注意地购置第一批东西和进行乔装打扮。也最好能尽量以不引人注意的方式拖延汇款的发出,以便为了这一天更多地聚拢金钱。

b)启程:启程当然必须分头进行。我们两个人都要买短程票,先到林茨,从林茨继续到因斯布鲁克或者边境,从边境继续到苏黎世。你必须尽可能在几天前就买好去林茨的车票,或者最好由我为你买票,这样那个肯定认识你的售票员就无法说出真正的出行方向。其他有关混淆行踪和消灭痕迹的方法参见第二章节。我在维也纳上车,你在圣·波尔滕上车。整个夜里在奥地利境内我们彼此不说一句话。这点对以后的调查特别重要,没有人知道或者猜到此事是和一个帮手一起做的,这样的话所有的调查都只会针对你这个人的名字和相貌特征,而不会针对一对夫妇,我们在国外出现时要装扮成夫妻。就是到了国外很远的地方也不能在查票员和公职人员面前显示出我们之间有任何关系。除了在边境官员那里,我们会出示我们共同的护照确认我们的合法性。

c) 证件:正确的做法是除了我们自己真实的护照还应该搞到假护照。对此没有时间了。这个可以在国外进行。但是绝对不能在任何边境暴露霍夫莱纳这个姓名,而我则可以作为毫无污点的人到处登记自己的名字。我会给我的护照做以下的小小变动,加入你的名字和照片。橡胶图章我可以自己做,我以前曾经学过木刻。另外我(我好好看了一下)可以把我的名字法尔纳中的 F 加上一小撇,这样就可以看成"卡尔纳",用这个名字只是为了一个我认为绝对不可能的情况(参看第二章节),这是在另外一栏里。这个护照是我们作为夫妇两个人用的,只要我们在某一个海港城市真的搞到假护照了,那这个护照就无须使用了。在两三年内,只要我们的钱够,搞到假护照并不难。

d) 携款:要是可能的话,必须在最后几天采取预防措施尽可能搞到大面额的纸币,一千先令的或者一万先令的,这样负担不重。这五十张至二百张纸币(就看是一千先令还是一百先令票面的钞票)你在旅行途中要分别放在箱子和手提包里,必要的话也可以放在帽子里,这足够应付现在边境上实施的简单的海关检查了。路上在苏黎世或者巴塞尔的火车站我就把一些钞票兑换了,这样等我们到法国的时候手里已经有外币了,就不必在那里的一个地方为了买最初重要的东西而显眼地兑换大量的奥地利货币。

e) 第一个逃跑目标:我建议巴黎。好处是很方便,坐一趟火车就到了。我们在事发前十六个小时在每个通缉令签发二十四小时前就能到达那里,有时间针对面貌特征(这只涉及你)进行完全的调整。我说流利的法语,可以不住那些专门给外国人提供的旅馆而是不引人注意地前往郊区的旅馆。巴黎的好处是一个巨大的旅游集散地,逐一进行监视几乎是不可能的,听我的朋友们讲,那里的登记制度也很混乱,马马虎虎的,与德国正好相反,德国的旅店店主,就连整个民族都生性好奇,要求一丝不苟。另外,就一个奥地利邮局的行窃案德国报纸可能会比法国报纸进行更详细的细节报道。等到报纸刊登出最早的新闻我们可能已经离开巴黎了(参见第三章)。

二 消灭痕迹

最重要的是必须给官方调查制造困难,尽可能使之走上错误的道路,每一个不正确的踪迹都能延迟调查,几天后在国内尤其在国外通缉令上对作案人面目特征的描述就会被完全忘记。重要的是从一开始就考虑到官方会采取的所有措施并做出相应的反措施。

官方通常会从三个方面进行调查:a)入室搜查;b)询问亲朋好友;c)调查其他参与犯罪的成员。仅仅把家里所有的文件都销毁是不够的,还必须采取相反的措施迷惑调查使之走上错误的调查之路。具体如下:

a)护照签证:一般发生这样的案子警察都会询问所有的领事馆是否近期内给相关人员,本案为 H 的相关人员签发过签证。因为我是为我自己(我本人的事项参看第五章)而不是为 H 领取的法国签证,所以至少暂时不会受到注意,这个签证都够用了,H 的护照根本不需要领取签证。既然我们想把行踪引向东方,我会为你的护照申请罗马尼亚签证,其结果就是警察的调查首先就会集中在罗马尼亚方向还有巴尔干

259

地区。

b)为了加强这种猜测你最好在国庆节前一天发一封电报给布朗柯·里茨奇,布加勒斯特火车站-邮局存局待领"明天下午携行李到达,车站等我"。肯定可以预料,官方会审查你的邮局最后几天发出的全部电报和打出的全部电话,这样他们就立即会看到这个极为可疑的通知,这会让他们首先以为找到了同伙的蛛丝马迹,其次以为掌握了逃跑方向。

c)为了让这个对我们至关紧要的错误更有说服力,我会用假笔迹给你写一封长信,你把它仔细撕成碎片扔进纸篓。刑侦人员当然会检查纸篓把碎片拼凑起来,这样错误行踪又被坐实了一次。

d)你在出发前一天不引人注意地去打听是否有直达布加勒斯特的火车票,价钱是多少。毫无疑问火车站的工作人员会作为证人作证的,这个证词又加强了对官方的迷惑。

e)你会以我的妻子的身份旅行和登记,为了让我这个人完全不受任何牵连,有一件小事至关重要:据我所知没有人看到我们在一起过,除了你的姐夫,也根本没有人知道我们认识。为了误导他,我今天就去找他告别。我会说我终于在德国找到了合适的工作要去那边了。我也会跟我的房东结清房租给她看一份电报。因为我一个星期前就消失了,我们之间绝对不可能有任何关联。

三　国外的行为和其他计划

具体事项只能到了地方才能知晓,这里只是几个基本点:

a)外貌:我们必须在服装、举止和行为上给人以拥有一定财力的中产阶级的印象,因为这些人最不引人注意。不要显得太讲究或者太穷困,我首先要编出自己有一个最不会有嫌疑和钱扯上瓜葛的职业,我会装扮成画家。在巴黎我会买一个小的手提画架和一把折叠椅、画布、调色板,这样我们所到之处人们一眼就可以看出我的职业,不会再提任何其他问题。在法国一整年都有成千名画家漫游在各个浪漫的角落。作为画家就不会引起注意,而且从一开始就因为画家属于特殊的毫无危险的人群而能博得一定的好感。

b)我们的服装也要与此相符。丝绒或者麻布外套,这样可以稍稍强调一下艺术家的气质,除此之外要完全不引人注意。你以助理身份出现,替我背着小箱子和相机。没人会问这样的人从哪里来,来干什么,他们专找那些偏僻的小地方也就不足为奇,就是说外语在那里也不会太引起人们注意。

c)语言:至关紧要的是我们说话的时候要尽量无人在场。不论如何都不要让人们注意到我们在说德语。在人们面前我们沟通的时候最好选择那个古老的儿童语言,这会让外国人完全不明白我们在说什么,也让他们无法猜到我们在说哪种语言。我们要尽可能地住在旅馆靠边的房间或者那些邻居听不到我们讲话的房间。

d)经常变换地方:有必要经常更换逗留的地方,因为一定的时间之后会涉及纳税义务或者官方会进行某种调查,这个当然和我们的事情无关,但毕竟还是会带来一些不愉快的事情的。合适的期限是十天到十四天,在小一点的地方四个星期,这样也避免和饭店人员过于熟悉。

e)钱:在我们还无法在一个地方租用到一个银行保险柜之前,我们两个人要始终分别携带钱,这至少在最初的几个月会有风险。当然不是放在钱包或者公开地携带,而是缝在鞋衬、帽子或者衣服里,这样的话要是碰到偶然的搜查或者某个无法预料的不幸事件,就不会因为发现大量的奥地利货币而引起怀疑。兑换货币要慢慢地小心地进行,总是在那些大一些的地方,比如巴黎、蒙特卡洛、尼斯,永远不要在较小的城市。

　　f) 尽量避免结交朋友,至少在最初那段时间里,要等到我们通过某种途径获得新的护照(在海港城市比较容易)离开法国前往德国或者随便哪一个国家。

　　g) 现在就事先对我们今后的生活方式确定目标和进行规划是多余的。按照我至此为止的计算这个钱数够我们过四年到五年不引人注意的中等生活,在这个时间里必须为所有其他的安排做出决定。一直把钱带在身上很是危险,要尽早考虑采用寄存的方式,但是这只能在找到安全和不引人注意的可能性后方能实施。最初需要万分小心、绝不引人注意和随时随地自我监督,半年之后我们就可能不受限制地自由行动,那些通缉令可能已经完全被遗忘了。必须充分利用这个时间改善自己的语言,彻头彻尾地改变自己的笔迹,战胜内心的陌生感和不安全感。有可能的话也应该获取一定的知识和技能,这有助于开始其他的生活方式和找到其他的工作。

四　行动败露被人发现时的行为

　　要从事一个建立在不可知之上的行动,从一开始就该想到失败。事先无法预料从哪个时间点或者哪个方面会出现危险局面,总要共同逐一根据情况进行考量。可以确定以下几个基本原则:

　　a) 万一我们在旅途中或在更换逗留地方的时候因为某

种偶然事件或者错误走失了,我们要立即回到我们上一个共同过夜的地方,或者在火车站等待对方,或者写信给对方寄到相关城市的邮政总局。

b)万一因为某种不幸我们被追踪并且有可能被捕,那我们事先必须采取各种措施应付最终的后果。我会始终把我的左轮手枪放在口袋里,也会一直放在床上挨着我的地方。我会为你为各种情况准备毒药,氰化钾,你要把它毫不显眼地放在一个粉盒里始终随身携带。一旦我们知道我们随时可以实施我们原先做出的决定,我们的生活在每时每刻都有了更高的安全感。我自己无论如何都已经决定不再回到铁丝网或者铁窗后面。

万一我们当中的一个人在对方不在场的时候被捕,另一个人要遵从战友的义务立即逃跑。出于错误的多愁善感而去自首以此分担战友的命运,这将是最大的错误,因为单独一个人负担的罪责总要少些,在一个单纯的调查中更容易为自己解脱。此外,另一个有自由之身的人有可能帮助灭迹,给里面的人递送消息并协助逃跑。自愿放弃自由是荒唐的,因为大家为了自由已经付出了这么多。至于自杀永远有足够的时间。

五 总 结

我们此次豁出性命进行的冒险行为就是为了至少在一个时期内能够自由自在地生活。相互之间的个体自由也是这个自由概念的一部分。要是出于内在的或者外界的原因我们当中一个人觉得共同的生活压抑不堪或者难以忍受,那他就应该断然和另外一个人分离。我们两个人都是自愿决定进行这个冒险行为,没有丝毫强迫和逼迫对方。正如我们从第一分钟起就分别拥有金钱,以便每个人都可自由行动,我们也分担责任和危险,每个人也各自承担自己行动的一切后果。

为了未来整体的发展,我们都对自己保证,我们任何时刻都坚信对国家和对我们自己都没有做任何不正当的事情,我们只是做了就我们的状况而言唯一正确和自然的事情。要是良心不安地去做这件危险的事情那是没有意义的。只有我们每个人,独立于另一个人,经过深思熟虑而坚信这条道路是唯一正确的道路,那我们就必须坚决踏上这条道路。

她放下手稿抬起头来。斐迪南回来了在抽烟。"你再读一遍。"她按照他说的做了,在她又读了一遍之后斐迪南问她:"一切都写得清清楚楚,一目了然了吗?"

"是的。"

"你觉得里面还缺什么吗?"

"不,我认为你把该想到的都想到了。"

"所有的都想到了?不是的。"——他笑了——"我忘掉了一点。"

"什么?"

"要是我能知道就好了。每个计划总会漏掉些东西。每次犯罪总会留下蛛丝马迹,你就是事先不知道罢了。每个罪犯,不管他有多狡猾,几乎总会犯一个小小的错误。他收走了所有的文件却恰恰把护照落下了;他考虑到了所有的阻力就是那个最显而易见和最不言而喻的却被疏忽了。每个人总会忘记点什么。也许我也恰恰忘记考虑最重要的那个事情了。"

克里斯蒂娜的声音里满是惊奇:"那你觉得……你觉得我们不会成功?……"

"我不知道。我知道的只是此事做起来很难。另一件事情会更容易一些。你要是违抗自己的规律,那几乎肯定会失败——我说的不是法律上的条款,不是国家的基本法和警察。这些都可以搞定。但是每个人都有他自己内在的规律:有的向上,有的向下,该上升的会上升,该坠落的就坠落。我至今一事无成。你至今一事无成,也许已经注定,甚至很有可能,我们会毁灭。你要诚心诚意地问我,那我对你说,我不认为我是一个有朝一日会完全幸福的人,这也许根本不符合我,我只要有一个月有一年有两年幸福就满足了。我们要是冒冒险的话,我就没想到能有一个一直活到满头白发的美好结局,住在绿草如茵的安乐家园里安度晚年,我只是想到可以有几个星期或者几个月、几年可以不想我们用来结束生命的左轮手枪。"

她平静地看着他,"我谢谢你这么坦诚,斐迪南。你要是说得兴奋无比,我会对你产生疑心的。我也不认为我们会长久成功。只要我的生活有一点起色,就会被拉回到原地。也许我们所做的都是徒劳,没有意义。但是不去做它而继续这样的生活只会更没有意义。我看不到更好的选择。就是说——你可以信任我。"

他注视着她,眼神明亮清澈,但是没有兴高采烈。"不会改变了?"

"是的。"

"那就星期一,十号,六点钟?"

她直视着他的目光,向他伸出手。

"好。"